文春文庫

政宗遺訓

酔いどれ小籐次（十八）決定版

佐伯泰英

文藝春秋

目次

主な登場人物

赤目小籐次《あかめことうじ》　元豊後森藩江戸下屋敷の厩番。藩主の恥辱を雪ぐため藩を辞し、大名四家の大名行列を襲って御鑓先を奪い取る騒ぎを起こす（御鑓拝借）。来島水軍流の達人にして、無類の酒好き

赤目駿太郎　刺客・須藤平八郎に託され、小籐次の子となった幼児

おりょう　大身旗本水野監物家奥女中。小籐次とは想いを交わし合った仲

久慈屋昌右衛門　芝口橋北詰めに店を構える紙問屋の主

観右衛門　久慈屋の大番頭

おやえ　久慈屋のひとり娘

浩介　久慈屋の番頭。おやえとの結婚が決まる

国三　久慈屋の小僧。西野内村の本家で奉公をやり直す

細貝忠左衛門　久慈屋の本家の当主

秀次　南町奉行所の岡っ引き。難波橋の親分

新兵衛　久慈屋の家作である長屋の差配だったが惚けが進んでいる

お麻　新兵衛の娘。亭主は錺職人の桂三郎、娘はお夕

勝五郎　新兵衛長屋に暮らす、小籐次の隣人。読売屋の下請け版木職人。女房はおきみ

空蔵《そらぞう》　読売屋の書き方。通称「ほら蔵」

うづ　平井村から舟で深川蛤町裏河岸に通う野菜売り

梅五郎　駒形堂界隈の畳職・備前屋の隠居。息子は神太郎

万作　深川黒江町の曲物師の親方。息子は太郎吉

美造《よしぞう》　深川蛤町の蕎麦屋・竹藪蕎麦の親方。息子は縞太郎

青山忠裕《ただやす》　丹波篠山藩主、譜代大名で老中。小籐次とは協力関係にある

おしん　青山忠裕配下の密偵。中田新八とともに小籐次と協力し合う

太田静太郎　水戸藩小姓頭の嫡男。許婚の鞠姫と祝言を挙げた

蔦村染左衛門　三河蔦屋十二代、深川惣名主

政宗遺訓

酔いどれ小籐次（十八）決定版

第一章　秋風秋雨

一

文政三年（一八二〇）秋。

江戸は佳人が忍び泣くような秋梅雨が居座り、どこもかしこもじめじめとしていた。そして、ときに烈風混じりの豪雨が降り注いだ。いつ果てるとも知れない雨は、江戸の人々の暮らしを妨げていた。

晩夏から初秋に移るころいくつもの野分《のわき》が到来した。

秋風秋雨に祟《たた》られた年だった。

芝口新町の新兵衛《しんべえ》長屋でも、板屋根を叩《たた》く雨音の間から溜《た》め息が洩《も》れてきた。

それに重なるように、あちらの部屋からもこちらの部屋からも溜め息が聞こえてきた。

職人も棒手振《ぼてふ》りも何日も仕事に出かけられず、九尺二間に家族が逼塞《ひっそく》し、亭主は際限なく降る雨を眺めては煙草ばかり吸い、女房は米櫃《こめびつ》の米を案じていた。だが、そんなことも雨の最初の三、四日までだ。もはや十日以上も続いている今、赤目《あかめ》小《こ》籐次《とうじ》の隣から薄い壁を抜けて聞こえてくるのは、勝五郎が倅《せがれ》の保吉を叱《しか》る声とおきみの溜め息ばかりだ。

小籐次はこのところ職人が使う道具の手入ればかりをやっていた。だが、それもはややり尽くした。紙問屋久慈屋《くじや》の大番頭観右衛門が気遣い、長屋でできるように手入れの要《い》る道具類を届けてくれたからだが、その中には久慈屋のものばかりか足袋《たび》問屋《どんや》の京屋喜平の道具も混じっていた。しかし、それとていくらふだんより丹念に研いだところで、二日も精出せば終わってしまう。

雨が降り始めて四日目に、傘を差した小籐次は研ぎ上がった道具を久慈屋と京屋喜平に届けた。

紙問屋にとって雨は禁物だ。蔵に大量に保管している諸国から取り寄せた紙が湿気《しっけ》てしまうからだ。また仕入れに来る紙屋の姿もなく、店じゅうに重い空気が漂っていた。

「赤目様、長屋の連中、どうしておりますな」

観右衛門が久慈屋の家作の住人の暮らしを案じた。

「聞こえてくるのは溜め息ばかりにござってな、正直こちらも気持ちがくさくさ致しておる。なにしろそれがしだけが、こちらと京屋喜平さんからお情けの仕事を頂戴したゆえ、隣の勝五郎どのの嫌味が際限なく壁越しに聞こえてくるのでござる。当分、それがしも長屋で皆といっしょに無為に雨が上がるまで耐えることにいたそう」

「この界隈《かいわい》、小僧に一回りさせますと、研ぎが要る道具がかき集められますがな」

「久慈屋さんが声をかければ、義理にでも包丁の一本や二本すぐに出しましょう。じゃが、どこもがこの雨でうんざりしておる。よそ様が溜め息を洩らしている中、うちだけ研ぎ仕事をするのも義理が悪い」

と言って小籐次は手ぶらで長屋に戻った。

雨はさらに降り続き、止《や》む気配がない。

最初はどことなく勝五郎のぼやきも嘘っぽかったが、さすがに雨が五日降り続いた頃から、どんどんどん、と長屋の薄壁がはげしく拳で叩かれ、

「酔いどれの旦那《だんな》、おまえさんの神通力で雨が止まないか。仕事はこねえ、煙草も切れた、米櫃も底を突いた。泣き言のタネも尽きたぜ」

と尖《とが》った声が飛んでくるようになった。それが四、五日前のことで、今や、毎日毎度のことになった。この日、

「勝五郎どの、この雨はうちばかりに降っておるのではないわ。御城にも裏長屋にも一様に降っておるのじゃ。ここは辛抱するしかあるまい」

と壁越しに応《こた》えた小籐次がふと思いつき、

「勝五郎どの、いささか相談がある。うちに来られぬか」

と版木職人を呼び出した。

勝五郎の子の保吉も駿太郎《しゅんたろう》も、差配の新兵衛の家に遊びに行っていた。差配の新兵衛は呆《ぼ》けが進行していたため、御用は娘のお麻が錺《かざり》職人の亭主桂三郎の手伝いもあって肩代わりしていた。

新兵衛長屋の他に久慈屋の家作の三軒の面倒をみているだけに、仕事はそれなりに忙しい。一方、差配の家は一軒家で部屋数があり、桂三郎は居職《いじょく》の錺職ゆえ家にいた。そこで娘のお夕と保吉が駿太郎や市太郎など長屋の子を集めて、面倒をみていた。今日も朝から長屋の子供は新兵衛の家に集まっていた。まるで寺子

屋か託児所だ。

「なんだい、酒でも飲もうというのか」

勝五郎が古浴衣《ふるゆかた》に袖《そで》なしの綿入れを重ね着して、景気の悪い顔を見せた。

「おお、さすがはお武家さんの部屋だな。きれいに片付いていらあ」

「することもないでな、部屋の中を何度も片付け、拭《ふ》き掃除をしておる」

ふーん、と鼻で返事をした勝五郎が、

「うちはなんであぁ汚いかね」

とぼやいた。すると壁の向こうから、

「なに、言ってんだい。おまえさんがだらしなく煙草を吸ったり、寝転がったりしているから片付かないいんじゃないか」

と怒声が飛んできた。

「ちぇっ、可愛げもへったくれもねえや」

ぼやいた勝五郎がごそごそと板の間に上がり、角火鉢に手を翳《かざ》して、

「なかなか洒落《しゃれ》たものがあるな」

と言った。

五徳《ごとく》の上に鉄瓶が載り、ちんちんと音を立てていた。盆の上には急須、茶筒、

茶碗《ちゃわん》が二つあった。

「久慈屋さんが、こう雨だと長屋も薄ら寒かろう、うちの火鉢を持っていきなされ、と貸してくれたのだ。これでも、あるとなかなか便利じゃぞ」

「火鉢があっても炭代がかかるぜ。久慈屋は炭もくれたか」

「一俵な、つけてもろうた」

「豪儀だな。それで話ってのはなんだい」

「勝五郎どののところに米は残っておるか」

「えっ、酔いどれの旦那よ、うちの米櫃をあてにしておれを呼び出したのかえ。かさこそと米櫃の底に張り付いていらあな。夕餉《ゆうげ》におかゆを作ったら終わりだって、おきみがさっきぼやいてたよ。なんとか一、二升都合がつかねえか、米田屋に掛け合おうと思ってたところだ」

「他の住人方はどうじゃな」

「まあ、おれのところと似たりよったりだろうな」

と応じた勝五郎は、

「酔いどれの旦那はいいやな。ほれ、望外川荘《ぼうがいせんそう》のおりょう様のところに転がり込めばよ、食い扶持《ぶち》くらいなんとでもなろう。あっちに移り住むって相談か」

「そうではないが、この雨は当分止みそうにないな」

「じょ、冗談言うねえ。長屋で首つりが出ないまでも、飢え死にする者が出るぜ」

「なんとしても避けたい」

「だれだって腹減らして死にたかねえよ。だけどよ、職人殺すにゃ刃物は要らぬ、雨の三日も降ればいいって言うけどよ、もはや十日は過ぎたぜ」

「この長雨で食べ物の値がすべて高騰しておる」

「野菜だろうと魚だろうとどこからも入ってこないんだ。高くなるのは当たり前だ」

「米の値はどうじゃ」

「春先一石で三分と一朱ほどだった米の値がとっくに一両を超えちまったよ。日に日に値が上がるのは間違いねえ」

「よし、ここに一両ある」

小籐次が懐《ふところ》から小判を出した。

うむ、というような顔をして勝五郎が小籐次を見た。

「これで、五斗ほど米が購《あがな》えよう」

「五斗は一石の半分だ、つまりは五十升の米を買い占めようって話だな」

「五十升ばかりを買うのに買い占めもないものだが、そういうことだ。その残りで味噌、塩、油、野菜を買う」

「ふむ、それで長屋じゅうに分けようって魂胆か。さすがは酔いどれ小籐次様、太っ腹だぜ」

「長屋で分けて煮炊きすれば、それだけ薪《まき》代もかかる。雨が降る間、長屋じゅうが一緒に煮炊きして凌《しの》ごうという話だ」

「考えたな。よし、おれがひとっ走り米田屋に行って、番頭に掛け合ってくるぜ」

勝五郎が小籐次の出した小判に手を伸ばした。そのとき、

「ちょっと待った」

とおきみの声がかかって、小籐次の部屋におきみが飛び込んできた。

「赤目様、うちの亭主にそんなことを任せたら、まず酒、煙草を買って、残りで米を買おうって魂胆が見え見えだよ。第一、あたしらには米屋にも油屋にもツケがある、一両はまずツケの支払いに消えちまうよ」

「それは困る」

と小籐次が言った。

「だから、その一両、こっちによこしな。宿六め」

おきみが勝五郎の手から一両を取り上げ、

「赤目様、こんなことは女に頼むのが一番だよ。お麻さんとあたしとで米田屋に掛け合って、米を当座日数分の三斗、つまりは三十升買う。そして、それに見合った味噌、油、薪、野菜なんぞを買って、できるだけ一両に収めるようにするからさ、あたしたちに任せてくれませんか」

と小籐次に願った。

「考えてみれば相談する相手が違《ちご》うたな」

小籐次が首肯《しゅこう》すると、

「お麻さんやおはやさんに相談して、米屋回りから始めるよ。夕餉から一緒に炊き出し飯をつくるってことでいいね」

「おきみさん、任せる」

小籐次の返事に、おきみが張り切って軒下から雨の中に飛び出していった。

「ああ、一両がおれの手にあったのはたったの数瞬だ。酔いどれの旦那よ、こんな相談、男同士でやりたかったな」

「諦《あきら》めることじゃ。古来、男の知恵など知れたもの。女が仕切るとうまくいくようにできておる。おきみさんはようも言うてくれた。勝五郎どのに任せれば酒代のツケで一両が消えるところであったな」

と小籐次が胸を撫《な》で下ろした。

「ちぇっ、このくさくさした気持ちを吹き飛ばすには、酒の勢いを借りるのが一番なんだがな」

「勝五郎どの、竈《かまど》の傍らの貧乏徳利に三合ほど酒が入っておる。それでも舐《な》めて我慢しなされ」

と小籐次に告げられると、

「酔いどれの旦那の飲み分を頂戴するか」

と言いながら勝五郎が台所を這《は》い、貧乏徳利を引きずってきた。

「酔いどれの旦那も飲むかえ」

「わしは遠慮しておこう。昼酒が応えるようになったでな」

「なにを言ってるんだい。一斗や二斗の酒なんてぺろりの酔いどれの旦那が、三合ぽっきりの酒を二人で分けて飲んだって、どうってことはあるめえ」

「だから、いかんと言うておるのだ。何事も中途半端はいかぬ。飲むならとこととん飲む、飲まぬなら一滴も飲まぬ」

「それができればな」

勝五郎が言いながら、縁の欠けた茶碗に貧乏徳利から酒を注《つ》ぐと、

「悪いな、独り酒でよ」

「あるだけ飲みなされ。なくなればそれ以上は飲めぬでな」

「最前の一両、おれに任せておけばこの板の間にでーんと四斗樽《だる》を据えてやったんだがな」

「死んだ子の齢《とし》を数えてどうなる。こういうことは女に任せることだ」

と言うところに雨仕度のお麻が顔を覗《のぞ》かせた。

「赤目様、本来ならうちが考えなければならないことでした。申し訳ありません。長屋はどちらも米も味噌も油も底を突いておりました。有難くこの一両を使わせてもらいます」

「お麻さん、礼を言われる話ではないぞ」

「赤目様、まず久慈屋の大番頭さんに相談し、久慈屋の名を出せば米が一文でも安く買える米屋を教えてもらいます。そのあと、あれこれと購って戻ります。しばらくご辛抱下さい」

「手が足りねば手伝うがな」

「いえ、うちの人が一緒に行くと言っております。それより、勝五郎さんにお願いがあります」

「なんだい、女差配」

「おえいさんが住んでいた部屋が、ここしばらく無住になっていますね。久慈屋さんにお願いして、雨の間、食堂《じきどう》に使わせてもらおうと思います。空き部屋ですから、十数人がなんとか一緒に集まって夕餉が食べられるでしょう」

「掃除しておけってか。任せておきな」

茶碗の残り酒をくいっと飲み干した勝五郎が立ち上がった。

おえいは木挽町《こびきちょう》の煮売り酒屋に通い奉公しているとかで、およしが独り住まいをしていた部屋の後にごくごく短い間住んだそうな。だが、長屋の雰囲気が合わなかったか、半月余りで出ていったとか。

小籐次には全く覚えがない。

「およしさんのことは覚えておるが、おえいさんとはどんなお人か、わしは知らぬな」

「酔いどれの旦那は見たことがないってか。おかしいな」

勝五郎が首を捻《ひね》った。

「勝五郎さん、赤目様が信州松野に出かけられていた間のことですよ。男好きのしそうな女の人で、男の人を夜な夜な部屋に連れ込むというんで、長屋の女衆《おんなし》と言い合いになり、ふいっと出ていったまんまなんです。その後、ざっと掃除はしてあります」

と言い残してお麻が小籐次の部屋の門口から姿を消した。

「わしも手伝おう」

「赤目様は金主《きんしゅ》だ。九尺二間の長屋くらい、おれ一人で十分だよ」

と言って勝五郎が出ていった。だが、すぐに戻ってきて、

「酔いどれの旦那よ、お麻さんは、おえいが出ていったあと掃除をしたと言わなかったか」

「そう聞いたが」

「おかしいな。だれかがその後、入り込んだかな」

勝五郎が首を傾《かし》げた。

「どうしたのだ」

「だから、畳の上に土足で上がった跡があってさ、畳まで上げた様子があるんだ

よ」

「なんじゃと」

小籐次は下駄を突っかけて勝五郎に従い、雨の中を右斜め前のおえいの部屋に飛び込んだ。小籐次が狭い土間に立つと、たしかに無人の部屋を家探しでもした様子があった。

「おえいが忘れものでも取りに戻ったかね。あいつ、元々夜具くらいしか運び込まなかったがな」

「煮売り酒屋の奉公人じゃと言うたな」

「というのは表向きでさ、おれは夜鷹《よたか》と睨《にら》んでいたがね」

「それにしても、久慈屋がようも住まわせたものよ。もっとも、住人を住まわせるかどうかを決めるのは差配の仕事か」

「それなんだよ。お麻さんのいない留守におえいが桂三郎さんと交渉してさ、入り込んだのさ。あとで桂三郎さんは、あんたは女に甘い、人を見る目がないと、さんざ叱られたらしいや」

「それは災難だったな」

「あいつは一日じゅう錺物の細工ばかりで生身の人間を相手にすることはないか

らな。女を見ればお麻さんと同じと思ってしまうんだな」

「人を見る目がないとな。そうではあるまい。桂三郎さんは空き家が埋まってよかったと思い、つい返事をしたのであろう」

小籐次は下駄を脱いで、板の間から四畳半に上がった。たしかに端の畳二枚が上げられた様子があって、外れていた。

「勝五郎どの、灯りがいるな」

「なにっ、床下を調べようってか。畳を嵌《は》め込んでおけばそれでいいんじゃねえか。おれが覗いたかぎりじゃ、床下にはなにもないぜ」

勝五郎は面倒なのか、そう答えた。

「無人の部屋に盗人もおかしな話じゃがな」

小籐次は首を捻り、

「よし、ならば桶《おけ》に水を汲《く》んでくるでな」

と再び土間に下りて下駄を履くと長屋の井戸に行き、掃除に使う桶に釣瓶《つるべ》で水を汲み入れた。

堀留を見ると水面《みなも》を大粒の雨が叩いて水しぶきが上がり、水位が明らかにふだんより上がっているのが分った。

小籐次の舟は勝五郎らに手伝ってもらい、長屋の敷地の中に上げ、舟底を上にして伏せられていた。

それにしてもよう天に雨があるものよと、小籐次は感心した。十日以上も続く秋梅雨の湿気で、衣類もじっとりとして気持ちが悪かった。

釣瓶で二杯汲み入れると、おえいが短い間、住んでいたという部屋に戻った。すると勝五郎が自分の家から行灯《あんどん》を一つ運んできたか、板の間に灯りが点されていた。そして、勝五郎は土間の一角にある竈からなにやら掻《か》き出していた。

「小判が詰まった財布でも出てきたか」

「財布ではないな。袋にころころとしたものが入っているよ」

勝五郎が革袋の紐《ひも》を解《ほど》くと、袋の口を下にして振った。すると、
ころり
と姿を見せたのは根付《ねつけ》だった。それも布袋《ほてい》様の細工もので大きかった。

「おえいめ、客から盗んだのかね」

勝五郎が布袋様の根付を行灯の灯りに翳した。すると布袋の膨らんだ腹の部分が行灯の灯りを反射して黄金《こがね》色に光った。

「勝五郎どの、その布袋、金無垢《きんむく》ではないか」

「えっ、金無垢だって。黒っぽいぜ」

「だから煤《すす》かなにかを塗って金無垢というのを隠しておらぬか」

勝五郎が小籐次の顔を見て、古浴衣の膝《ひざ》で布袋様の根付を擦《こす》ると、煤が剝《は》げて金無垢の布袋様が姿を現した。象牙と黄楊《つげ》でできているが、腹は金無垢だった。

「おっ魂消《たまげ》た。こりゃ、象牙と黄楊に金無垢の細工物の布袋様だ」

勝五郎が茫然《ぼうぜん》と呟《つぶや》いた。

二

しばし二人の男の間を重い沈黙が支配した。その後、恐る恐る口を開いたのは勝五郎だ。

「酔いどれの旦那、二人だけの秘密だな」

「どういう意か」

「だからさ、無住の長屋でこいつを見つけたのはおれだ。違うかえ」

「いや、なにも違わぬ。だが、そなたの魂胆が分らぬ」

「なあに、この部屋の主のおえいは夏前に出ていった。以来、戻ってきた様子はねえ。たしかにだれぞが忍び込んだ様子はあった。だが、おえいではない」

勝五郎が言い切った。

「どうして言い切れるな」

「だってよ、この象牙と黄楊に金無垢細工の布袋様がおえいのもので、一時《いっとき》この竈に隠していたとしたら、取り戻すのは簡単だ。家探しする要はねえ」

「理屈じゃな」

「だからさ、こりゃ、いわば道端に落ちていたものだ」

「それで、どうしようというのだ」

もはや勝五郎の魂胆は分っていた。猫糞《ねこばば》して山分けにでもしようと言外に告げていた。

「勝五郎どの、よくない了見じゃぞ。長屋は道端ではない。この竈に隠してあったということは、おえいさんではなく、長屋のだれかが女房に知れぬように隠していたものやもしれぬ」

「金無垢細工の根付をか。そんなものだれが持ってるというんだよ。だれもが貧乏人だ、いるわけねえさ」

「もしおえいさんが忘れていったか、隠していったものであるとすれば、なぜこのようなものを女子《おなご》が所持していたか。なんぞ後ろ暗いことがあるゆえであろう。となると、その根付はどこぞで盗まれたものやもしれぬ。そんなものを猫糞してみよ、大事《おおごと》じゃぞ」

「そうじゃねえよ。見つけたおれだけのものにしようとは言ってねえよ。質屋か道具屋に曲げたとき、酔いどれの旦那に分け前は寄越すよ。まあ、半分とはいかねえな。見つけたのはおれだもの。売り金の二割でどうだ、旦那よ」

「独り占めしようと二人で分けようと猫糞は猫糞だ。そなたが彫る版木の読売に、そなたの名が載ることになる」

「えっ、お縄になるって話か」

「いかにもさよう。まずそのような訝《いぶか》しい物は長屋の差配を通じて久慈屋からお上へ、それが面倒ならば難波橋の秀次親分に届ける。それが筋だ」

「となるとこの布袋の根付、どうなるね」

「奉行所では持ち主を探す。その結果、持ち主が現れぬときは」

「おれのものだな」

「いや、長屋の持ち主久慈屋のものになろうな」

「そんな馬鹿な」

「それが世間の決まりごとなのじゃ。そんなもの、己のものにしてみよ、手が後ろに回ることになる」

「やっぱりだめか。竈に戻すか」

「今宵《こよい》からこちらで飯の炊き出しをするのであろう。薪に火を付ければ布袋の根付は燃えてしまう。それにしても地金にするのは勿体《もったい》ない細工じゃ。まず、竈に火を入れてみれば、長屋のだれかが隠したのであれば直《す》ぐ分ろう」

「そりゃ、覚えがある野郎は慌てるものな」

「まあ、これはわしが預かり、あとでお麻さんに話して久慈屋に届けさせ、難波橋の親分に知らせるのが無難なところじゃな」

小籐次が手を出したが、勝五郎は未練げに掌《てのひら》の根付を渡さなかった。

「ああっ、おれはとことん金には縁がねえな」

「それくらいでちょうどよいのだ」

小籐次が答えたところに、だれかがどぶ板を奥に入っていく気配がした。蓑《みの》と笠《かさ》で雨仕度の男だった。それにしても奇妙に膨らんだ背中だった。

「えっ、この布袋目当ての泥棒ではないだろうな」

勝五郎が呟き、根付を己の懐に仕舞い込もうとするのを小籐次が取り上げた。

「ちぇっ」

と舌打ちした勝五郎が土間に下りて、雨が降りしきるどぶ板の敷かれた通路を覗いた。

「おや、酔いどれの旦那のところに客だぜ。おーい、だれだえ、酔いどれの旦那なら、こっちにいるぜ」

勝五郎が叫ぶと、蓑と笠の男が戻ってきた。戸口に立った男は遠くから歩いてきたらしく、雨で蓑も笠もずぶ濡《ぬ》れだった。

「おまえさんさ、蓑と笠は軒下で脱いでよ、土間に入りな」

勝五郎に命じられた男は、雨がぼたぼた落ちる蓑と笠を脱いだ。さらに手拭《てぬぐ》いで頬被《ほおかむ》りをしていたが、小籐次にはだれかすぐに分った。

「百助さんではないか。おりょう様になんぞ異変か、それともお呼び出しか」

「違いますよ。おりょう様がこの長雨を気にされて、赤目様がくさくさしているだろうからって、弟子の笙栄さんから頂戴した酒の切手とさ、鮭《さけ》の粕《かす》漬《づ》けとよ、茄子《なす》に大根、里芋、人参、米なんぞを届けるよう命じられただ」

「それはご苦労であったな」

百助を土間に入れ、勝五郎に角火鉢をこちらに運ぶように命じた。

「この雨ん中、角火鉢を運べってか」

と言いながらも雨の中を飛び出していった。

百助が頬被りしていた手拭いで濡れた衣服や手足を拭った。

「おりょう様がよ、赤目様と駿太郎様を望外川荘に連れてこいだとよ。長屋より暮らしは楽だろって言われるだよ」

「いくらなんでもこの雨では弟子方も姿を見せまい。寂しくなられたかのう」

「弟子は熱心に駕籠《かご》で乗り付けてくるだよ。ありゃ、おりょう様目当ての弟子もだいぶ混じっているだね」

「ほう、望外川荘は雨でも歌の集いはあるのか」

「炭火をかんかん熾《おこ》した火鉢を部屋にいくつもおいて、歌の集いが催されているだね。歌人なんてのは暇人の上に金持ちだな。この秋梅雨も歌の題材らしい。もっともこの数日は集いもなしだ。さすがにだれもこないだね」

と百助が言い、板の間に上がってきて、

「なんだか長屋は暗いだね」

と湿気た部屋を見回した。

「今夕から長屋じゅうがここに集まって炊き出しをするのだ。どこも米も味噌も薪も底を突いたで、まあ、一日二食の炊き出しだ。おりょう様からの頂戴物は大いに助かる」

「おっ、忘れていただ。おりょう様からの文《ふみ》だ」

懐から油紙に包まれた書状を出して小籐次に渡した。文の中に小判が何枚か忍ばせてあるようで、小籐次はおりょうの心遣いに感謝し、懐に仕舞った。勝五郎があれこれ気を回すのを恐れたからだ。

「ほれ、角火鉢に酔いどれの旦那の残り酒だ。百助さん、火鉢に炭を足してきたからよ、火が熾ったら竈にも火を移してくれねえか。部屋が温まるからさ」

勝五郎は角火鉢と貧乏徳利を板の間の上がり框《かまち》に置くと、

「酔いどれの旦那よ、おまえさんちから行灯を運んできていいか」

「それはいいが、濡れぬか」

「最前から雨が小降りになっていてな、動くのなら今の内だ。この秋梅雨はまだ何日も続くと見たね」

と言いながらまた飛び出していった。身軽に長屋の間を何往復もした勝五郎が手際よく行灯や炭、薪などを運び込んできた。

小籐次は百助を角火鉢のそばに寄せると、炭をふうふう吹いて火を大きく熾し、

濡れた体を温めさせた。その上で勝五郎に、

「おりょう様から酒の切手を頂戴した。どう致そうか」

「どう致そうかじゃねえよ。切手なんぞ見てたって酔うわけもなし、早く酒屋に駆け付けて酒に替えようぜ。よし、おれがひとっ走り、酒屋に行ってくる」

小籐次から切手を受け取った勝五郎が、

「おっ、豪儀だね、一斗の切手だよ。よし、越後屋の小僧に運ばせよう」

と勝手に算段をつけるや、破れ傘を差して木戸口から飛び出していった。

「駿太郎様はどこにおられるだ」

「差配のお麻さんの家に子らは集まって、お夕ちゃんに面倒をみてもらってお る」

「長屋の暮らしにもいいところがあるだね」

百助が感心しているところに女衆が米、味噌、油に豆腐や油揚げなど買い物をそれぞれ抱えて戻ってきた。

「うちの宿六が表に飛び出していったけど、赤目様がなんぞ命じたのかい」

「おきみさん、おりょう様からこのような品々を頂戴した。その中に酒の切手があったのじゃ。それを持って越後屋に走っていった」

「そんなことだろうと思ったよ」

おきみが望外川荘からの届けものを竹籠《たけかご》から取り出し、

「おや、米があるよ。茄子に大根、里芋、人参、粕漬けの鮭の切り身。物が集まる日には方々から集まってくるんだね。おりょう様の心遣いの鮭の粕漬けと野菜に、こっちが買ってきた豆腐、油揚げをいっしょに大鍋《おおなべ》で煮込んで、鮭の粕汁にしようかね」

とおきみがお麻を見た。

「大人数ですから、菜はその一品で十分ですね。大鍋と大釜《おおがま》はうちにあるのを持ってくるわ」

「ご飯はうちの竈で炊こうかね」

お麻の言葉をおきみが受けた。

「よし、わしが竈に火を入れよう」

順々と手順が決まって、夕餉の仕度が始まった。

竈に火が入ると、寒かった部屋が急に温まった。そこへ、

「小僧さん、そう樽を揺らすんじゃないよ。折角の下り酒の新酒が不味《まず》くなるじゃないか」

という勝五郎の声がして、越後屋の小僧と勝五郎が一斗樽を縄でくくり、竹棒に差して、二人してまるで座棺のように運んできた。

「よし、最後が肝心だ。上がり框の端にさ、そっと据えてくんな。鏡板を割るのはこの勝五郎に任せなって」

張り切った勝五郎が額から雨の滴が垂れるのも構わず、一斗樽を板の間の端に据えさせた。

「これで酒は十分にある。菜があるといいが、だれか古漬けなんぞ出さないか。酔いどれの旦那の家は駿太郎ちゃんとの二人暮らしだ、古漬けなんぞは漬けてないな。どうだ、おきく婆さん」

「言われなくたって、大根と茄子の古漬けを丼《どんぶり》に盛ってきたよ。だけど、おまえさんに催促されて出したくないね」

「どうしてだ、婆さん」

「この品々の金主は酔いどれの旦那だ。ついでに須崎村のおりょう様からの頂戴物も、酔いどれの旦那に届けられたものだ。それをさ、おまえさんがすべてお膳《ぜん》立《だ》てでもしたような差配面《づら》しているのが気に入らねえ」

おきくが言い切った。

なにしろおきくは新兵衛長屋に五十年以上も住んでおり、差配の新兵衛より古い。勝五郎なんぞは生まれたときから承知だ。おきくにおしめを替えられた口だから頭が上がらない。

「わ、分ったよ、婆さん。あのう、自慢の古漬けを供してくれませんか。お願い申します」

「最初からそう願えばいいんだよ」

丼に掛けられた布巾《ふきん》をとると、古漬けがうまそうに盛られていた。

「男衆《おとこし》は座敷に上がって下さいな。板の間で夕餉の仕度を始めますからね」

とお麻が言ったところに、桂三郎が新兵衛やお夕や駿太郎らを連れてやってきたので、急に無住だった部屋が賑《にぎ》やかになった。

「あっ、百助さんだぞ」

駿太郎が百助を見付け、百助が、

「駿太郎様、おりょう様がお待ちかねだ」

「百助さん、このあめでね、爺じいは舟がだせないんだ」

「たしかに水かさが増しているで、舟は危ないだよ。だども百助のように、歩いてなら須崎村を訪ねることができますよ」

と百助が応え、桂三郎が、

「橋止めにはなっておりませんでしたか」

「橋役人の話だとよ、あと一尺も水かさが増すと、どこの橋も往来が禁じられるそうだよ。たしかに足元をごうごう流れる濁った水を見ると、足が竦《すく》んでよ、目を瞑《つむ》って渡ってきただ」

「ご苦労であったな、百助さん。今日はうちで夕餉を食して、一晩泊まっていきなされ。そんな流れを日が暮れて渡るのは剣呑《けんのん》じゃでな」

小籐次が言い、勝五郎の声が響き渡った。

「鏡板を割ったぞ。ほれほれ、女衆も男衆も自分の家から茶碗を持ってきて、差し出した差し出した。まずはおりょう様に感謝して、酔いどれの旦那と百助さんに進ぜよう」

「もう、まんま茶碗と汁椀のほかに酒の茶碗も用意してあるよ」

おきくが前掛けの下から自分用の器を取り出した。

「抜かりねえな、年寄りは」

勝五郎が茶碗に八分目ほど注いで、まず小籐次と百助、そしておきくに差し出した。

「これは恐縮じゃな」

小籐次が受け取り、膝の上に置いた。子供衆を除いて大人に酒が行き渡るのを待った小籐次が、

「秋梅雨の店仕舞いを祈願して、一献頂戴しようか」

「ならば、須崎村に向って『おりょう様、有難く御座候』の呪文《じゅもん》がご利益ありそうだ」

と勝五郎が言い、新兵衛も子供も含めて、

「おりょう様、有難く御座候」

と和して新酒を口に含んだ。

「さすがは伏見の新酒だね、香りが違う」

勝五郎が樽の前で感嘆した。

「おや、賑やかですな」

戸口に久慈屋の大番頭の観右衛門が、小僧の梅吉に風呂敷包みを持たせて立っていた。

「最前、お麻さんから炊き出しの話を聞きましたでな、陣中見舞いに参りました。どうやらその要はないようですな、ご一統さん」

「大番頭さん、そうじゃねえよ。須崎村のおりょう様がさ、酔いどれの旦那への喜捨として、百助さんにあれこれ持たせてくれて酒の切手まであったのさ。それで急にお大尽《だいじん》になったような按配《あんばい》なんだよ」

「結構結構」

と応じた観右衛門が梅吉から風呂敷を受け取ると、

「甘いものが入っておりますよ」

とお麻に差し出した。

「観右衛門どの、いささか話もござる。狭いところじゃが、お互い膝を詰めれば座れぬこともあるまい」

と小籐次が言い、観右衛門が梅吉を先に店に帰して四畳半に上がってきた。

早速茶碗酒が供され、一口飲んだ観右衛門が小籐次に尋ねた。

「話とはなんですね」

「お麻さんが大鍋を掛けておる竈から、かようなものが姿を現したのじゃ」

勝五郎が見つけた大きな根付を懐から出して、観右衛門に渡した。それをしげしげと見た大番頭が、

「正真正銘の象牙と黄楊と金無垢の細工物の根付ですな」

「それがしもまず本物と見た。この部屋には、それがしが信州に行っている間におえいさんという女子が住んでおったそうな」

「そうでしたな。赤目様は一時《いっとき》住んだおえいを知らないのでしたな」

「大番頭さん、おえいがいなくなって何か月も過ぎた竈から根付が出てきたんだがね、それが目当てか、この部屋を家探しした者がいるんだよ」

勝五郎が根付を探しあてた経緯《いきさつ》を告げた。

「ちょいと拝見」

と錺職人の桂三郎が観右衛門の手から布袋の根付を摑《つか》んで、行灯の灯りに近付けて見ていたが、

「こりゃ、大変な代物《しろもの》かもしれませんよ」

「桂三郎さん、これだけ大きな金無垢だもの、潰《つぶ》しにしたって一両や二両にはなろうじゃないか」

と勝五郎が応じた。

「いえ、違います。これは江戸幕府が始まった頃の根付師山鹿壽斎の象牙黄楊金細工の根付のように思えます。もしこれが山鹿壽斎の手になるものなら、大変な代物ですよ」

錺職人の桂三郎の言葉だ、真実味があった。

「おい、桂三郎さんよ、大変な代物って十両もするのか」

「本物ならばその値の何倍もするでしょうね」

「け、桂三郎さん、じゅ、十両の何倍っていくらだ」

「大変な金額です」

「よ、酔いどれの旦那、お、おれが見つけたんだよな」

「たしかにそなたが見つけたな。じゃが、これがそのような代物かどうか、お上の手で真相をはっきりとさせてもらったほうがよいな」

「いかにもさようです」

と観右衛門が言い切った。

三

秋雨は止む気配はなかった。

新兵衛長屋で炊き出しが始まって三日が過ぎたが、もはやおえいが短い間住んだ部屋での集いもおしゃべりが減り、だれもが口が重くなっていた。

勝五郎でさえ、

「もう酒も食いもんもいいや。晴れた空が欲しいよ」

と自分の部屋に戻り、じめじめとした布団に潜り込んでいた。

小籐次は自分の部屋に子供を集めて、竹とんぼや竹笛を作ることを教えて時を過ごしていた。

そんなとき、必ず子供たちに新兵衛が従ってきて、その面倒を孫のお夕がみた。といって竹とんぼ作りをいっしょにやるというのではない。子供たちが小刀を使って削る竹くずを拾い集めて、
ぱらぱら
と板の間に撒《ま》き散らし、意味不明のわらべ歌のごときものを口ずさんでいた。

どんどんどん
と隣の壁が叩かれ、勝五郎の声がした。

「酔いどれの旦那よ、新兵衛さんのその歌、どうにかならないか。聞いてると段々と気が滅入ってくるんだよ」

「ご免なさい、爺ちゃんの歌を止めるから」

慌ててお夕が勝五郎の怒鳴り声に応じた。

「お夕ちゃん、よいよい、止めずともよいぞ。新兵衛さんはなにも悪いことはしておらぬ。己一人で静かに過ごしておられるのだ。もはや半分仏様になっておられるのだからな」

と言うと小籐次は、

「勝五郎どの、子供や新兵衛さんが耐えておるのじゃぞ。大の男が我慢できずにどうする」

と壁越しに勝五郎を窘《たしな》めた。

そのとき、ばたばたと水溜りを走り来る濡れ草履《ぞうり》の音がして、

「こちらに赤目小籐次様はお住まいか！」

と絶叫する声が響いた。

「だれか知らねえが、酔いどれの旦那ならうちの左隣に巣食ってるぜ」

と勝五郎が応じた。するとどぶ板を踏み割るような足音がして、板屋根から雨が落ちる軒下に立つ気配がした。

「どなたかな。いかにも赤目小籐次はかようにこの長屋に世話になっておる。用なれば腰高障子を開きなされ」

「ご免」

という若い声がして障子が開かれると、血相を変えた二人の若侍が全身ずぶ濡れで立っていた。訪問者は稽古着《けいこぎ》を着ていた。ということは、どこぞの剣道場の住込み門弟か。

二人の突然の訪問者は、部屋に子供や年寄りが集まり、竹細工をしている光景が思いがけなかったか、茫然とその様子を見た。

「竹細工が珍しいか」

「はっ、いえ」

「それがしが赤目じゃが、用を申されよ」

小籐次が二人の見知らぬ顔の若侍に命じた。すると傍らのお夕が、

「あら、露崎道場のお侍さんじゃない」

と言った。

「お夕ちゃん、承知か」

「赤目様、播磨《はりま》竜野《たつの》藩脇坂様のお屋敷前の路地奥に、剣道場があるのを知らない」

「気付かなんだ」

「何十年も、この界隈の武家屋敷のご家来衆を教えていらっしゃるの。たしか看

板には随変一刀流露崎道場とあるわ。お父つぁんが読み方を教えてくれたの」

随変一刀流か。寡聞にして小籐次はこの流儀を知らなかった。また芝口界隈に剣道場があるとは気付きもしなかった。それだけ土地に馴染《なじ》んだ剣道場なのだろう。

「その露崎道場の門弟衆が、この赤目になんの用かな」

「赤目様、当道場に道場破りが押しかけまして、ただ今若先生と真剣での立ち合いを強《し》いております。大先生は病の床にあり、若先生はあまり剣術が得意ではございません。いえ、ご指導は上手なのですが、実戦のほうは」

「だめか」

「はい」

小籐次はそのような剣術家をたくさん知っていた。実戦者としては決して強くはないが、指導者としては有能な剣術家だ。幕府開闢《かいびゃく》より二百年が過ぎて、有能な指導者がいる道場こそが必要とされていた。

随変一刀流露崎道場もそのような道場の一つなのだろう。

「この赤目小籐次にどうしろと申されるのだ」

「酔いどれの旦那よ、分ってるじゃないか。ご町内の誼《よしみ》、露崎道場を助けてくれって話だよ。お夕ちゃんが言ったように代々、先生方や門弟衆も含め、あの界隈に慕われてきた剣道場なんだよ。その道場の危難だ。隣町に住む酔いどれの旦那の助けが借りたい、ひと肌脱いでくれって門弟衆が頼ってきたんだよ」

と壁越しに勝五郎が怒鳴った。

小籐次は弾む息の若い門弟を見た。すると勝五郎の言葉を肯定するように何度も頷《うなず》いた。すると顎《あご》の先から雨の滴がぼたぼたと落ちた。

「若先生のお許しを得ておらぬが、邪魔をしてよかろうか」

「なんとしても、道場破りから露崎道場を守りとうございます、恥を忍んでの頼みにございます」

「道場破りは何人か」

「六人にございまして、女武芸者が一人交じっております。すでにわれらが兄弟子の竹中瓢平《ひょうへい》様の肩を砕いており、土足で道場に上がるなど傍若無人の振舞いにございます」

「その者ども、名乗ったか」

「諸国武者修行中の阿蘇不嶽《あそふがく》流一ノ矢権太左衛門とその一党と名乗りました」

若侍が言った。

「おおっ、そいつならよ、酔いどれの旦那、近頃江戸の町道場のあちらこちらに姿を見せて、真剣勝負を挑み、弱いとみると指導料と称して金銭を要求する輩《やから》だよ。こいつは読売のネタになるぜ。いつまでぐずぐず問答しているんだよ。さあ、行くぜ」

隣の勝五郎が勇んで飛び出す様子があった。

小籐次はお夕を見た。

「赤目様、同じ町内の道場よ、助けてあげて」

「よかろう。こちらもこの長雨でいささかくさくさしておったところだ。体を動かすのも悪くはあるまい」

小籐次は立ち上がると、部屋の隅に立てかけてあった備中次直《びっちゅうつぐなお》を腰に差し落とし、二本の竹とんぼが竹骨に差し込まれた破れ笠を手にした。

「お夕ちゃん、留守を頼んだぞ」

はい、とお夕が応える傍らから、

「爺じい、がんばって」

と駿太郎が竹笛を手に小籐次を激励し、

「爺じい、頑張って」

と新兵衛が駿太郎の口真似《くちまね》をした。

(わしは新兵衛さんの爺《じじ》ではないわ)

と小籐次は腹で思ったが、口にはせず、

「参ろうか」

「忝《かたじけの》うござる」

一人の若侍がほっとした表情を見せ、もう一人が、

「赤目様、お急ぎを」

と願った。

「まあ、お待ちなされ」

案内に立とうとする二人の若侍を制し、新兵衛長屋の集いの場に小籐次は立ち寄ろうとした。すると中からにゅっと竹柄杓《たけびしゃく》が突き出され、酒の香りが雨に混じって漂った。

勝五郎が先回りして小籐次に一斗樽の残り酒を供したのだ。

「頂戴しよう」

小籐次は勝五郎の手から竹柄杓を受け取ると、
くいっくいっ

と二口ほど喉《のど》に落として渇きを癒《いや》し、勝五郎に戻した。すると、

「お流れ、頂戴します」

と勝五郎が受けて、小籐次が飲み残した酒を一気に飲み干し、

「ほれ、門弟衆よ、酔いどれ小籐次の出陣だ。案内《あない》を頼んだぜ！」

と叫ぶと、二人の若侍が木戸へと走り出した。

そのあとに小籐次が従い、なぜか勝五郎まで尻を絡《から》げて三人の後を追った。


露崎道場のある路地を緊迫の空気が支配していた。

小さな門の奥に藁葺《わらぶ》き屋根の一軒家があり、式台の付いた玄関があった。

小籐次は案内の門弟が道場に駆け込むのを門前で制し、

「若先生の名はなんと申される」

と尋ねた。

「露崎与五郎様にございます」

「病の大先生は」

「露崎六平太様と申されます」

頷いた小籐次は門を潜《くぐ》って玄関前で破れ笠を脱ぐと、一本の竹とんぼを破れ笠

の縁《へり》から抜いて白髪頭に差した。濡れた顔と手足を手拭いで拭い、草履を脱いで式台に上がった。そこから道場の様子が見えた。

板の間の道場は五、六十畳ほどの広さか。磨き込まれた柱も板壁も手入れが行き届いていた。神棚には芝神明社《しばしんめいしゃ》と愛宕権現《あたごごんげん》の御札が祀《まつ》られてあった。

道場では今しも二人の剣術家が対戦しようとしていた。

神棚の前に、寝巻に袖なしを羽織った白髭《しろひげ》の老人が座していた。青白い顔から病の大先生露崎六平太であろう。

草鞋《わらじ》履きの大兵が道場破りの一味か。太い赤樫《あかがし》の木刀を片手一本で突き出すように無造作に構えていた。

稽古着の主が露崎道場の若先生露崎与五郎に違いない。齢は三十六、七か。

白鉢巻きを締めた顔に決死の覚悟があった。

その対決を二十数人の門弟が固唾《かたず》を呑《の》んで見守り、もう一方の壁際には土足の五人が持参した瓢簞《ひょうたん》から酒を回し飲みしていた。たしかに五人の内の一人は女武芸者だった。その身丈は五尺そこそこだが、臼《うす》のように固太りの体付きをしていた。この女の得物《えもの》は薙刀《なぎなた》だ。

「いささか待たされ申した。最前申した十両の指導料は三倍に値上げとなった。

とはいえ道場が潰れるよりはよかろう。どうじゃ、体が不自由になっては道場の経営は立ちゆかぬぞ」

大兵が露崎与五郎に向い、あからさまに金銭を強要するように嘯《うそぶ》いた。

「もはや問答無用」

潔い与五郎の返答で大兵の剣術家が、

「算術もできぬか」

「剣術に生きる者に算術など要ろうか」

「命を失《うしの》うては元も子もないがのう。致し方ないわ」

道場破りが赤樫の木刀を大上段に差し上げ、片方の手を添えた。それに対して露崎与五郎は正眼《せいがん》の構えで応じた。

両者が睨み合い、間合いを詰めようとしたとき、

「押し込み強盗が如《ごと》き無法者、与五郎先生が相手をなす価値もなき輩にございますぞ」

という声が道場に響き、

「若先生の前座を、この界隈に住む爺侍が務めましょうかな」

小籐次が道場に小さな体を移すと、神棚の下の大先生露崎六平太ににっこりと

笑いかけた。

「うむ」

という表情で小籐次を見た六平太が、

「おお、赤目どのか。助勢、忝い」

と小籐次の意を含んだ言葉を解して話を合わせた。

「何奴《なにやつ》か」

対決者が小籐次に訊《き》いた。

「まあ、この露崎道場の居候侍でな。かような時に汗でも掻かんと義理が悪いでな」

露崎与五郎の傍らに歩み寄り、

「若先生、木刀をお借り申す」

と願った。

「赤目小籐次どの」

「なにも言われるな。こやつら、野犬の群れにも劣るくず剣術屋にござってな」

与五郎の手から木刀を借り受けた小籐次が、

「阿蘇不嶽流なるご大層な流儀を名乗る野犬の頭分《かしら》はどやつか」

瓢箪に入れた酒を回し飲む五人に声をかけた。その間に、露崎与五郎が父親の大先生のもとに下がった。

「おのれ!」

小籐次に無視された大兵が喚《わめ》くと、

「爺、差し出がましい。叩き潰してくれん」

と大上段に振り上げていた赤樫の木刀を、いきなり小籐次の大頭に叩きつけてきた。

そより

と小籐次が動き、借り受けた木刀が鋭く翻って大兵の脇腹《わきばら》を急襲した。

ぼきり

と不気味にも脇腹の骨が何本も折れる音が響くや、大兵の体が横手に数間ふっ飛んで床に転がり、悶絶《もんぜつ》した。

「来島《くるしま》水軍流正剣一手流れ胴斬《ぎ》り」

小籐次の口から呟きが洩れた。

露崎道場に森閑とした沈黙が落ちた。

見物するだれもが小籐次の早業《はやわざ》に言葉を失っていた。

「ありす様は、生まれ育った町を覚えておられますか?」

運転席に座る紳士に問われて、ありすは思わず背筋を伸ばした。

「あまり覚えていないんです」

京都に住んでいたのは、小学校二年生まで。

すべてが終わったのは、二年生の夏のこと。

家族で海に行こうと、北へ向かって走っている際に、居眠り運転していた対向車が突っ込んできたのだ。

父と母は即死、後部席にいたありすだけが奇跡的に助かった。

その事故のことは、よく覚えていない。

朝、家族で家を出発したことは覚えているのだが、その後、気が付くとありすは病院のベッドにいたのだ。

目に飛び込んできたのは、憔悴《しょうすい》しきった様子の叔母の顔であり、目覚めたありすを見て、『良かった』と涙を流した。

父と母の両親は既に高齢者施設に身を寄せていて、子どもの面倒を見られるような状況ではなく、叔母夫婦にありすは引き取られることになった。

だが、叔母の家も子どもを引き取る余裕などなかったことは、すぐに分かった。

その家には、ありすよりも年下の子どもたち――ありすにとっては従弟《いとこ》になるのだが

──、息子が三人いる。叔父は働きに出ては、すぐに喧嘩《けんか》してやめてきてしまう人であり、叔母はいつも忙しそうにしていた。

そんな叔母の家では、ありすの身の置き所がなかった。

叔父が乗った軽トラのタイヤが砂利《じゃり》の上を走る音が聞こえると、ありすの体はびくんと震える。

慌てて押し入れに飛び込み、延長コードで繋いでいるスタンドをつける。

読みかけの本を開いて、物語の世界に逃避するようにしていた。

家は平屋建ての小さな借家で、四、五畳の部屋が三つあるだけだった。

ひとつは居間兼ダイニング、ひとつは夫婦の部屋、もうひとつは子ども部屋であり、ありすの居場所は子ども部屋の押し入れ上段半分ほど。

この家には押し入れもひとつしかなく、そのスペースすらも贅沢《ぜいたく》であり、申し訳なさを感じていた。

押し入れに籠《こも》っていたのには、理由がある。

叔父と顔を合わせたなら、必ず何か難癖《なんくせ》をつけられて長々と説教をされてしまったり、『狭《せめ》えなぁ!』と大きな声で嫌味を言われてしまうのだ。嫌味を言われた後に押し入れの中に入ったりしたら、余計に機嫌を損ねる。

それでも引き取ってもらえたのだから、ありがたい、と心の中で自分に言い聞かせていた。

だが、身の置き所のない毎日だった。

叔母の家の経済状態を察すると、新しいノートが欲しいということも言えず、学校で不要になったコピー用紙の裏面を使わせてもらったこともある。

そんなありすにとって、唯一の楽しみは本を読むことだ。

学校の図書室、市の図書館で、いくらでも本を読むことができる。

ありすが、中学に入学した頃のこと。

ありすの本好きを知っている近所の書店の店長が、こんな申し出をしてくれた。

『ありすちゃん、そんなに本が好きなら空いている時間、うちの本屋の手伝いをしてくれないかな。アルバイト代とまではいかないけれど御駄賃《おだちん》くらいならあげられるよ』

おそらく近所で見ていて不憫《ふびん》に思ってのことなのだろう。

ありすは素直に嬉しく思い、店の手伝いをさせてもらうことになった。

書店の名前は、『山猫書店』。

宮沢賢治の『注文の多い料理店』に出てくる『山猫軒』から採ったらしい。

書店の店長はもう還暦を迎えていて、品出しがつらいと言っていた。

新刊発売日は、ありすはいつも張り切って、棚に本を並べていく。

高齢者の多い地区だったため、時代小説の発売日は一仕事だった。

御駄賃は決して多いとはいえなかったが、ノートや鉛筆は十分に買えるようになった。

嬉しいのは、月に一度、好きな新刊を店長がプレゼントしてくれることだ。

『その代わり、その作品の魅力をPOPに書いてね』と言う。

ありすが主に好んだのは、ファンタジーだ。

この現実世界から、まったく別のところに行きたかった。

読んだのは、ライトノベルと呼ばれるものから、古典ファンタジーまで。

どれも、胸が躍《おど》って仕方ない。

本を開いている間は、別世界に行けるのだ。

POPを書く手にも力が入り、店長に『これは素晴らしいね』と褒《ほ》めてもらった。

『――アリスもファンタジーだし、ファンタジー好きは名前から来ているのかな』と店長は笑う。

『不思議の国のアリス』のことだ。

その作品は元々、母が好きで、だから子どもに『ありす』と名付けた。

ありすは自分の名前を気に入っていたし、『不思議の国のアリス』も『鏡の国のアリス』も大好きだ。

また、童話や絵本も好きで、文庫になった童話集をいつも持ち歩いていた。

童話集は図書館や公園で小さな子どもに会った時や、従弟たちに読んであげることができる。

本を読むこと、誰かに本を読んであげることがとても楽しく思えていた。

ありすにとって図書館や図書室、そして『山猫書店』で過ごす時間が心の支えだった。

『ありすちゃん、進路はどうするんだい？　成績優秀だそうじゃないか』

ある日、店長は少し感心したように尋ねてきた。

そんな店長の眼差《まなざ》しを直視できず、ありすは目を伏せた。

叔父は、ありすを進学させる気がないにもかかわらず、成績が悪いと怒鳴《どな》り散らす。

それが嫌で、必死に勉強しただけだ。

自分の成績が良ければ、考え直して高校に進学させてもらえるかもしれない、という一縷《いちる》の望みもあった。

だが、その望みは叶《かな》うことはなかった。

『うちには、お前を高校に行かせる金などない。そもそも高校は絶対に行かなきゃいけないところじゃないだろ。義務教育じゃないんだ』

叔父にそうはっきりと言われてしまった時、ありすはもう限界だと思った。

ここに一秒でも長くいたくない。そして強く『京都に帰りたい』と感じた。

だが、まだ十五歳の自分が京都に帰って仕事をするには、どうしたら良いのだろう、と考えあぐねていた時のこと。

『山猫書店』の店長に、京都を特集した雑誌をプレゼントしてもらった。

ありすの事情を知ってのことだったのだろうか、その雑誌には舞妓の記事が載っていた。インタビューを読むと舞妓の彼女は静岡出身であり、幼い頃より舞妓に憧れて中学を卒業した後、両親を説得してたった十五歳で置屋に入ったと話している。

ありすは、舞妓見習いの『仕込み』には中学卒業後すぐ、しかも地方の者でもなれることを初めて知り、大きな衝撃を受けた。

同時に、幼い頃、両親と共に祇園《ぎおん》に遊びに行った時に見掛けた舞妓の姿が頭の中に鮮やかに浮かび上がる。

『最近は観光客が舞妓さんの格好していることがあるけど、あの子は本物やね。身のこなしが違う』

『本当、歩き方とか、上品で綺麗《きれい》ねぇ』

そう話す両親の言葉を聞きながら、幼いありすは、舞妓の美しさと雅《みやび》さに、見惚《みと》れるばかりだった。

まるで別の世界の住人のようであり、その時の憧れが蘇《よみがえ》り、『これだ』と強く思った。

十五歳の自分が、京都に戻り生きていく方法はこれしかないと――。

それから、ありすは学校や図書館のパソコンを使い、舞妓になるためにはどうしたら良いか調べ始めた。

まずは、保護者と共に直接、置屋の組合に面接を兼ねて話を聞きに行かなければならないことが分かった。だが叔母には、そんな金銭的余裕も時間さえもない。

ありすは叔父のいない時に組合に電話をし、自分の状況を伝えた上で、どうしてもがんばりたい旨《むね》を切に訴えた。

『――事情は分かりました。もう一度こちらから電話をしますね』

組合の女性はそう言って電話を切り、それから約十分後に電話が掛かってきたのだ。

再び電話を掛けてきてくれたのは先ほどの女性ではなく、男性に替わっていた。

『ぜひ、来てください。お待ちしています』

電話口に届いた優しく落ち着いた声に、ありすは蜘蛛《くも》の糸をつかんだ心地で、『ありがとうございます』と相手には見えないのに、深く頭を下げていた。

二

「…………」

ありすは、ぼんやりとその時のことを振り返りながら、運転席に目を向ける。

思えばあの時、電話を掛けてきてくれたのは、この人だったのかもしれない。

優しげな紳士の姿をバックミラー越しに見て、ふと『山猫書店』の店長の姿が思い出され、ありすは目を伏せた。

舞妓になる旨を店長に伝えると、

『そうかぁ、京都に帰れることになって、良かったね』

彼は寂しそうな笑顔で、ありすの肩に手を載せた。

『はい、ありがとうございます』

『そういえば、ありすちゃんは、元々京都のどの辺《あた》りに住んでいたの？』

この時店長は、はじめてありすに京都のことを尋ねた。

もしかしたら、ありすがつらい思いをするのではと訊《き》くのを躊躇《ためら》っていたのかもしれない。

『下鴨《しもがも》神社って知ってますか？』

『ああ、知ってるよ。世界遺産の立派な神社だろう？』

『その近くに住んでいたんです。だから、小さな頃は境内《けいだい》でよく遊んでいて……』

その神社には〝糺《ただす》の森〟という、古代から続く森があり、ありすはよくそこで遊んでいた。

清冽《せいれつ》な小川に素足を浸したり、涼しい木々のトンネルを駆け抜けたりしたものだ。

『……その時に……』

ぽつりと口を開いたありすに、店長は『ん？』と興味深そうに身を乗り出す。

『あ、いえ、なんでもないです』

ありすは首を振りながら、これまで記憶の隅に追いやってしまっていた思い出が蘇る気がした。


――それは、ありすが小学校一年生の夏。

早朝、境内の泉川《いずみかわ》に向かうと、川のほとりに少年が座っていた。

その少年は、ありすと同世代であり、Tシャツにハーフパンツ姿。

まるで崖から転がり落ちたかのように、膝も頬も腕も、擦り傷だらけだった。

ありすを見るなり、睨《にら》むような目を見せる。

髪も目も肌も色素が薄めで、まるでハーフのような雰囲気だ。

薄茶色のさらさらの髪は、とても綺麗で、あまりに鋭い目は警戒心の強い猫を思わせた。

『大丈夫？』

そう尋ねたありすに、少年は何も答えない。

やはり彼は外国人で、言葉が分からないのかもしれない。

ありすは自分の小さなショルダーバッグの中から、絆創膏《ばんそうこう》を取り出した。

可愛《かわい》らしい花柄のお気に入りの絆創膏だったが、特にひどい腕の傷を見ていられなくなったのだ。

『これを貼ったら良くなるから』

絆創膏を差し出すも、彼は訝しそうにするだけ。

一歩近付くと、彼は後退《あとずさ》りをした。

ありすは『大丈夫だから』と手をかざした。

彼は眉根を寄せて、睨むような目をするも、後退りはやめていた。

『ちょっとジッとしててね。そこにこれを貼るだけだからね』

小さな子に言い聞かせるように言って少年の腕にペタリと、花柄の絆創膏を貼った。

『…………』

少年はしばしの間、不思議そうに絆創膏を見詰めている。

『それじゃあ』と、ありすが立ち去ろうとした時、ぱしゃん、と水音がした。

振り返ると、少年は川に足を入れている。どうやら、その水音は、あえて立てたものだったようだ。

ありすと目が合うなり少年はモジモジと困ったようにした後、サッと頭を下げる。

その時、ありすは、少年は言葉を話せないようだと気が付いた。

言葉はなくとも彼から〝ありがとう〟という気持ちは伝わってくる。

そんな彼は人に礼を伝えることが苦手なのか、顔は真っ赤で目を背《そむ》けていた。

そんな少年の姿に、ありすはとても嬉しくなり、『こちらこそ、ありがとう』と大きく手を振った。

少年は驚いたように、ありすを見詰め返す。

『あなたは、この時間、いつもここにいるの？』

そう問うと、彼は躊躇いがちに頷いた。

『またここに来るね』

そう言うと、少年は屈託のない笑顔を見せた。

わぁ、と、ありすは思わず零《こぼ》した。

険しい表情を見せていた時は気付かなかったが、彼は美しくとても愛らしい少年だった。


その夏の間、ありすは毎日のように糺の森を訪れて、少年と遊んで過ごした。

少年は言葉を話せなかったが、一緒にいて退屈に思ったことはない。

とても聞き上手でありすの話をいつも熱心に聞き、相槌《あいづち》をうってくれていた。

幼い頃から本が好きだったありすは様々な物語を読んで聞かせ、少年はいつも食い入るような目をして聞いていた。

特に童話が好きで、読むたびに愉《たの》しそうにしていた。

そうして、長くて短い夏が終わる頃。
それは、今でも鮮明に覚えている。
下鴨神社の境内を東に出て小道を走り、高野川《たかのがわ》に出た。
空は夕陽で橙色《だいだいいろ》と桃色が重なりあい、川の水面《みなも》がきらきらと輝いている。
東の空に、白い月が浮かんでいた。
——満月だった。
彼の薄茶色の髪も、夕陽に透けて美しい。
ありすが見惚れていると彼はそっと口を開き、寂しそうに告げたのだ。
『ごめんね、ありす』
突然、口をきいた少年に、ありすは衝撃を受けた。
これまでずっと、彼が話せないと、信じて疑わなかったためだ。
『——喋《しゃべ》れたの?』
驚きから、絞り出すように問うと、彼はこくりと頷く。
『実は喋れなかったんじゃなくて、喋ってはいけなかったんだ』
『……どうして?』
『ここの人間じゃないから。実は遠くから来ているんだ』
遠くから来ているとはいえ、なぜ、それで喋ってはいけないということになるのか。

ありすの母の実家も東北だったが、よく喋っているというのに。

疑問はたくさんあったが、ありすは黙って次の言葉を待つ。

『もう帰ることはできないかもしれないと思っていたんだけど、故郷に帰れることになったんだ』

そう言って彼は、喜びながらも少し寂しそうな目を見せる。

『もう会えないの？』

涙目で尋ねたありすに、少年は首を振って、しっかりと手を取った。

『故郷を出たのは、誰からも必要とされなくなってしまったからなんだ。それは自分のせいなんだけど。だけど、ありすのお陰で故郷——自分の町に帰れることになったんだよ』

『私の？』

どうして、私のお陰なのだろう、とありすは目を泳がせる。

『さっき、喋ってはいけないって言ったよね』

『う、うん』

『それには例外があって、強い縁を結びたいと思った人とは、話しても良いとされているんだ。そして自分の名を名乗ることも』

『お名前、なんていうの？』

『〝蓮《れん》〟』

『……レンくん』

『そう、蓮だよ』

『素敵なお名前』

『ありがとう、ありす。大きくなったら、ありすを迎えに来るから。そうしたら――結婚しよう』

つないだままの手に、ぎゅっと力をこめる。

こちらを見詰める綺麗で不思議な色をした瞳はとても真剣で、ありすは涙を滲《にじ》ませながら、『うん』と強く頷いた。

空が鮮やかに彩《いろど》られ、月が見守る下で、二人はそっと小さな唇を合わせる。

ありすが目を開けた時には、既に少年の姿はなかった。

そうして、少年とはそれきりだ。

それは、ありすの初恋であり、初めてのキス。

我ながら、早熟だったと思う。

幼い頃に出会った少年と結婚の約束。

ありすにとっては大切な恋の想い出であり、今も夢を見てしまう。

本当に彼が迎えに来てくれるのでは、という甘い期待だ。

凛《りん》とした美しい顔立ちの少年だった。

あのまま成長したら、素敵な男の子になっているだろう。

叔父の家でつらいことがあると、成長した彼が迎えに来てくれる妄想をしたものだ。

同時に、こうも思った。

京都に住んでいなければ、彼に見付けてもらえないかもしれない、と。

そんな焦《あせ》りも、自分を京都へと駆り立てた理由のひとつだった。

とはいえ、本当に迎えに来てくれるなどと本気で期待するほど、ありすも子どもではない。

何より、あの木漏《こも》れ日《び》の下、蓮と手をつないで森を駆け抜けたこと、夕暮れの河原での約束は、今となっては、すべてが夢の中の出来事のようにも思える。

翌年の夏には、すべてを失《な》くしてしまったのだから……。

浮かんだ涙を誤魔化《ごまか》すようにありすは、眉間《みけん》を押さえる。

目を瞑ると、眩《まぶ》しい糺の森が浮かんでくるようで、そっと胸に手を当てる。

そうして、ありすはそのまま深い眠りに落ちていた。

三

「――ありす様」

紳士の優しく穏やかな声で、ありすは目を覚ました。

外は朝霧に包まれ、ぼんやりと明るい。

車は停まっていた。

「この先の橋の向こうが町の中なのですが、この橋は車が渡ってはいけないため、歩いて渡っていただいてよろしいでしょうか」

ありすは目を擦《こす》って、フロントガラスの向こうに目をやると、大きな川と橋が見える。

「……あの川は？」

「鴨川《かもがわ》ですよ」

「鴨川！」

懐かしい響きだった。かつて家の近くにあった川は、高野川で鴨川ではない。

だが、高野川が賀茂川《かもがわ》と合流して、『鴨川』となるという話を両親がしてくれたのをよく覚えている。

『三角デルタ』と呼ばれる川の合流地点の景色も、朧気《おぼろげ》だが記憶に残っていた。

川を渡る亀石で遊んだことがあるのだ。

ありすが目を輝かせて身を乗り出していると、カチャリと後部席の扉が開いた。

どうぞ、と手を差し伸べる紳士に、ありすは「ありがとうございます」と会釈《えしやく》をして、車を降りる。

「本当なら荷物も運んで差し上げたいのですが……」

紳士は、申し訳なさそうにありすのキャリーバッグを取り出す。

「いいえ、そんな。ここまで送ってくださっただけで、本当に感謝です。ありがとうございます」

ありすは、自分の小さなキャリーバッグを手にした。

自分の荷物は衣服が少しと、お気に入りの本が入っているだけだ。

「あと、こちらも、あなたのお供に」

紳士は後部席からうさぎのぬいぐるみ、助手席から蛙《かえる》のぬいぐるみを取り出して、キャリーバッグの上に座らせるように並べて置いた。

助手席にいた人物は、いつの間にかいなくなっていた。

蛙のぬいぐるみは、黄緑色でダークグレーの甚平《じんべい》姿であり、質感が妙にリアルだ。

「………」

うさぎは可愛いけれど、蛙は得意ではない。

だが、せっかくの心遣いだからと、ありすは礼を言って歩き出す。

ぬいぐるみたちはすぐに転がり落ちてしまうのでは、と懸念したが、意外にも安定していて、キャリーバッグの上にしっかりと載っている。

朝霧の中、大きな橋がはっきりと見えてきた。

その橋には『五条大橋』という看板がかけられている。

「あ、これが、五条大橋」とありすは零す。

弁慶《べんけい》と牛若丸《うしわかまる》が出会ったことで知られる橋だ。

ありすが知っている五条大橋は車がたくさん行き交《か》っているイメージだったのだが、今は車両通行禁止のようだ。

振り返り、あらためて紳士に礼を伝えようとしたが、彼の姿はすでになかった。

「……?」

車が走り去った音もしなかったというのに車もなくなっている。

早朝の五条大橋は、ひと気がなく静かだった。

橋を渡り始めると、急に霧が晴れてきた。

橋の真ん中まで来ると、老婆が川に背を向けて椅子に座っていた。

ショールを肩に掛けて、うとうとしている。

ありすが傍《そば》をそっと通り過ぎようとした時、

「――お嬢さん」

老婆に声を掛けられ、ありすは驚いて足を止めた。

「はい」

「どこから来たの？」

のんびりとしたその口調は、京ことばという感じはしない。

「……東北からです」

「そう。ここに来られることになって、良かったわねぇ」

まるで事情を知っているかのような口調に、ありすはどきりとする。

「は、はい」

「そのうさぎのぬいぐるみ、とても可愛いわねぇ。貸してもらえるかしら」

ありすは頷いて、うさぎのぬいぐるみを差し出す。

すると彼女は嬉しそうに、うさぎのぬいぐるみに頬擦《ほおず》りをした。

「私はねぇ、もうすぐここを出なくてはならないの」

ありすが何も言えずにいると、老婆は力なく笑う。

「ここに憧れてきたんだけど、この世界には馴染《なじ》めなかったのよねぇ。向いてなかったのかもしれないわね。もう少し、ここにいたかったわ」

「追い出されてしまうんですか？」

そう訊くと、老婆は微《かす》かに首を振る。

「小さな埃《ほこり》は風が吹けば、飛んで行ってしまう。それと同じこと。お嬢さんも、ずっとここにいたいと思うならば……」

話しているうちに、またどんどん霧が濃くなって、目の前の老婆の姿が見えなくなる。

同時に、彼女の声もかき消されていく。

ややあって、霧が晴れると、老婆の姿は消えていた。

残されたのは、材木で組まれた丸椅子だけ。

とても不思議だったが、『怖い』とは思わなかった。

彼女が言った言葉通り、風に吹かれて行ってしまったような印象だけが残る。

だが、おそらく霧が濃くなった時に、立ち去ってしまったのだろう。

「おばあさん……なんて言ってくれようとしたんだろう」

そして気がつくと、うさぎのぬいぐるみまで消えていた。

ありすはため息をついて、キャリーバッグに目を向けると、そこにうさぎのぬいぐるみがあった。何事もなかったように蛙と共に座っている。

「あ、あれ、戻っている。いつの間に」

でも良かった、と再び歩き出す。

橋を渡り切ると、すっかり霧も晴れていた。

人々が行き交う姿が見えてくる。

Tシャツにジーンズと普通の格好の人もいるが、和服の人が多く、ありすはさすが京都だなぁ、と思う。

神社で働いているのだろうか、白い小袖に赤い袴《はかま》の巫女《みこ》姿の女の子たちが数人固まって、愉しげに歩いているのも見えた。

左官姿や作業着の職人の姿も多くみられる。

へぇ、と洩《も》らしながら、北に向かって歩く。

大きな通りに、車の姿はない。

見えるのは、人力車ばかりだ。

そのため、あの紳士も『この橋は車が渡ってはいけない』と言っていたのかもしれない。

歩いていると、先ほどの巫女たちの後ろ姿が見えた。

彼女たちは、軽い足取りで鴨川を背にした神社へと入っていく。

朱色の楼門《ろうもん》が美しいその神社は、雑誌などで馴染みがある『八坂《やさか》神社』だった。

「……？」

ありすは、足を止めて首を傾げる。

八坂神社は、鴨川の西側ではなく川を渡った向こう、つまりは東側にあったはずだ。

「えっ、どういうこと？　ここは一体どこ？」

ありすは慌てて、ショルダーバッグから地図を取り出した。

現代の若者ならば、ほとんどが持っている電子機器をありすは持っていない。

その地図は学校にいた頃、京都の地図をコピーさせてもらい、持参したものだった。

間違いない。

八坂神社は鴨川を渡り、四条通《しじようどおり》の東の端にある。

だとしたら、あの八坂神社は、なんなのだろう？

分社なのだろうか？

ありすが地図を片手に、オロオロしていると、

「地図なら、そこのが分かりやすいですよ」

と、どこからか声がした。

その落ち着いた声はすぐ近くで聞こえたのだが、近くに人影はない。

「ほら、そこの看板だよ」

続いてまた声がする。

今度はさっきの声とは違って、少年のような声だ。

「…………」

もしかして、とありすは恐る恐る視線を落とす。

キャリーバッグの上にちょこんと座っている、うさぎと蛙が、揃ってこちらを見上げていた。

「う、うわっ」

ありすは思わず声を上げて、後退りする。

「そんなに驚かないでください」と言うのは、白うさぎ。

「そうだよ。俺たちは君の『お供』だって、言われてただろう？」

続いて蛙が、やれやれ、と肩をすくめる。

「――っ」

たしかにあの紳士は、そう言っていた。

白うさぎは、ぴょん、とバッグから飛び降りて、頭を下げる。

「あらためまして、ナツメと申します」

続いて蛙も、ぴょん、と降りて、

「俺はハチス、よろしく」

と頭を下げる。

そんなうさぎと蛙の様子を、近くを歩いている人たちは気にも留めていない。

「あ、あなたたち、ぬいぐるみじゃなかったの？」

ありすは声を上ずらせながら、ナツメとハチスを交互に見た。

一羽と一匹は、こくりと頷く。

ありすは呆然《ぼうぜん》と見下ろす。貧しい暮らしをしていたため最新の情報に疎《うと》いのだが、今の動物ロボットはここまで進化したのかもしれない。

「今のロボットって、よくできてる……」

「ロボットではありません、本物です」

うさぎのナツメは、胸に手を当ててそう言う。

「そう、俺たちは生き物だよ」とハチス。

「……どうして喋れるの？」

ありすは他の誰もが思うであろう、至極当然な疑問を彼らにぶつけた。

「わたしは、ハイスペックなうさぎなんです」

「おっ、それじゃあ、俺はハイグレードな蛙ということで」

彼らは、少し誇らしげな表情を見せる。

ありすは、どうして良いのか分からないまま、「……そう」と頷いた。

こうして会話ができる理由が『ハイスペック』で『ハイグレード』だと聞かされてしまっては、今の混乱しているありすにはそれ以上追及のしようがなかった。

もしかしたら、夢でも見ているのかもしれない、と思いながらも、

「ええと、よろしくお願いします。白川《しらかわ》ありすです」

とりあえず、頭を下げた。

得体は知れないが、慣れない土地にこうしている以上、ナツメとハチスの存在が心強くもあった。

「話を戻しまして、ありす様。地図は、ほらあそこに」

あらためてナツメが指した先には、木の看板に地図が貼られていた。

「本当だ、ありがとう」

ありすは気を取り直して、地図へと駆け寄る。

『六都《ろくと》の森――京洛』

その文字に、ありすはそっと目を細めた。

「……六都の森？　そして、『京洛』ってなんだろう。そういえば、車でもそんなことを言っていたけれど」

「古《いにしえ》より京のことを『洛』と呼ぶこともあるのですよ」とナツメが言う。

「そうそう、京に行くことを『上洛』って言ったり、町中を『洛中』って言ったりな」

そう続けたハチスに、ありすは「ああ」と納得した。

そう言えば、ありすが住んでいた下鴨は、北の方にあるから『洛北』と呼ばれていたことを思い出す。

そのような感じで、市内での別称なのかもしれない。

不思議さを拭《ぬぐ》えないまま、地図を眺める。

その地図には、鴨川の向こうは載っていない。

まるで川の向こうには、海でもあるような雰囲気に描かれている。

『京洛の森』は、鴨川から始まっていた。

鴨川と平行の縦の通りが、東大路《ひがしおおじ》。

北の横に走る通りが、北大路。

西の端が、西大路。

「この辺りは、私も知ってる」と、ありすは呟《つぶや》く。

だが二条通に面している『朱雀門《すざくもん》』と、その北側に『内裏《だいり》』と記されているのを見て、ありすは目を凝らした。

「内裏じゃなくて、御所《ごしょ》……のはずだよね」

「人によっては、『御所』とも呼びますが、地図では『内裏』と記していますね」

「そうなんだ」

地図では、『京都御苑《ぎょえん》』ではなかっただろうか？

自分が知る京都との違いを不安に思うも、北に上賀茂《かみがも》神社や下鴨神社と、馴染んだ名前を見付けて、ホッとした。

幼い頃に遊んだ、賀茂川と高野川の合流地点である三角デルタも変わらずにあるようだ。

京都を離れて、約八年。その間に変化を遂げたのかもしれない。

どう変わったのかも気になるところだが、今の自分にはまずやらなければならないことがある。

『紅葉屋《もみじや》』という置屋に行かなくてはならないのだ。

元々、夜行バスで京都入りする予定だったため、朝九時には伺うと伝えていた。

「ええと、紅葉屋はどこだろう」

たしか花見小路通《はなみこうじどおり》辺りに……と、看板に指を当てると、『行先はどこですか？』という文字が浮かび上がった。

どきん、と鼓動が跳ね上がる。

だが、すぐに気を取り直した。

「タッチパネルなんだ」

時代がかった雰囲気を演出しているものの、こういうところはちゃんと現代的なようだ。

「『紅葉屋』という置屋さんです」

地図に向かって答えると、ピッという電子音と共に『こちらです』と、赤い光が点滅し、そこに行くまでの経路が表示される。

「ありがとうございます」
ありすは地図に会釈をして、歩き出す。
花見小路通に入ると、さらに京都らしい風情《ふぜい》のある町並みが続いていく。
軒を連ねる京風町家の前で、水を撒《ま》いたり、箒《ほうき》で掃いたりする人たちの姿。
通りはすでに、わいわいと活気があり、眺めているだけでわくわくしてくる。
柳の木が並び、葉が揺れているのが涼やかだ。
自転車に乗った郵便配達人が、「手紙だよ」と届けている。
「おおきに」と返す、着物を着たすっぴんの女の子。
ここに来て、ようやく京ことばを聞けたと、ありすは少しホッとする。
『菊屋』という置屋の看板も目に入る。
彼女もおそらく舞妓か、『仕込み』と呼ばれる舞妓志望者だろう。
いつか仲良くなれるだろうか。
ちらりと彼女を見ると、お尻にふさふさの尻尾がついていた。
色は茶色で、とても太い。
「……尻尾？」
どうして、あんなものをつけているんだろう？
「あの子は、尾を残しているのではなく、残っているタイプですね」

「やっぱりそうだよな」

そう話すナツメとハチスの会話を聞きながら、

「残しているのと、残っているのって違うの？　そもそも、どうして尻尾をつけてるの？」

ありすは、前のめりになって尋ねる。

「ですから、あの尾は残っているのですよ」

「いつか取れるといいな」

「ご本人が望んでいるかどうかは分かりませんが」

頷きながら話す一羽と一匹――会話ができるから二人としてしまおう――、二人を見下ろしながら、ありすは『もしかしてからかわれているのだろうか？』と眉根を寄せる。

そうしていると、やがて、『紅葉屋』という小さな看板が見えてきた。

まさに、京町家だ。

ドキドキしながらインターホンを探すも見当たらず、どうしよう、と目を泳がせていると、

「紐を引っ張るんですよ」

と、ナツメが上を指す。

「……紐？」

小首を傾げて見上げると、紐が垂れていて、その上にベルがあった。

「あ、これ。呼び鈴《りん》なんだ」

その紐を引っ張ると、ちりん、と音が鳴った。

「はぁーいっ」

戸の向こうから、大きな声と、ばたばたと廊下を走る音が聞こえてくる。

芸舞妓《げいまいこ》が身を寄せる置屋というと静かで上品なイメージがあったため、ありすにとって、あまりに意外な反応だった。

がらり、と引き戸が開き、二十代半ばと思われる着物を着た女性が現われた。

化粧っ気がなかったが、かなりの美人であり、その迫力にありすは気圧《けお》される。

そんな彼女は、「誰やのん、あんた」と鼻先がつくほどに、顔を近付けた。

「きょ、今日からここでお世話になります。白川ありすと申します。どうぞよろしくお願いいたします」

深く頭を下げるありすに、彼女はぽかんと口を開いた。

「あんたが、うちに？」

「はい」

「なんで？」

真顔で問うた彼女に、ありすは「えっ」と零す。

「そやから、なんで、あんたがうちに？」

「あの、電話で来ても良いと」

「誰がそないなことを？」

「男の方が……」

名前はなんていっただろうか。

ありすは焦りから、汗がだらだらと流れる気がした。

「うちに男はんはいいひんのやけど」

「――えっ」

それでは、あの電話は、そして迎えに来た紳士はなんだったというのだろうか。

呆然と立ち尽くすありすに、彼女はひらひらと手を振る。

「なんかの間違いやね。ほんなら」

咄嗟《とっさ》にありすは、踵《きびす》を返そうとする彼女の着物をつかんだ。

「あ、あの、お願いします。東北からここまで来たんです。どうか、ここに置いてもらえないでしょうか」

「嫌やわ、そんなん知らんし」

「なんでもします！　帰る場所がないんです！　どうかここに」

「め、面倒くさい子やね。置いてもらいたいんやったら、うちやのうてもええやん」

「お願いします、お願いします！」

交通費を叔父に取り上げられなかったから、東北に帰ることはできるかもしれない。

だが、帰っても自分の居場所などないのだ。

まだ十五歳の自分が、この京都で生きていくには、ここしかない。戻りたくはない。

舞妓になるのは『手段』ではあったが、幼い頃に見て憧れ自分もなれたらと思った。

ここで、『はい、分かりました』と引き下がるわけにはいかないのだ。

必死な様子で涙を見せるありすに、彼女は「ふぅ」と息をついた。

「あんた――よそ者やろ？」

そう呟いた彼女に、ありすは「はい」と頷く。

「そういう意味やないし。まぁ、お入り」と、彼女は大きく戸を開いた。

「……ありがとうございます」

会釈をして、玄関に入る。

入るとすぐのところに白い狐がいて、ありすは目を丸くした。

瞬《また》きをすると、狐がいたところに少女が立っている。

目の錯覚だったのだろうか？

「お母さん、良かったじゃない。弟子が欲しいって言ってたんだから」

「橘《たちばな》、無責任なこと言わんときよし。ほんで、何遍言わすんや。『お母さん』て呼んだらあかんて、『師匠』や」

「だって、他の部屋ではみんな、置屋の女主人のことを『お母さん』って呼んでるもの。憧れちゃうのよねぇ」

橘というらしい少女は、そっと肩をすくめる。

「そんなら他の部屋に行きよし」

「またまた、そんな。『紅葉師匠』」

「調子のええ」と、彼女は肩をすくめる。

彼女は、『紅葉』というらしい。

「まぁ、田舎臭いけど、可愛らしいじゃない。この子なら磨けば光りそうだし、『菊屋』の狸娘《たぬきむすめ》に負けない子になるかもよ」

『菊屋』の狸娘とは、さっき見かけた子だろう。

思えば、彼女がお尻につけていた尻尾は、狸の尾のようだった。

それで『狸娘』と呼ばれているのだろうか？

「――あかん」

ぴしゃり、と言い放つ紅葉に、ありすは体を強張《こわば》らせる。

「ありすていうたね。あんたさんは、なんで『舞妓』になりたいんや？　『家を出たい』て理由やのうて」

腕を組んで見下ろされて、ありすは「えっ」と目を泳がせる。

「そこや。即答できひん娘を弟子にしたない。芸妓《げいぎ》舐《な》めたらあかん」

ありすが俯きかけたその時、

「まあまあ、お茶でもどうぞ」

橘がお盆を手に現われ、ありすの前にお茶を置いた。

「そして、あなたたちにも」と、うさぎと蛙の前にも置く。

うさぎと蛙にお茶を出すなんて。

ありすがくすりと笑って、再び彼らの前の湯呑を見ると、彼らは「ありがとう」と言って、湯呑を手に美味《おい》しそうに飲んでいた。

「お茶を飲めるの？」

ありすが驚いて尋ねると、一羽と一匹が当たり前のように頷く。

「うさぎと蛙なのに？」

「京の町のうさぎと蛙は、ハイブリッドなんですよ」とナツメが言う。

「……はいぶりっど」

ありすが呆然と呟いていると、紅葉は小さく笑う。

「あんたたちは、どうしてこの子と一緒にいるんや？」

「我々は、彼女のお供です」

ナツメは当たり前のように言って、にこりと微笑む。

すると紅葉は、ぷっ、と笑い、「ほうか、あんたたちもそやって、自分の仕事をして、徳を積んでいるんやね」と頷き、ありすに視線を移した。

「で、ありす」

打って変わって、ぴしゃり、とした紅葉の口調に、ありすは弾かれたように顔を上げた。

「は、はい」

「あんたは何も知らんまま、ここに来たんやろ？」

静かに問うた紅葉に、ありすは目を泳がせる。

「はい。……今朝、京都に来たばかりなので、何も分からないんです。町も色々と変わったみたいで……」

「ほんまに何も知らんと来たんやね。それであんた変なんや」

紅葉は少し笑いながら、納得したように頷く。

「変？」

変なのは、どちらかというと自分以外ではないのか。

「懐かし」

ふっ、と目を細める紅葉に、橘がふふっと笑う。

「師匠は、たしか何十年も前のことだったとか」

「うるさいし」

紅葉は橘を肘《ひじ》で突いて、ありすを見た。

「ありす、心して聞きよし」

「は、はい」

ありすはドキドキしながら紅葉を見る。

「ここは、あんたの知ってる京都と違《ちゃ》う」

「――えっ？」

彼女の言っていることがよく分からず、ありすは固まったまま次の言葉を待った。

紅葉は小さく息をつき、「いっぺんに伝えるんは酷《こく》やな」とつぶやいた。

「あんたは、ほんまにここで舞妓になりたいて思う？」

「はい、それはもちろんです。ここでがんばりたいです」

「分かった。少しの間ここに置いたげる。手伝いも稽古もしてもらうし、ほんで様子を見て、試験をする。その試験に受かったら、ここの舞妓として採用してあげるし」

強い口調で告げた紅葉に、ありすは目を見開いた。

救われた。自分は二度、蜘蛛の糸をつかむことができた。

ありすは、勢い良く頭を下げる。

「はい、ありがとうございます！」

「……まぁ、外から来たあんたをいきなり放り出すわけにはいかへんやろ」

紅葉が肩を落とす横で、橘が目を輝かせている。

「それじゃあ、師匠。期間限定だけど、あたしに妹分ができたってことよね？」

「ちゃうし。ありすは私の弟子やない。少しの間の手伝いや」

「それじゃあ、その『少しの間』はあたしの妹分ね」

橘は、きゃあ、と声を上げて、ありすの手の甲の上に、掌《てのひら》を載せる。

「ありす。よろしくね。あたしは橘よ。あたしのことは、『橘姉さん』と呼んでね」

橘は、うふふ、と嬉しそうに笑う。

その時、橘の背後で、何かがふさふさと揺れているのに気づいた。

そっと首を伸ばすと、彼女のお尻にも白い尾がついていた。

今の祇園で流行《はや》っているのだろうか？

それが、『あんたの知ってる京都と違う』という言葉につながるのだろうか。

何もかもがよく分からない。

もしかしたら、自分は今も車の中にいて、夢を見ているのかもしれない。

それでも、たとえ夢の中でも、帰るわけにはいかないのだ。

ありすはぎゅっ、と拳《こぶし》を握り締めて、

「紅葉さん、橘姉さん、どうぞよろしくお願いいたします」

と、深く頭を下げる。

それは、ありすが京洛の森に足を踏み入れた、一日目の出来事。

四

そうして、ありすが、『紅葉屋』に身を寄せて一週間。

ありすはまだ、慣れたとはいえなかった。

紅葉は、ありすのことを『変』と言っていたが、そうなのかもしれない。

この町に来てから、ありすの周りでおかしなことばかり起こっている。

大きなことは、もちろん、うさぎと蛙が喋っていること。

細かなことはたくさんある。

祇園が特殊な町ということもあるのかもしれないが、ここに来てから乗用車を一台も見ていない。見るのは、自転車に三輪車、そしてバスのみ。

自転車に乗っているのは、主に郵便配達人だ。決まって朝に、自転車に乗った郵便屋が手紙を届けていた。

そこもまた変わっていて、前カゴに鳥籠を載せていて、その中には鳩が入っており、長屋の二階に手紙を届ける時は、その鳩にお願いしている。伝書鳩の配達用に二階の窓枠には、ポストが当たり前のように設置されている。

昼になると、京町家からぞろぞろと人が出てきて、皆あちこちにある飲食店に入り、昼食を摂《と》る。食べ終わった後は、『紅葉屋の橘だよ、ありがとう』と、名前と礼だけを伝えて帰ってくる。その時に代金は払っていない。

この界隈《かいわい》は皆が皆、顔見知りのようだし、おそらく会計はすべてツケなのだろう。馴染みの信頼関係から成り立つことなのかもしれないが、それも不思議に思えた。

午後になると、四条通にちんどん屋が現われて、賑《にぎ》やかに通りを練り歩く。

軽快な音楽と、シャボン玉が飛び交う。

何を宣伝しているかと思えば、祭りの知らせが多い。

子どもたちは嬉しそうにちんどん屋を追っかけ、大人たちはそれを見守っていたり、一方で昼寝をしていたり。夕暮れには、ごーん、という鐘の音が響き、それを合図に昼に開いていた店は閉め始め、まるで交代するように、夜の飲食店や置屋の提灯《ちょうちん》に明かりが灯《とも》りだす。

『火の用心』と、拍子木の音がどこからか聞こえてくる。

のんびりしていて、なごやかでノスタルジック。

そんな奇妙なこの町が、ありすは好きになってきていた。

第二章　殿下の巡行

一

「こら、ありす。手が止まっているよ」
箒を手にしていたありすは、橘の声で我に返った。
橘はありすと同じように箒を手に仁王立ちしている。
彼女が声を上げる時、彼女のお尻に付けてある白い尾もピンッと立つ。
よくできているな、と思わず感心してしまう。
「わっ、はい。すみません」
ありすは慌てて、手を動かす。
そんなありすの足許でうさぎのナツメと蛙のハチスも、せっせと店先を掃いている。
ナツメは真面目に、ハチスはうつらうつらと眠そうにしながら作業をしていた。
そんなハチスの様子を見て、ありすも欠伸《あくび》が出そうになり、慌てて堪《こら》える。
橘はちらりとありすを横目で見て、愉しげに笑った。

「昨夜は遅くまでお座敷に付き合っていたから、眠いんだろ」

「少しだけ……」

そう、昨日の夜は『荷物持ち』として、橘のお座敷に同行した。

客は、橘いわく『お偉いさん』であり、初老の男性が二人。

ありすは座敷には上がらず、部屋の外で正座して待機していた。

そのためよく分からないが、最初はとても重要な話をしているようだった。


『――まったく、どこに行かれたというのか』

『もうあのようなことにはならないはずだと思ったのに』

嘆くように言う二人に、

『それは大変どすなぁ』

橘は置屋では使わない、京ことばでそう返す。

ありすの認識では置屋に入ったなら、外の言葉を捨てて、四六時中芸妓言葉に徹しなければならないと思っていたのだが、紅葉屋に限ってはそんなことはないようだ。

橘は、座敷では京ことばだが、それ以外では、まるで江戸っ子のような口調だった。

『ほんなら、森の外に行かはりましたん？』

『いえ、どうやら森の中にはいるようです。あのお方は、何も心配はないと仰《おっしゃ》っていましたし』

『それは、ほんまに良うおした』

橘が安堵《あんど》の息をついていると、

『そこで橘殿にお願いがあるのです。――に長《た》けた、信頼のおける者を紹介していただきたい』

『分かりましたえ。お手配いたします。なんや、今宵はそういうわけで師匠ではのうて、うちを呼んでくれはったんやね』

『いやいや、橘殿の舞も見たかったんですよ』

『おおきに。そう言われるのが、一番幸せどす』

『さすが、舞姫』

聞き耳を立てていたわけではないが、どうしても聞こえてしまう会話。

一体、なんの話なのだろう。

ありすがつい詮索したくなってしまっていると、やがて三味線の音が聞こえてきた。

同時にふすまが、すっ、と開いて、初老の男性が顔を出す。

『君は修業中の仕込みさんなんだろう？　せっかくだから、先輩の踊りを見るといい』

そう言って、座敷に招いてくれた。

本当に良いのだろうか、と橘を見ると、彼女はにっこり笑って頷く。

ありすは安堵して『ありがとうございます』と座敷の端に座り、あらためて、扇を手に舞い始める橘に視線を送る。

橘の舞をしっかり見るのは、これが初めてだ。

指先にまで美しさが行き届いているのに、堅さがなく、とてもしなやか。

女性らしい艶《つや》っぽさがあるのにいやらしさはまるでなく、橘の舞は雅で美しかった。


「置屋の朝が、意外に早くてびっくりしただろ」

昨夜の出来事を思い浮かべていたありすは、橘の声に引き戻され、「はい」と頷いた。

「夜、お座敷に呼ばれるので、朝はもっとゆっくりかと思ってました」

「あたしも最初は驚いたものさ。芸舞妓はみんな昼過ぎまで寝てると思ってたし」

橘は箒で掃く手を止めて、ふぅ、と息をつく。

彼女の言う通り、置屋の朝は、世間がイメージするよりも早い。

特に修業中の身であればなおのこと。朝八時には起きて、置屋の掃除に炊事、洗濯と、仕事は山ほどあった。

「さぁ、師匠の朝餉《あさげ》の準備だ。ありすは廊下を拭いてね」

「はい」

ありすは、橘と共に箒を片付けて、京町家に入る。

橘は水屋（台所）に向かい、ありすは堅く絞った雑巾を手に廊下の端に行く。

ありすの両隣にはナツメとハチスもきりっとした顔付きで、雑巾を手に構えていた。

「手伝ってくれるの？　ありがとう」

ナツメとハチスは今も正体不明の喋る動物——自己申告によるとハイスペックでハイグレードなため——だが、今やすっかり良い仲間だ。

「なぁ、競争しようか、ありす、ナツメ」

と、挑戦的にこちらを見るハチス。

「いけませんよ。ドタバタと走っては、埃が立ちます」

冷ややかに切り捨てるナツメに、ハチスは口を尖《とが》らせ、ありすはくすくすと笑う。

「ねえ、それじゃあ、速さじゃなくて、誰が一番綺麗に拭けるかを競おうか」

ありすの提案に、ナツメとハチスは顔を明るくした。

「よし、それいいな」

「いいですね」

「それじゃあ、スタート」

ありすの合図を聞くなり、雑巾を手に素早く駆け出したナツメに、

「酔いどれ小籐次、恐るべし」

露崎六平太が思わず洩らした。

五人の仲間がそれぞれ得物を手に立ち上がった。

「江戸で虚名を馳《は》せる酔いどれ小籐次とは、おぬしのことか」

頭分が問うた。

「いかにも赤目小籐次はそれがしでな」

「よし、そなたの素っ首を一ノ矢権太左衛門が貰《もろ》うた」

瘦身《そうしん》の武芸者が名乗りを上げた。

「一人ずつ相手をするのではいささか面倒じゃな。一ノ矢、五人一からげに立ち合《お》うて遣わす」

「爺、うぬぼれも大概にせえ」

しわがれ声が響いて、石臼が如き女武者が薙刀の革鞘《かわざや》をひと振るいで抜き捨てると、薙刀を、
ぶるんぶるん
と回し始めた。

いったん薙刀の動きを止めた女武者を頂点に、二人ずつが左右に楔《くさび》陣形をとり、

小籐次と対峙《たいじ》した。

小籐次は借り受けた木刀を左手一本の片手正眼に付けた。

右手で白髪頭に差した竹とんぼを抜くと、指で捻り上げ、虚空へと高く飛ばした。

ぶうーん
と旋回する竹とんぼが露崎道場の天井へと飛翔していき、小籐次の視線が竹とんぼから薙刀を構えた石臼の女武芸者に下りた。

「参れ」

「爺めが」

再び薙刀の反った切っ先が翻って、小籐次の小柄な足元を鋭くも刈り込んだ。

迅速な薙刀さばきだが、小籐次の動きはさらに速かった。

足元を大胆に迅速に薙いだ刃の上に、
ひょい
と飛び、薙刀の千段巻《せんだんまき》に身を乗せて、ひょこひょこと柄の上を走ると、木刀を石臼女武芸者の肩口に振り下ろしていた。

ぎえええっ!

と悲鳴を上げた女武芸者が押し潰されるように床に倒れ込んだとき、小籐次は一ノ矢権太左衛門へと飛び、額を叩いて、倒していた。

一瞬の早業に、見物の者の視線も追い付かない。

気がついたときには、小籐次の体は対峙したときの場所に戻っていた。

「荒波崩し」

と呟いた小籐次が、茫然として言葉をなくした一ノ矢の残党三人を見た。

「そなたらを打ちのめしては、こちらの道場が始末にお困りじゃ。一人ずつ仲間を連れて引き上げよ」

小籐次が静かな声音《こわね》で命じて、この瞬間、道場破り一味の企ては頓挫《とんざ》した。

道場破りが怪我人《けがにん》の仲間を連れて露崎道場から消えたとき、竹とんぼが力を失い、下降してきて床に落ちた。

露崎道場の面々も声を失っていた。

「なんだか、見かけほどもないな」

勝五郎の声が響き、

「それでも読売の三番ネタくらいにはなるか」

という言葉が続いた。

「勝五郎どの、わしはそなたのネタ作りに生きておるのではないぞ」

小籐次がぼやいて、

「若先生、木刀をお返し申す」

と与五郎に歩み寄った。

四

さすがに雨師《うし》も飽きたか、雨も尽きたか、秋雨が止んだ。断続的だが、十五、六日に及んだ秋梅雨だった。くさくさしていた陰鬱《いんうつ》な気分が一転した。

その朝、お日様が姿を見せた瞬間、

「おおおっ」

というどよめきが江戸のあちらこちらから起こった。

「おっ母、今日は普請場《ふしんば》に行けるぜ」

とか、

「ささっ、起きた起きた。ともかく家じゅうのものをお天道様《てんと》に晒《さら》すよ」

とか声が飛び交い、急に動き始めた感じがあった。

新兵衛長屋でも泥濘《ぬかるみ》の中、厠《かわや》に行った勝五郎が、

「待ってました、お天道様！」

と大声を上げたときには長屋じゅうが起きてきた。そして、全員で堀留の向こうから上がるお日様に合掌したり、柏手《かしわで》を打ったりして迎えた。

小籐次はまず堀留の水位を確かめた。

十数日と続いた長雨だ、水かさは昨日と変わりない。ということは舟が使えないということだ。大川や堀から江戸の内海に流れ込む激流には、流木や浮遊物があって危険だった。小舟を水に下ろすにはしばらく様子を見る要があった。

川向こうの得意先回りは無理だ。久慈屋や京屋喜平からは雨の間に仕事を貰っていた。あとは浅草寺《せんそうじ》御用達の畳職備前屋だが、あちらとてすぐには仕事にかかれまい。まず作業場や住まいの片付けが一日二日かかろうと思った。研ぎ仕事に出かけるのは二、三日後になりそうだった。そうだ、

（望外川荘の様子を見に参ろう）

と小籐次は思い付いた。

おりょうから雨見舞いの品々と金子《きんす》を頂戴していた。文の中に当座のものとして二両が入っていた。

部屋に戻った小籐次は、寝具や衣類を庭に出して干した。

新兵衛長屋は堀留に接して庭が広いために、実生から育った銀杏《いちょう》、柿、柳の木がそれなりの大きさに育って何本も生えていた。その木々の間に綱を張り巡らせば、長屋じゅうの住人の布団や衣類を干すことができた。

「勝五郎どの、わしはこの足でおりょう様の様子を確かめてこようと思う」

「まだ舟は使えないぜ」

「分っておる。徒歩で行くつもりだ」

「なら駿太郎ちゃんは長屋で預かろう」

と勝五郎が応じ、その会話を聞いていた駿太郎が、

「爺じい、おりょう様に会いたい。駿太郎も行く」

と言い出した。

「歩いていくのじゃぞ。道もぬかるんでおるゆえ大変な道中になる」

「駿太郎は三つじゃ、あるける」

と本気のようだ。

「よし、爺じいと約定《やくじょう》せよ。己の足で川向こうまで歩き通すとな」

「やくそくする」

「武士の約束じゃ、二言は許されぬぞ」

「あるける」

というので小籐次は駿太郎を伴うことにした。

小籐次は駿太郎に外着の袷《あわせ》を着せて裾《すそ》を後ろ帯に折り込み、足元は草鞋で固めさせた。どんな履物を履いたところで汚れるのは分っていた。

小籐次は腰に備中次直を差し、着古した裁《た》っ付袴《つけばかま》に草鞋履き、破れ笠を被って竹杖《たけづえ》を手にすれば仕度はなった。

「赤目様、おりょう様のところに行かれるんですって」

今朝も炊き出しの仕度をしていたお麻とお夕が気にして様子を見に来た。

「駿太郎ちゃん、赤目様に迷惑かけないわね」

「お夕ねえちゃん、あるけるぞ」

と駿太郎が張り切っている。

「というわけじゃ。橋止めになっておれば引き返してくるまでだ」

そう言い残した小籐次と駿太郎は、長屋じゅうの住人に見送られて芝口橋に向った。

どこのお店《たな》も大戸を開けて、湿ったお店の中に日光と風を取り込もうとしていた。芝口橋北詰めの紙問屋久慈屋でも、若旦那の浩介、大番頭の観右衛門らが陣頭指揮を執り、まず紙が入っている蔵の扉と風抜きの扉を開き、大事な紙の様子を確かめたり、お店から住まいまでの拭き掃除をしたり、荷船の点検をしたり、忙しそうに立ち働いていた。久慈屋の船着場に立って流れや船を点検する荷運び頭の喜多造が二人を見て、

「おや、お出かけでございますか」

「駿太郎は爺じいとおりょう様のところに行くぞ」

「駿太郎、行くぞではなかろう。参りますと言え」

「まいりますです」

「こんどは丁寧ですな、駿太郎様」

と笑った喜多造が、

「雨は止んだが、流れが落ち着くには数日かかりますぜ」

と小籐次に言った。

芝口橋の橋桁《はしげた》にも流木や筵《むしろ》のようなものが絡み合って流れを堰《せ》き止めていた。

「わしもそう思うてな、須崎村に雨見舞いの返礼に橋を渡ろうと考えているところだ」

二人は久慈屋に挨拶に立ち寄った。

「観右衛門どの、大事はなかったろうか」

「今のところ、どの蔵の品も大丈夫のようです」

「それはようござった」

と答える小籐次に、

「赤目様、駿太郎様、須崎村のおりょう様のところにお見舞いですか」

と観右衛門が問うたところをみると、喜多造との会話が耳に入ったか。

「どうにか雨が上がったでな、望外川荘の様子を見てこようと思う。こちらに残ったところで、この数日は仕事になるまいでな」

「おりょう様のところは女所帯ですからな、おりょう様に宜《よろ》しゅうお伝え下さい」

と観右衛門が応じたところへ、浩介と祝言を挙げたばかりの久慈屋の一人娘のおやえが姉さん被りで姿を見せた。久しぶりのお日様の下、初々しい新妻が一層艶《あで》やかだった。

観右衛門から事情を聞いたおやえが、

「赤目様、駿太郎様、ちょっと待って」

と奥に駆け込んだ。そして、しばらくすると風呂敷包みを抱えて姿を見せ、小籐次に手渡した。

「おりょう様方に甘い物を少しばかり持っていっていただけませんか。こちらは駿太郎様が途中で元気が出るように舐める飴《あめ》ですよ」

風呂敷包みとは別に紙包みを駿太郎に渡した。

「おやえどの、恐縮じゃな。風呂敷包みは背に負うていこう」

おやえは少しばかりといったが、風呂敷包みはかなり重かった。小籐次は肩に斜めに負うようにして胸の前で風呂敷の両端を結んだ。

「駿太郎、おやえ様に礼を申したか」

「おやえさま、ありがとうございますです」

駿太郎が丁寧に礼を言うのへ、おやえが駿太郎の手の紙包みを解いて、

「一つだけ飴玉を舐めていく」

と大きな飴玉を摘まんで駿太郎の口に入れてくれた。すると駿太郎の顔が綻《ほころ》んだ。おやえが満足げに微笑《ほほえ》み、紙包みの飴の残りを駿太郎の懐に仕舞い、

「この次は疲れたときに舐めるのよ。赤目様にも分けてあげて。きっと力が出るわ」

と言った。

「うん、爺じいにも分ける」

駿太郎がおやえに応じて、二人は久慈屋の面々と別れを告げて日本橋に向う通りを進み始めた。

江戸町家の中心地である京橋から日本橋の通りの左右のお店では、どこもが大雨を蒙《こうむ》った道具や品を表に出して乾かしたり、風に当てたりしていた。その通りは長雨で泥濘になっており、ずぶずぶと足首まで泥に埋まるところもあった。

「駿太郎、手を貸せ」

小籐次は駿太郎の手を引いて、なんとか日本橋に出ると、日本橋川が大川と合流するところにある永代橋に向った。すると永代橋の西詰めに大勢の人々が行列を作っていた。

小籐次は行列の中の一人に、

「橋止めが続いておるのか」

「橋止めは解けたというがね、橋の両詰めにこんなに人が詰めかけて、にっちもさっちもいかないんだ。橋を渡るのに何刻も待つことになりそうだよ」

職人風の男がうんざりした口調で言った。

「これはだめだ。よし、上流の新大橋に回ろうか」

二人は霊岸島新堀の左岸の河岸道を崩橋まで戻り、行徳河岸から蠣殻町《かきがらちょう》を抜けて武家地に出た。するとこちらのほうは中間《ちゅうげん》小者が泥濘に筵や板を敷いてくれていたので歩き易《やす》かった。それでも新大橋に出るのにだいぶ時間を要した。

昼前、ようやく新大橋に出たが、こちらも長い行列ができていて、橋の上には立錐《りっすい》の余地もないほど人が両岸から詰めかけて大混雑だ。その下を流木などが橋桁にごつんごつんと当たって流れ、今にも橋が崩れそうに思えた。

「駿太郎、両国橋まで行ってだめなれば長屋に引き返そうか」

新大橋の西詰めの群衆を避けて大きく大名屋敷の裏手に迂回《うかい》し、なんとか薬研《やげん》堀《ぼり》から両国橋に近付いてみた。だが、永代橋、新大橋よりも多くの人々が東西の両国広小路に詰めかけていた。

そして、橋桁に引っかかった雑木を、町奉行所の御用船から人足が鳶口《とびぐち》などで引きはがして橋に重みが掛からないようにしていた。その作業を風烈廻《ふうれつまわ》り昼夜廻《ちゅうやまわ》りと呼ばれる職掌の与力同心が指図していた。

「駿太郎、川向こうに渡るのは無理じゃな。芝口橋に引き返そうか」

もう昼の刻限はとっくに過ぎていた。

「爺じい、あめ玉をなめるか」

「駿太郎、そなたも舐めたいか」

「なめたい。おやえさんが力がでるといわれたぞ」

駿太郎が懐から紙包みを出して小籐次の口に入れてくれた。そして、自分も一つ舐めた。

薬研堀の口に架かる難波橋に下流から御用船が漕《こ》ぎ上がってきた。二丁の長櫓《ちょうろ》で、一つの櫓に二人の船頭がへばり付いていた。

「おや、酔いどれ様」

と御用船から声がかかった。

小籐次が声のしたほうを振り向くと、難波橋の秀次親分が南町定廻り同心の近藤精兵衛に従い、乗船していた。定廻り同心も長かった大雨の警戒に駆り出されたのだろう。小者が鳶口を持って乗船していた。

「どうなされた、赤目どの」

近藤が、うんざりした表情の小籐次と駿太郎を見ながら声をかけた。

「見てのとおりにござる」

南町奉行所の御用船は薬研堀に舳先《へさき》を入れて、小籐次と駿太郎が佇《たたず》む河岸下に止まった。

「長雨見舞いを須崎村より頂戴したでな、お礼にと朝いちばんで出かけてきたが、どこの橋も混雑していて、とても駿太郎連れでは渡れそうにない。芝口橋に戻ろうかと思案していたところにござる」

小籐次は、顔馴染みの南町の同心と、その下で鑑札を貰って働く御用聞きに答えた。

「月番の北町奉行所は、橋止めを解くのがちょいとばかり早《はよ》うございましたな。だれもが一刻でも早く働こう、動こうとしているところに橋止め解除の触れですよ。一気に大勢の人が集まった。大川に架かる橋という橋がこの有様だ。もはや橋止めもならず、橋が人の重みで崩れ落ちないことを祈るしか手がねえ」

秀次親分が北町奉行所の指図を非難した。

「秀次、そう言うでない。北町もな、城中からの指図で橋止めを解いたのだ。だれもがよかれと思ってなしたことなのだ。なんとしても事故が起きることなく平常に復してほしいのだがな」

近藤が秀次の言葉を咎《とが》めて言った。

「旦那、つい差し出がましいことを申しました」

と言った秀次が近藤に小声で何事か囁《ささや》いた。

秀次の顔になにか魂胆が垣間《かいま》見えて、近藤がふむふむと首肯し、顔を小籐次に向けると、

「赤目どの、須崎村まで御用船で渡られぬか」

と言い出した。

「御用に差し支えがあってはなりますまい」

「われら、北町の手助けでな、大川の両岸をかように見回っている最中にござるよ。向こう岸も見回りの範囲じゃが、この流れを押し渡るのをいささか躊躇《ためら》っておったところだ。見れば、赤目どのは駿太郎どのを連れておられる。この流れに子供連れで乗り出すのは、いかな酔いどれ様でも二の足を踏まれような」

「近藤どの、その斟酌《しんしゃく》は無用に願いたい。それがし、亡父より習うたことがいくつかござってな、その一が竹細工、二が馬の世話、三が刃物研ぎ、四が来島水軍流の剣術であった。水軍と流儀名につくように、瀬戸内の海で名を馳せた来島水軍の末裔《まつえい》にござるよ。つまりは船上での戦いのために編み出された剣技ゆえ、船を操る基本の技を最初に叩き込まれる。駿太郎は養子じゃが、すでに櫓の漕ぎ方、棹《さお》の扱いの初歩は教え込んでござる。まあ、かような激流を押し渡ったことはな

いが、できぬ相談ではあるまい」

小籐次は平然と答えていた。

「なに、赤目どのの流儀は来島水軍の流れを汲むものでしたか。ならばぜひお手並みを拝見しとうござる」

にんまりと笑った近藤精兵衛が俄然《がぜん》張り切った。秀次の考えがぴたりと当たったからだろう。

「真《まこと》に乗船してようござるな」

念を押した小籐次は駿太郎を抱え上げると、竹杖を片手に、
ひょい
と御用船に飛び下りた。

船頭衆が小籐次のいきなりの行動に、あっ、と悲鳴を上げたが、驚くのはその後だった。子供を抱えた小籐次が流れに舫《もや》われた船上に飛び下りたというのに、船は全く微動だにしなかった。

「親分、駿太郎を頼む」

秀次親分の腕に駿太郎を渡した小籐次は、

「船頭どの、この長棹を借りてよいか」

と船底に積んであった竹棹を手にした。

「へえ、お好きなように」

南町奉行所の御用船の主船頭が、小籐次のお手並み拝見というふうに答えた。

「薬研堀にいったん船を入れて回頭しようか」

小籐次は長さ十尺余の棹を手に舳先に立った。

小籐次が棹先で石垣を突いて難波橋を潜り、薬研堀に入ると、二丁の長櫓が堀の水で躍った。船頭衆の櫓は真っ直ぐに推進させるために漕いだのだが、小籐次が長棹を右舷《うげん》に突き立て、
くいっ
と回すと、御用船が半回転して、今潜ってきた難波橋へと舳先を向けていた。

「ああっ！」

主船頭が驚きの声を上げた。

「ほっほっほ、面白いことになったぞ、秀次」

「ですから、赤目小籐次様をお乗せすると楽しいことがあると申し上げました」

秀次が自慢げに近藤に言ったものだ。

「船頭どの、船を大川のこちら岸で白鬚《しらひげ》ノ渡しまで遡上《そじょう》させ、そこから流れの中

央に向って斜めに押し下るというのはどうかな」

「万事、赤目様のお指図どおりに致しますよ」

最初から手並みを見せつけられた主船頭が応じて、御用船は大川の激しい流れに戻った。すると御用船は横腹に流れをまともに受け、下流へと流されそうになった。だが、小籐次の棹が船の左手に立てられると、くるりと転じ、舳先を上流に向けた。

「やれ漕げ、それ漕げ」

二丁櫓の四人が息を合わせ、舳先に立った小籐次は竹棹を構えると上流から流れてくる流木を軽く、
ぽんぽん
と突くと障害物は右に左に方向を変えて下流へと流れていった。

「これは面白い、まるで手妻《てづま》でも見るようじゃ」

と興奮の体《てい》の近藤が、

「赤目どの、来島水軍流の秘技にござるか」

「わが流儀には正剣十手と脇剣七手がござってな。脇剣の一に竿突き、二に竿刺しという秘伝がござる」

「赤目どのが行うと、秘伝というよりなんとも簡単に見えるがな」

御用船は両国橋の下にかかり、大勢の群衆が橋の下を行く御用船に目を留めて、

「なんだい、あの船はよ。流れに抗してよ、水澄ましのようにすいすいと上流へと上がっていくぜ」

「見ねえな、舳先の爺様をよ。酔いどれ小籐次様だぜ」

「なに、南町の御用船に酔いどれ小籐次様が乗って、あの技かえ」

「酔いどれ様の流儀は、瀬戸内の水軍の技が基になったと聞いたことがある。水の上はあのお方の故郷《くに》みたいなものではないか」

二人の町人の会話を聞いていた武士が、舳先を橋下に入れた御用船を欄干から覗き込みながら言った。

両国橋を潜った南町の御用船は、御米蔵を横目に御厩河岸《おんまやがし》ノ渡し、竹町ノ渡しを過ぎ、吾妻橋を潜った。

その間にも小籐次の竹棹は流木を突き流し、流れの緩やかなほうに御用船を導いていく。船頭四人は、流れくる障害物を気にすることなく櫓を漕ぐことに専心すればよいのだから、激流に抗して確かな船足で一気に竹屋ノ渡しを越えて、小籐次が目標にした白鬚ノ渡しが見えるところまで来た。

対岸は須崎村だ。
望外川荘は対岸の長命寺の湧水池に接してある。激流を斜めに押し下ることになる。
「船頭衆、願いますぞ」
「わっしらの命、赤目様に預けました」
主船頭の言葉に、
「畏《かしこ》まって候」
と答えた小籐次が、
ひょい
と水中に棹を突き立てると、御用船が上流から下流に向きを変え、こんどは流れに乗って一気に下り出した。
舳先の小籐次が棹で流木を、
ひょいひょい
と躱《かわ》すと、そのたびに御用船は流れの真ん中を斜めに矢のように突き進み、一気に長命寺への水路へと舳先を入れて、船足がゆっくりとなった。
御用船の面々は言葉もない。

「助かった」

と小籐次が洩らし、

「駿太郎、われらはこちらで下りるぞ」

と声をかけた。

「爺じい、おもしろかったぞ」

答える駿太郎を秀次の腕から受け取ると、小籐次は長命寺の土手に飛び移り、

「気をつけて戻りなされよ」

と言い残し、望外川荘の竹林へと入っていった。

第二章　家族ごっこ

一

望外川荘でも、雨戸、障子戸、襖《ふすま》と家じゅうの建具が開け放たれ、風と光が入れられていた。また庭には夜具や衣類が気持ちよさそうに干されていた。泉水の水かさが増し、庭の景色が一変していた。雨滴を付けた松葉が真珠玉のように光り輝いていた。

「おりょう様」

駿太郎が叫ぶ声に、姉さん被りのおしげやあいと一緒に、縁側におりょうが姿を見せた。

「赤目様、駿太郎様」

おりょうが手を振り、駿太郎が庭を駆けだしていった。

小籐次は茶室の不酔庵《ふすいあん》のにじり口の戸が未《いま》だ閉められているのを見て、腰の次直と背の風呂敷包みを軒下に置いた。戸を開いて茶室に入り、掃き出し口も開けて風を通した。

不酔庵も湿っていたが、風が通ると、湿気が少しだけ散じていくのが分った。

小籐次は江戸じゅうが、長雨がもたらした湿気と戦っておるかと思いながら、にじり口を出て、次直と風呂敷包みを手に母屋《おもや》に向った。

おりょうと駿太郎が縁側で陽光に当たりながら、なにやら楽しげに談笑していた。

「未だ不酔庵まで手が回らず、赤目様の手を借りてしまいましたね」

「こちらは大家ゆえ、女衆三人では建具の開け閉めだけでも手間がかかりましょう」

「いえ、百助があれこれと手伝ってくれます。母屋が一段落しましたゆえ、ただ今は自分の小屋に風を入れております」

「おりょう様、過日は雨見舞いを頂戴し、なんとも恐縮でござった。お蔭で長屋じゅうが大いに元気を得て、長雨を乗り切ることができました。かく礼を申します」

小籐次は庭先から大頭を下げた。

「そんなことより、橋はどこも大変な人出で通れないそうではございませんか」

「駿太郎が説明したか」

「はい、駿太郎様がちゃんと話してくれました。この界隈の人も、向こう岸に渡りたくてあちらの橋、こちらの橋と回ったようですが、どこも大変な混みようとか。橋よりもまず人出に恐れをなしたそうで、いったん諦めたそうな。駿太郎様の話から、混雑する橋上の光景が目に浮かびました。それにしても、ようこちらへ来られましたね。赤目様と駿太郎様はどのような手妻を使われ、流れを渡って来られたのでしょう」

「駿太郎はそのことを話さなかったか。まだ子供じゃな。肝心なことを忘れておる」

駿太郎はおりょうの膝に大人しく抱かれていた。

「いや、われら二人、こちらへ伺うのを止め、薬研堀の河岸で芝口新町に戻ろうと話しているところに、折よく南町奉行所の御用船が見回りに来ておってな、昵《じっ》懇《こん》の定廻り同心の近藤どのと秀次親分が乗っておられて、その御用船に便乗させてもろうたのだ」

　その話を聞いたおりょうが、

「駿太郎様も船じゃ船じゃとは言われましたが、空恐ろしいあの流れを渡り切れるものかと信じられませんでした」

　と、まだ得心がいかぬ顔で答えたものだ。

「信じられぬのも無理はない。白鬚ノ渡しまで岸辺を遡《さかのぼ》ってな、一気にこちら岸に突っ切ってきたのじゃ」

「おりょう様、爺じいが竹ざおをこう持ってな、ふねに立ってな、川をつきながらわたってきたぞ」

　駿太郎がおりょうの膝から立ち上がり、御用船の舳先に立った感じで竿刺しの技を両手で演じてみせた。

「おうおう、やはり赤目小籐次様ならではの大技を使い、大川の激流を乗り切ってこちらに参られましたか」

　おりょうがようやく得心した体《てい》で笑顔で頷いた。

「あの流れが落ち着くのに二、三日はかかろう。橋の往来がふつうに戻り、渡し船が再開されるのは、その後のことにござろう」

「ならば赤目様と駿太郎様方は、それまで望外川荘に逗留《とうりゅう》なされますね」

おりょうが弾《はじ》けそうな笑みを湛《たた》えて小籐次を見た。

「帰りのことは考えておらなんだ。ともあれ、大勢の人の重みと流れの勢いで橋が落ちぬことを祈るばかりだ」

答えながら、小籐次は風呂敷包みのことを思い出した。

「おおっ、久慈屋の若女房おやえどのからおりょう様方に甘い物の差し入れじゃぞ。背に負うてきたで、かたちが崩れておるやもしれぬ」

風呂敷包みを差し出すところに、おしげとあいが茶を運んできた。若いあいの額には汗が光っていた。

「あい、久慈屋様から甘味の差し入れですよ」

おりょうが言うと、あいの顔が、
ぱあっ
と笑みで輝いた。

長雨の間、若い娘は甘味に飢えていたのであろうか。

「どれどれ」

おりょうが風呂敷包みを解くと、紙包みが三つに分けられて入っていた。

「おりょう様、大仏大師堂の源五兵衛餅です」

あいの言葉が思わず弾んだ。あいは紙包みを見ただけで分ったのだ。

「これこれ、はしたない」

おりょうはあいに注意した。だが、その口の下から、

「あい、おしげ、こちらは塩瀬饅頭のようですよ。三つ目の包みは八丁堀の松屋せんべいです。間違いありません。さすがは久慈屋さん、大雨の中でも甘味を切らされなかったようですね」

おりょうも紙包みの意匠で中味を当て、

「駿太郎様はなにがよろしいですか」

と訊いた。だが、駿太郎は女たちが甘い物に大騒ぎするのを横目に、

「おりょう様、駿太郎は腹がへったぞ。朝からなにも食べておらぬ。飴をなめただけじゃ」

と空腹を訴えた。

「おお、気が付かぬことでした。久しぶりに雨が止んだのです。どこの店も片付けに忙しく、道々、食べるところもありませんでしたか」

おりょうがおしげとあいになにか命じようとしたのを小籐次が制し、

「駿太郎、武士は食わねど高楊枝《たかようじ》と申すぞ。一日物を食べぬくらいでなんじゃ」

「赤目様、そうおっしゃいますな。川向こうの芝から泥濘の中を歩いて、怖い思いをしながら流れを渡って来られたのでございましょう。おしげ、あい、駿太郎様には握り飯を、赤目様には酒《ささ》を仕度してくれませぬか。私どもも朝から働いて疲れたところでした。おやえさん心づくしの甘味でひと休み致しましょう」

おりょうがおしげらに命じ、再び女二人が台所に姿を消した。

「おりょう様、百助さんによると、秋梅雨の中も和歌の集いは催されていたそうな。みなさま熱心にござるな。雨の中、川向こうから須崎村まで参られるのは、命がけとは言わぬまでも大変じゃろうに」

「たしかに門弟衆は、雨が降り始めの三、四日までは、秋梅雨も風情ありと強がりをおっしゃって、駕籠や屋根船などを雇い、望外川荘にお見えになりました。ですが水かさが増し始めたこの七、八日、さすがに門弟衆はだれ一人参られませんでしたよ」

「であろうな。流木がごつんごつんと橋桁にぶつかる音は決して気色のよいものではござらぬ。いくらおりょう様に惚れた、好きな歌作じゃというても命がけはのう」

小籐次も得心した。

「まあ、門弟衆にそのような不謹慎なお方はおられませんよ。それは百助の思い過ごしです」

おりょうの困惑の顔が事実であることを物語っていた。

「おりょう様に惚れぬ男《おのこ》がおるとすれば、それこそおかしかろう」

「私には、赤目小籐次様という亭主どのがおられます」

おりょうが小籐次だけに聞こえる低声《こごえ》で囁き、睨んだ。

「さすがのおりょう様も、家に閉じ込められて無聊《ぶりょう》を託《かこ》っておられたか」

「いえいえ、そうではありません。門弟衆の歌の手直しやら添削、それに歌作と結構忙しい毎日にございました。時に長雨もよいものです」

「藁屋根に音が吸い込まれるように降る雨はよいが、板屋根を叩く長屋の雨は耳障りでのう、無粋でいかぬ。三日も続くと気が滅入るものでな」

「この望外川荘はどなた様の持ち物にございますか」

「それは決まっておりましょう。北村おりょう様が主の御寮にござるよ。人には分相応の生き方があるものでな」

「りょうの気持ちも知らずに勝手なことを」

「考えてみれば、長屋に降る雨も乙なものであった。皆が気持ちを一つにして、炊き出しなどをしながら過ごしたでな。それもこれもおりょう様の差し入れがあったればこそでござった」

小籐次が繰り返すところに、おしげとあいが駿太郎には握り飯に吸い物と香のものを添えて、小籐次には燗酒《かんざけ》を運んできてくれた。

「造作をかけたな、おしげさん、あいさん。ひと休みして下されよ。こちらは手酌で頂戴するでな」

小籐次が燗徳利を摑もうとするとおりょうがそれを制して、

「最初の一杯はりょうに注がせて下さいまし」

と徳利を差し出し、注いでくれた。

「頂戴致す」

小籐次は温《ぬる》めの燗酒の香りを楽しみ、口に含んで舌に転がした。しばらく酒精を口内で味わい、喉に落とす。朝から泥濘に足を取られ、激流を乗り切ってきた全身の疲れに酒が沁《し》みわたり、

「酒は百薬の長、甘露かな」

と思わず呟いたものだ。

「だれが名づけたか酔いどれ小籐次、酒に酔うておられるときが一番幸せそうな顔にございます」

とおりょうが洩らした。

「おりょう様、酒を味わうに理屈は要らぬでな。一杯の酒が陶然とした気持ちに人を変えるのでござる。酒を造った杜氏《とうじ》の技と心遣い、味わう者の素直な気持ちが出会うたときの醍醐味はなんとも言えぬものよ」

「人間、素直な気持ちの域に達するのが難儀にございます」

「ただ味わうのみ。ほれ、おやえさんの心づくしの塩瀬饅頭を、おりょう様方も味わいなされ」

小籐次の言葉にあいが塩瀬饅頭の包みを解き、

「おりょう様、今朝蒸《ふ》かしたお饅頭のようですよ」

とまた新たな歓声を上げた。

小籐次は陽だまりの中、一杯の燗酒に長雨の鬱々《うつうつ》とした気持ちがだんだんと消えていくのを感じていた。

小籐次と駿太郎は光を浴びたふかふかの夜具に包まれ、午睡をした。さすがの小籐次も秋の長梅雨に気が滅入っていたのか、熟睡していなかったと見え、二人して鼾《いびき》を競い合うように眠り込んだ。

その様子を、隣部屋で書き物をしながら時折、幸せそうな笑みを浮かべておりょうが見入った。

はたから見ればなんとも奇妙な光景であったかもしれなかった。年老いた剣客と、父を小籐次に殺された刺客の子が抱き合うように眠り、それを美貌の歌人が笑みを浮かべて眺めているのだ。だが、おりょうにはこれ以上の喜びの瞬間はなかった。

おりょうにとって掛け替えのない家族だった。

小籐次は駿太郎を片腕に抱いて眠りながら、夢を見ていた。

駿太郎が凛々《りり》しい若侍に育ち、白鉢巻きに白襷《しろだすき》掛けで小籐次に刃《やいば》を向けている夢だった。

夢を見ていることを意識していた。

駿太郎の実父は、播州赤穂藩《ばんしゅうあこう》の中老新渡戸《にとべ》白堂が雇った刺客、須藤平八郎だ。その須藤を、小籐次は尋常の戦いで斃《たお》していた。勝負を始める前、己が敗北したときは一子駿太郎の面倒をみてほしいと小籐次に願っていた。

武士同士が生死を前に交わした約定だ。

小籐次はわが子として刺客の子駿太郎を育ててきた。

いずれ駿太郎が成人した折、実の父が小籐次によって斃されたと知ったとき、実父の仇として駿太郎が小籐次に刃を向けることが考えられた。

小籐次は駿太郎を得たことで、家族の温《ぬく》もりを改めて知らされていた。そして、そこへおりょうが加わり、これ以上の幸せがあろうかと感じてきた。

駿太郎もおりょうも得難い宝物であり、今や掛け替えのない家族であり、伴侶であった。二人から得た至福が大きいだけに、小籐次にはいつその至福が崩壊するかという恐れがあった。

そんな強迫観念が時折夢を見させて、ただ今の家族が幻想であることを訴え続けていた。

刃を向けた駿太郎は、なにも小籐次に話しかけなかった。ただ、無言で刃を向けてきた。

(駿太郎、そなたの父を殺したのはこの赤目小籐次ぞ。さあ、かかってこよ)

小籐次が叫んでも駿太郎は哀《かな》しげな眼を向けたまま刃を向け続け、踏み込もうとはしなかった。

（参れ、来ぬか、剣を振るえ。動かねばわしがいく）

小籐次が十数年後の未来に向って次直を抜き、刃を奔《はし》らせた。


「どうなされました」

おりょうの声がして、びっしょりと寝汗を掻いた小籐次は揺り起こされた。片腕の中では未だ駿太郎がぐっすりとした眠りの中にあった。

「夢と分っておるのに」

小籐次が呟いた。

「なんの夢を見られました」

「同じ夢じゃ」

「りょうに話されませぬか」

「馬鹿げた夢よ」

「豪勇無双の赤目小籐次様を脅かす夢とは、どのようなものにございますか」

おりょうが小籐次に迫った。

「おりょう様、夢じゃ。言葉にすると詮無《せんな》いものよ」

「りょうにとって赤目様の悩みはどのような夢であれ、大事なものにございます」

おりょうが体を俯《うつぶ》せ、片腕に小籐次と駿太郎を抱き寄せた。だが、おりょうの顔は小籐次へと向けられていた。

「なにを悩んでおられます」

「駿太郎のことじゃ」

小籐次は時折繰り返し見る夢をおりょうに語った。

「剣に生きる者の悩みもまた底なしに深うございますね」

おりょうが洩らし、

「赤目様のただ今が幸せである証にございます」

と言い切った。

「いかにもさようじゃ。縁あって駿太郎がわが子になり、勿体なくもおりょう様と懇《ねんご》ろになって、あまりの幸せに罰が当たってもよいと常々思うておる。駿太郎のことも須藤平八郎どのと剣を交えたときからの宿命じゃ。それは覚悟してきたことなのだ。なんとも赤目小籐次が弱き心、未練がましいことよ」

「いえ、赤目小籐次様が稀代の勇者ゆえ、人間の弱さを承知なのでございます」

「おりょう様は、この赤目を買い被っておられる」

おりょうが顔を寄せて小籐次の耳たぶを軽くなぶるように噛《か》んだ。するとおりょうの芳《かぐわ》しい香りを小籐次は感じた。

「ようございます。駿太郎様が成人なさり、実父の仇として赤目小籐次様に刃を向けられたときには、このりょうも共に駿太郎様に立ち向います。赤目様と共に潔く駿太郎様の刃に斃されましょうぞ」

「おりょう様」

「赤目小籐次様の悩みは、りょうの悩みにございます」

「それがしに、一心同体と言われるか」

「はい。死ぬも生きるも赤目小籐次様とりょうは一緒にございます。この世も来世までも共に参りましょう」

「よいのか、それがしで」

「赤目小籐次様は唯一無二のお方にございます。現《うつ》し身は一時《いっとき》のこと、生死を超えれば赤目様とりょうの関わりは永遠《とわ》にございます」

おりょうの言葉が小籐次の耳の中で震えて響いた。

二

翌日、夜明け前に起きた小籐次は、亡父赤目伊蔵直伝《じきでん》の来島水軍流正剣十手と脇剣七手を得心がいくまで繰り返し、一刻半（三時間）後に稽古を終えた。するとと縁側から駿太郎が小籐次を呼んだ。

「爺じい、あすから駿太郎も剣のけいこをする」

「早起きができるか」

「できる」

「できます、と答えよ」

「爺うえ、できます」

「よし、ならば今日、そなたの木刀を拵《こしら》えてやろう」

「木刀はおもいか、いや、おもいですか」

「そなたはまだ体も骨もできておらぬでな、軽い材を選んで作る。そなたの父は心地流の達人須藤平八郎光寿と申されたが、爺は心地流に心得がない。赤目家に伝わる来島水軍流を伝授するが、それでよいか」

「爺じいのけんじゅつでよい」

小籐次が須藤平八郎と立ち合ったのは駿太郎が赤子の折だ。駿太郎には父の記憶どころか面影すらない。だが、いつか駿太郎の体内を流れる、

「血」

が真実を告げることを承知していた。

駿太郎が剣術を習いたいと乞うたのは、その第一歩だった。それは小籐次と駿太郎の対立を、戦いを意味する一歩だった。

「爺が、わが父伊蔵直伝の技をすべて教える。そなたの齢から始めても十数年の歳月がかかると思え」

「がんばる」

駿太郎は答えたが、それは二人の果てに決死の戦いがあることを夢想だにしていない返答だった。

「駿太郎、それが用事か」

あっ、と駿太郎が驚きの声を発して、

「おりょう様がもうされたぞ。百助さんがひさしぶりにゆを立てたそうじゃ。駿太郎は爺じいとゆに入れといわれたぞ」

「長雨と野分で、町の湯屋も内湯も湯を立てるどころではなかったからな。それにしても朝から湯とは贅沢《ぜいたく》じゃな。お言葉に甘えて頂戴しようか」

小籐次は縁側に立つ駿太郎に次直を預けて、湯殿で会おうと庭を回って望外川荘の東側に向った。

百助が自らの住まいの小屋の格子窓を開けて、風と光を入れていた。長雨で湿った屋内は昨日一日くらいで乾燥したはずもなかった。

「百助さん、湯を立ててもろうたそうな。馳走になる」

「おりょう様の命だ。わしらもあとで頂戴する」

「おりょう様は入られたか」

はてのう、と百助の返答は曖昧《あいまい》だった。

「百助さん、済まぬが不酔庵にも風を入れてくれぬか」

「天気が回復したら仕事が山積みじゃ。わしは長雨に降り込められるより体を動かしておるほうがいいだ。それにしても、秋梅雨が秋野菜をだめにしてしもうた。菜ものも茄子もほぼだめになった」

小籐次にぼやいた百助が不酔庵に向った。

小籐次は勝手口から台所に通った。するとおしげが通いのおとよと朝餉の仕度をしていた。

「おりょう様の命で湯を遣わせてもらう」

「駿太郎様が待っておられるだ」

おしげにも言われ、湯殿に向った。すると駿太郎がおりょうと話している声が聞こえてきた。

小籐次が遅いので、おりょうが駿太郎を湯に浸らせているのか。

「おりょう様、駿太郎の湯浴みまでさせて申し訳ござらぬ」

「ささっ、早うおいでなされませ。久しぶりの湯にございましょう」

「主のおりょう様が入らぬ内にわれら親子が遣うては、罰が当たりそうじゃ」

小籐次は脱衣場で迷った。

おりょうの前に老残の姿を晒すなどできようかと躊躇《ちゅうちょ》したのだ。

「爺じい、ゆは気持ちいいぞ。はやくこい」

「駿太郎様、爺じい様に向って早く来いはございませんよ。お入り下さい、です」

「おはいりください、です」

駿太郎の言葉に促され、小籐次は汗を搔いた稽古着を脱いだ。手拭いを手に、

「ご免」

と湯殿に入ると、あっ、と驚きの声を上げた。

おりょうは白い長襦袢《ながじゅばん》姿で駿太郎の背中を洗っていた。湯に濡れた長襦袢がおりょうの肌に張り付いて、なんとも艶《なま》めかしい。

「こ、これは」

「どうなされました」

「ふ、不注意であったな。あとに致す」

戻りかける小籐次をおりょうの言葉が引き止めた。

「私どもは二世《にせ》を誓った仲にございますよ。夫婦《めおと》で湯に浸かって悪かろうはずもございません」

と告げられた小籐次は、おりょうと駿太郎に背を向けるようにして、湯船の前に腰を落とし、手桶でかかり湯を汲み上げ、体にかけた。

「駿太郎様、湯船に浸かりなされ」

と命じられた駿太郎が湯船に入り、

「爺じい、気持ちいいぞ」

と言った。

「それはそうであろう。われら、十数日も湯を遣うておらぬでな。おりょう様によう洗うてもろうたか」

「きれいに洗うてもろうたぞ」

「そうか、それはなにより」

と答える小籐次の背におりょうの気配がして、

「次は赤目様にございます。十数日分の垢《あか》を落として差し上げます」

「お、おりょう様、め、め、滅相もない」

「なにをおっしゃいます。家族で一緒に入って悪い道理はどこにもございません。さあ、肩からかかり湯を」

とおりょうの声がして何杯も湯がかけられ、糠《ぬか》袋で擦られ始めた。

「なにやら落ち着かぬ」

「ふっふっふ、天下無双の赤目小籐次様ともあろうお方が、女房が怖いとはおかしな話です」

「おりょう様はそれがしが考える女子を超えておられる。こう来ると思うておると、全く別の一手で攻めてこられる。いかな酔いどれ小籐次とて太刀《たち》打ちできぬ」

と正直に告白した。

「ならばりょうに身をお任せ下さいませ。ほれ、体から力を抜いて」

背中を丹念に洗われ、かかり湯がかけられた。

「こんどは前を向いて下さいませ」

「おりょう様、前はそれがしが洗う」

小籐次は慌てて胸から下腹部に湯をかけて洗った。

「さあて、こんどはりょうが洗われる番にございます」

「えっ、なんと」

「申し上げました。夫婦は相和し、互いを労《いたわ》り慈しんで生きるものです」

おりょうが小籐次に背を向けた気配があった。

(また半手先んじられた)

と思いながら、小籐次がおりょうに向き直ると、いきなり白い背中が目に飛び込んできた。

「な、長襦袢を、ぬ、脱がれたか」

「長襦袢の上から糠袋をかけるおつもりですか」

「いやそれは」

「ならばかかり湯をたっぷりかけて下さいまし」

小籐次は無念無想、煩悩を頭から追い払おうとした。だが、それがうまくいったとは言い難かった。それでもおりょうを見ぬようにして、項《うなじ》から白い柔肌の背にかかり湯を流して温め、糠袋で優しく擦り上げた。

「極楽とはこのような瞬間にございましょうね」

おりょうの声が満足げだ。

小籐次はなんとか背を洗い、かかり湯を再びかけて、

「おりょう様、湯に入られよ。風邪をひいてもいかぬでな」

「前が残っております」

「おりょう様、赤目小籐次、湯にも浸からぬ内に湯疲れしてしもうた。降参にござる」

おりょうが自ら嫋《たお》やかな胸から秘部を洗い、

「ご一緒に」

と小籐次の手をとって駿太郎が浸かる湯船に入った。

ふうっ
と思わず小籐次が大きな吐息をついた。

「どうなされました」

「いや、それがし、それなりに齢を経た古狸《ふるだぬき》と思うておったが、おりょう様にか

かっては形無しじゃ。なぜか十七、八の頃、品川宿で腹っぺらし組と称して徒党を組んでいた往時を思い出した」

「ほう、それはまたどうしたことでございましょう」

「女子の体が眩《まぶ》しゅうてたまらぬ、そんな頃の話にござる」

「なにがございました」

小籐次は遊び呆《ほう》けて仕事を怠け、父親の伊蔵に捕まって厩の梁《はり》に吊るされる折《せっ》檻《かん》を受けたときのことを話し出した。

「なんとか馬の背を足掛かりに森藩下屋敷を抜け出て、悪仲間新八の長屋まで逃げ、鶏小屋に身を隠したと思いなされ。新八の妹のかよが父の折檻に顔のかたちまで変わったそれがしに同情したか、親の目を盗んでは生卵や握り飯を差し入れしてくれた。少し体が回復した頃のこと、かよがいきなりそれがしの手を取って、胸元に誘ったことがあってな」

「おやおや、それで」

「そこへ無粋にも兄の新八が顔を出しおった。それで終わりじゃ」

「進展はなしにございますか」

「あるものか。その直後、品川の騒ぎに巻き込まれ、われら、信州松野藩六万石松平家の三男坊、保雅様を頭分にした腹っぺらし組も解散して、それぞれの途を歩み出した」

「かよ様とはその後、会われましたか」

「他人《ひと》様の女房になり、すでに孫が何人もおるとか、風の噂に聞き申した」

「信州松野藩に行かれたのはその縁でございましたね」

「若様の保雅様は妾腹《しょうふく》の三男坊、まさか藩主に就かれるとはだれも考えもせなんだ。それが六万石の殿様とは、人の世は分らぬものにござる」

「ふっふっふ」

とおりょうが笑った。

そのとき、小籐次は、生涯敵《かな》わぬ相手は北村、いや、今では赤目おりょうじゃと確信した。そして、三人で湯に入る幸せがいつまで続くか、そのことを思った。

この日、折れ鍬《くわ》の柄《え》を百助の小屋で見つけ、一尺五寸ほどの長さに挽《ひ》き切り、全体を細く削って駿太郎の木刀を作った。

駿太郎を呼んで作ったばかりの木刀を握らせてみた。縁側の前の庭先でだ。

昼下がり、八つ（午後二時）過ぎのことだった。

「どうだ、重いか」

「おもうはないぞ、爺じい」

「振ってみよ」

駿太郎が木刀を手に無闇に振り回した。

「よし、止めよ。駿太郎、剣術には、どの流儀も基本となるかたちがある。無闇やたらに振り回してよいものではない」

小籐次は来島水軍流に入る前に剣術の基本、陽《よう》の構えの、

「正眼の構え」

を教えた。

正眼は、晴眼、星眼、清眼と、流派によって違う字を使った。上、中、下の構えのうち、中段の構えだ。剣の達人宮本武蔵はその著『兵法三十五箇条』に、

「構えのきわまりは中段と心得べし。中段は構えの本意なり」

と直截《ちょくせつ》に中段をこう位置付けている。

「駿太郎、木刀を構えるとき、左の手首を軽く曲げて柄頭《つかがしら》に添えよ。この折、小指で柄頭を留める。よいな、このようにじゃ」

と駿太郎に木刀の握り方から教えた。

「こうか」

「おお、賢いな。これで木刀がずれることはない。さて、薬指と中指は力をこめてな、柄を握り、人差し指と親指はかるく押さえる程度にしておけ。分るか」

と左手の指の使い方を教え込んだ。

「こうではないな、こうか」

駿太郎が小さな手で木刀の握り方を真似た。

そんな様子を居間から時折おりょうが眺めながら、笑みを浮かべて朱筆で添削をなしていた。

「そなたの指はまだ小さいでな、よう木刀が支えられぬやもしれぬ。だが、この左手の指使いと、右手の使い方をきちんと覚えねば、剣術は上達せぬ」

駿太郎に左手の指の置き方と使い方を丹念に教え込んだ。額に汗を浮かべた駿太郎がようやく左手の指使いを覚えたところで、右手に移った。

「右手は左手より拳一つ離れたところを上から軽く握る。よいな、木刀を左手は下から支え、右手は上から握るのじゃぞ。右手で力を入れるのは小指、薬指、中指の三本だけじゃ。人差し指、親指は軽くおく気持ちで、保持せよ」

小籐次は駿太郎に自らの木刀で両手の握り方を見せた。

駿太郎がそれを真似たが、

「これでは振り回せぬぞ、爺じい」

「最前、そなたが振り回していたようにすると楽であろう。だが、それでは剣術とはいえぬ。この握りを己のものにするためには一、二年、あるいはもっとかかろう。よいか、木刀をこのように持つ」

小籐次は中段の構えをとった。

「左の拳はへそのあたりにおいてな、右手は一握りの間を開けて保持せよ。その際、切っ先を相手の左眼、あるいは喉元に向けるなど、各流儀によって異なる。わが親父様に伝授された来島水軍流は、左眼の下、鼻脇におけと教え込まれた」

と来島水軍流の構えを駿太郎にしてみせた。

「駿太郎、まず木刀の握り方と構えを会得せよ」

「爺じい、むずかしい、できないぞ」

駿太郎がなぜ握り難い木刀の構えを覚えねばいかぬのか、という表情で小籐次を見た。

「一朝一夕でなるものか。駿太郎、根気強く己の体に覚え込ませるのじゃ」

と小籐次が言ったが、駿太郎は納得した顔ではなかった。

「赤目様、駿太郎様、少しお休みなされませ。何事も一つの芸なり技なりを会得するには長い時を要しますゆえ、急《せ》いてはなりませぬ」

とおりょうが駿太郎を縁側に呼び、

「駿太郎様はご自分の名を書くことができますか」

と尋ねた。

「おりょう様、お夕ねえちゃんにならったからかけるぞ」

「ほう、そなたが名を書けるとは知らなんだ」

小籐次は駿太郎の密《ひそ》かな成長に驚かされた。それもこれもお夕のお蔭だ。

「ならばりょうに書いて見せて下さい」

おりょうが筆と紙を持って縁側に来た。すると木刀から筆に替えた駿太郎が右手に握りしめ、力を入れた手で筆先を紙に押し付け、

「しゅんたろ」

と書いてみせた。

「おお、上手にございます」

おりょうは褒めると、

「この書き方はひらがなといいます。間違いではありません。ですが、駿太郎様

の名は、ほんとうはこう書きます」

　と見事な楷書で駿太郎と認《したた》めた。

「おりょう様、この字が駿太郎のほんとうの名か」

「いかにもさようです。最前駿太郎様が書かれた字より手間がかかりますね。ですが、この字を覚えるためには筆の握り方が大事になってきます。先ほど爺上が教えて下さった木刀の握り方を覚えることが、後々剣術の上達につながるのと同じことなのです。今は握り難くても、まずその握り方を覚えれば、すらすらと駿太郎と書くことができるようになりますよ」

「そうか、ふでにもにぎり方があるか」

「ございます。何事も一芸に秀でるためには近道はありません。日々精進してかたちをものにすれば、あとは楽になります」

「分った。おりょう様、爺じい、駿太郎はがんばってきだちのにぎり方とふでのにぎり方をおぼえる」

「それでこそ赤目小籐次様のお子にございます」

　おりょうが褒めたところに、あいが焼き餅の入った汁粉を運んできて、

「駿太郎様、ご褒美です」

と盆を縁側に置いた。

盆の上には家族三人の汁粉と箸《はし》があった。

小籐次は、須崎村の暮らしに馴染むと芝口新町の長屋に戻れぬような、

(不安)

を感じて、幸せと表裏一体の感情を訝しく思った。

「爺じい、おいしいぞ」

「さようか。爺も頂戴するかな」

と小籐次が箸を取り上げた。

三

昼下がり、小籐次はおりょうと駿太郎を連れて長命寺にお参りし、隅田川の土手から流れを見た。未だ茶色に濁った水には、河原に生えていた柳の木や壊れた小屋の残骸《ざんがい》が混じっていたが、水位もだいぶ下がり、流れの速さも緩やかになっていた。

それでも普段見せる隅田川の静かな貌《かお》とは異にして、自然には穏やかさの陰に

恐怖が潜んでいることを三人に教えていた。

「爺じい、わたしぶねはまだだめか」

おりょうに手を引かれた駿太郎が呟いた。

「明日にも竹屋ノ渡しが再開できるといいがな」

「未だ無理にございましょうね」

小籐次の言葉におりょうが応じた。その言葉の響きには安堵《あんど》の思いがあった。

橋止め、渡し船止めが続くかぎり、小籐次と駿太郎は望外川荘に留まらねばならなかった。おりょうには小籐次と駿太郎と過ごす日にちがそれだけ延びるということだった。

大川に架かる橋は長雨が止んだ後、いったん橋止めが解かれた。だが、橋を渡ろうと押しかけた群衆にどこの橋も混雑を極め、その上、北町奉行所が予測した以上に増水した流れは衰えなかった。水源の秩父にも長雨が続いたせいで、武蔵から秩父の大地は地中に降り続いた雨を溜めていた。そこで流れが落ち着くまで、幕府は再び橋止めを命じたのだ。

江戸は橋止めで右岸と左岸に二分されて、暮らしがままならなかった。物流が途絶え、普請場に向おうにも橋も渡し船も使えず、あちらこちらに支障をきたしていた。

流れを見詰めていた三人が、望外川荘に戻ろうと長命寺の門前に差し掛かると、名物の桜餅を売る山本やの女主お孝がおりょうの姿を認めて、

「おりょう様、お世話になっております」

と挨拶した。

長命寺門前の山本やは、

「長命寺の桜餅」

として江戸で知られた菓子舗だった。

その創業は享保《きょうほう》二年（一七一七）のことで、長命寺の門番だった山本新六が小麦粉を薄く焼いたものにこし餡を包み、さらに土手の桜の葉を半年ほど樽で塩漬けしたもので包んだところ、こし餡の甘さと桜葉の塩漬けした苦みがほどよく合って評判になったとか。以来、墨堤《ぼくてい》名物になったという。

開業より百年余の歳月を経て、隅田川の花見の季節には欠かせぬものになっていた。

「こちらこそ重宝させてもらっております」

とおりょうが挨拶を返した。小籐次はその交わされた言葉の意味を解さなかっ

たが、

「集いが催される折、こちらの桜餅を門弟衆に供しております。すると人気を呼びまして、近頃では帰りにこちらに立ち寄り、買い求めていかれる人もおられるとか」

とおりょうが説明してくれて得心した。

「門弟衆が桜餅を買い求めて向こう岸に戻られるか」

「根岸の御香屋のご隠居様など、お店ばかりか知り合いにも配るとのことで、たくさん買い求めていかれます」

とお孝が言い、

「おりょう様、今日は渡し船も再開されると見込んで桜餅を作りました。ですが、あてが外れて余っております。残り物でよければお持ちになって頂けませんか」

お店の奥に駆け込んだお孝が竹皮に桜餅を包んでくれた。

「川を見に来て財布を持っておりません。あとであいに届けさせます」

「おりょう様、残り物を売れるものですか。ふだん門弟衆にうちの桜餅を広めてもらっているお礼にございます」

お孝がおりょうの手に竹皮包みを持たせようとした。

「それがしが持っていこう」

小籐次が竹皮包みを受け取ると、

「赤目様、こちらからのお戻りの節にはぜひお立ち寄り下さい。出来上がったばかりの桜餅を用意いたします」

小籐次のことを承知か、お孝が笑みを浮かべながら言った。

「留守をした詫びに桜餅を持って帰るのもようござるな、立ち寄らせてもらおう」

と約定した小籐次はおりょうと駿太郎を伴い、裏木戸に向った。すると望外川荘の縁側に二人の武家が小籐次を待ち受けている様子があった。

「おや、待ち人が」

おりょうが呟き、

「お一人は水戸藩の太田静太郎様にございますが、もうお一人はどなたにございましょう」

「おりょう様、水戸家国家老の太田左門忠篤様じゃ。静太郎どのの大叔父にあたられるお人にござる。江戸に雨見舞いに出てこられたかのう」

小籐次が推量を交えて答えた。

「国家老様直々のお出ましとは、またなんの御用にございましょう」

「おりょう様、それがしが煤竹で造った行灯と花器を、水戸の作事場で指導せよと催促に来られたものとみゆる」

「久慈屋ご本家の細貝忠左衛門様に伴われて参られた静太郎様の話の催促にございますね」

「それしかござるまい」

小籐次は久慈屋の故郷の常陸《ひたち》西野内村を訪ねたことが縁で、竹を用いて洒落た行灯造りを披露したことがあった。数年前のことだ。

このことがきっかけとなり、水戸藩作事場では細工された竹製の高級行灯、ほの明かり久慈行灯として売り出し、今や水戸の特産品になっていた。だが、新趣向の行灯とはいえ、やがては飽きられる。そこで水戸藩は再三再四、赤目小籐次に水戸を訪れ、改めて新作竹細工の指導をするよう乞うていた。

「太田様、お久しぶりにございます」

小籐次が声をかけると、縁側で茶を喫していた左門が振り向いて、

「赤目小籐次どの、久しいな」

と敬称までつけて笑いかけた。

「江戸には雨見舞いにございますか」

小籐次は山本やから頂戴した桜餅をあいに渡した。あいが直ぐに小籐次の考えを呑み込んで台所に下がった。その様子を見るともなく確かめて、

「それもある」

と御三家水戸徳川家の国家老が答えた。

「過日、静太郎が江戸より持ち帰った煤竹で造った円行灯に花器、いや、なんとも見事な出来にござった。そこで赤目どのには新作造りの指導に水戸へご来駕《らいが》頂きたく、かように催促に参ったのじゃ」

やはり太田左門と静太郎の来訪の目的は小籐次の推測どおりだった。だが、なぜ小籐次が望外川荘に滞在中と分ったか。

「行灯造りは老いぼれ爺の手慰み、なにも国家老様がわざわざご出馬になる話ではございますまい」

小籐次がさらりと受け、傍らから静太郎がおりょうに会釈して、

「ご家老、この望外川荘の女主、歌人の北村おりょう様にございます」

と紹介した。

「北村りょうにございます」

おりょうが左門に挨拶した。

「望外川荘の主どのは評判の美人と聞いておったが、聞きしに勝る美貌にござるな。赤目小籐次どのが羨《うらや》ましゅうござる」

左門がおりょうに眩しそうな視線で会釈を返し、小籐次に言った。

「いや、ご家老、お考え違いをなさっては困ります。それがし、北村おりょう様の僕《しもべ》にございましてな、なにも世間の噂のような……」

「間柄ではないと言われるか。おりょうどのの顔を見れば、そなたらが互いに慕い、慕われていることは一目瞭然じゃ。考えるまでもなく、天下一の剣者に女子が惚れるのはよくあることよ。世間は齢の差や外見だけを見て、あれこれと論《あげつろ》うでな。そのような無責任な噂話は一切斟酌の要はない。のう、静太郎」

「はい。水戸では、赤目小籐次様とおりょう様を夫婦として正式にお招きしたく、かように国家老ともども望外川荘に参った次第にございます」

静太郎も国家老の傍らから言った。

「水戸行の一件なら、前々からの要望ゆえそれがしは心積もりはできておりますが、おりょう様は芽柳《めやなぎ》派を主宰する宗匠にござる。今では大勢の門弟衆も抱えておられるゆえ、そう簡単に江戸を空けることができるかどうか」

小籐次がおりょうを見た。

「赤目様、過日、久慈屋のご本家様と静太郎様がこの望外川荘をお訪ね下さいましたときから、私も水戸行を楽しみにして参りました。なんとしても日にちを作ります」

おりょうが小籐次に明言した。

「門弟衆から不満は出ないであろうか」

「前々から水戸行の折はしばらく休ませて欲しいと願うております。ただし、集いは、この望外川荘で門弟衆だけで続けます。門弟の中には歌作が三、四十年にもなる歌詠みもおられます。その方々を中心に、門弟衆だけでも芽柳派の集いは続けられます。私が休んだとて中断することはございません」

と言い切った。

「おお、それはよかった」

左門が安堵の表情を見せ、おりょうに手をつながれた駿太郎に視線をやった。

「赤目どのの養い子かな」

「駿太郎、挨拶を致せ」

小籐次に命じられた駿太郎が、

「赤目駿太郎です」

と左門の目をしっかりと見て、挨拶した。おりょうに教え込まれた挨拶であった。

「赤目駿太郎か、よい名じゃな。駿太郎どのも水戸に参るか。どうだ」

左門に問われた駿太郎がおりょうの顔を見た。

「正直にお答えなされませ」

とおりょうに言われた駿太郎が、

「爺じいとおりょう様がいくならば、駿太郎もいく」

「行くではございません。参りますとお答えなされませ」

「駿太郎もまいります」

「よいよい。水戸では赤目小籐次どの、おりょうどの、駿太郎どのの三人を丁重にお招き致しますぞ」

懸案の用事を済ませた左門が上機嫌で答えた。

あいが新しく淹《い》れた茶と、最前小籐次らがお孝から貰った桜餅を銘々皿に載せて運んできた。

「赤目様、おりょう様、旅仕度が整うのにどれほどの時を要しますか」

静太郎が念を押した。

「この秋の長梅雨で得意先に無沙汰をしており申す。江戸がふだんの暮らしに戻り、それがし、得意先をひと巡りして研ぎ仕事を済ますのに、十日ほどはかかろうか。おりょう様はいかがか」

「私も十日もあれば、留守の間の歌作の宿題を考え、その間、私の代わりを務める弟子に残していくことができます」

おりょうの返答を受けて、静太郎が応じた。

「国家老の江戸出府の用事がすべて済むのに、半月かかりましょうか」

「ならばご家老の御用が終わったあたりでわれらも水戸へ出立致しましょう」

小籐次が旅の出立日を大まかに決めた。

「赤目様、おりょう様、私ども水戸より船行にて、藩の蔵屋敷の船着場に一刻半ほど前に着いたところです。いや、まさか隅田川がこれほど荒れているとは想像もしませんでした。こちら岸の蔵屋敷の船着場になんとか藩船を着けた次第です。この増水では向こう岸の江戸藩邸へ挨拶に行くこともならず、こちらに伺えば赤目様のご様子が分るかと顔を出したところ、偶然にもこちらに逗留しておられるとお女中に聞きまして、かようにお会いすることが叶《かな》いました」

静太郎が突然の来訪の経緯を語った。

「われらも数日前に望外川荘を訪ねてきて以来、芝口新町に戻れぬようになったのでござる。ただ、今しがた川の流れを見てきましたが、明日にはなんとか橋止めも解かれようと思う。さすれば長屋に戻り、さっそく明日にも得意先回りを始めまする」

「赤目様、その間、藩船を待たせてございます。どうでしょう、水戸行にご家老と一緒に船で参りませんか」

「それは楽でよいな。どうじゃな、おりょう様」

「水戸への船旅でございますか。りょうは未だ海を行く船旅の経験がございません。揺れましょうか」

「おりょう様、秋梅雨がこれほど長く降り続いたのです。冬が到来するまでは穏やかな天気がしばらく続くとの船頭のご託宣です。船頭に穏やかな日和を選ばせて帆を上げます。江戸から那珂川河口の水戸外湊まで三日前後の船旅です。水戸街道を歩くよりずいぶんと楽にございますよ。またおりょう様が水戸街道を楽しみたいとお思いならば、帰りは徒歩にされませぬか。水戸街道は江戸と水戸を結ぶわが藩の街道のようなもの、おりょう様が旅に困られぬよう手配致します」

静太郎は小籐次らの旅程を心積もりしていたらしく、手際よく決めた。

「よし、江戸での用事が一つ終わったわ。長命寺の桜餅を頂戴しようか」

太田左門が笑い、墨堤名物の餅に手を伸ばした。

その夕暮れ、須崎村の竹屋ノ渡しに、

「川止めが解けるぞ！　橋止め、船止めは明朝から解かれるぞ！」

という声が響いて、それが風に乗り、望外川荘にも聞こえてきた。

「おりょう様、長逗留をしてしもうたな。これで明日から稼ぎができる。明朝、一番で橋を渡ろうかと思う」

「赤目様、同じような考えの人々が大勢いらっしゃいましょう。なにも混雑の折に無理して橋を渡ることもございますまい」

とおりょうが言った。

「過日のように混雑しようか。となれば駿太郎連れではいささか厄介か。なら駿太郎をこちらに残し、それがしだけが先に長屋に戻り、川の流れが落ち着いたところで舟にて迎えに参ろうか」

「爺じいと一緒に戻りたい」

里心がついたか、駿太郎が言い出した。

「どうしたものか」

小籐次は迷った。

太田左門と静太郎が望外川荘を辞去して半刻（一時間）が過ぎていた。

湧水池の船着場と望外川荘の間に広がる竹林から、がっちりとした体付きの男が姿を見せた。

「おお、久慈屋の荷運び頭の喜多造さんじゃ」

小籐次が思わず喜びの声を上げた。喜多造が船着場から姿を見せたということは、久慈屋の荷船に乗って隅田川を遡ってきたということであろう。同乗して芝口新町に戻れると思ったのだ。

おりょうの手が小籐次の太腿に触れ、軽く抓《つね》った。

「赤目様はりょうのそばから離れよう離れようとしておられますね」

「おりょう様、そのような考えはいかぬぞ。勘違いも甚だしい。それがしはただ長屋に戻れる足が、いや、船が到来したと考えただけだ」

「その言葉がすでに怪しゅうございます」

「おりょう様、水戸行で互いに江戸を離れるのじゃ。その前に為すべきことが山積しておりますでな。おりょう様とて、それがしと駿太郎がこちらにお邪魔しておれば、自らのお勤めに差し障りがござろう」

「いえ、ちっとも」

とおりょうが言った。

「赤目様と駿太郎様がおられる望外川荘は、楽しゅうございます。戻られたあとはいつも寂しゅうて、りょうは身の置きどころもございませぬ」

「賑やかさと寂しさは表裏一体、それが世の常にござる。おりょう様、水戸への道中をお考えなされ。この半月くらい、あっという間に過ぎますぞ」

ふうっ
と小さな吐息をついたおりょうが、

「赤目小籐次様をいつまでも困らせてはなりませんね」

と言った。

「喜多造さん、われらを迎えに来られたか」

「いえね、大川も昼過ぎからだいぶ落ち着いたというので、久慈屋では得意先の雨見舞いに、番頭、手代を手分けして遣わせているところです。わっしは浅草寺に大番頭の観右衛門さんを運んできたんですが、大番頭さんから、寺で御用を済ます間、望外川荘の様子を見てくるように命じられましてな、それで伺いました」

「ということは、われらが願えば喜多造さんの船に乗せてもらえるということかな」

「そういうことでございます」

と応じた喜多造がおりょうの複雑な表情を見て、

「いえ、そのようなこともできますと申し上げているところです」

と呟いたものだ。

「いえ、赤目様は最前から長屋に戻りたいとばかりおっしゃっておられます。喜多造さん、どうかお二人をお連れ下さいませ」

おりょうが諦め顔で許しを与えた。

四

江戸に久しぶりの澄み切った青空が戻ってきた。白い雲がぽっかりと一つふたつ浮かんでいた。この秋初めての爽《さわ》やかな青空だった。

ために江戸が一気に蘇った感があり、芝口橋を往来するお店の奉公人も、久慈屋に仕入れに来た客も、泥濘を避けるようにして急ぐ駕籠屋の足取りも軽かった。

小籐次は長曾禰《ながそね》虎徹《こてつ》入道《にゅうどう》興里《おきさと》の脇差だけを腰に携えたなりで研ぎの道具を抱えて、久慈屋を朝一番で訪れた。ちょうど店開きの刻限で、小籐次は小僧らを手伝って久慈屋の表と土間の掃除をして、土間の一角に研ぎ場を設けた。

昨日のうちに喜多造の荷船で駿太郎と一緒に芝口橋の新兵衛長屋に戻っていたので、すぐに仕事を始めることができた。むろん、吾妻橋西詰めで大番頭の観右衛門が待ち受けていて、船に乗り込んできた。

「さすがは久慈屋さん、動きが早うござるな」

小籐次が観右衛門を迎えた。

「かような長雨のあとは意外に注文があるものでしてな。お寺様など大口のお客様のところには先手必勝の雨見舞いをしておきますと、はい、浅草寺様のようにあれこれと注文がございました」

商売をよく知った大番頭の顔に笑みがあった。予想どおりの注文があったということだろう。

荷船が流れに乗って下り始めたとき、観右衛門から、

「赤目様、明日は朝からうちに研ぎ場を拵えて下さいよ」

と念を押されていたのだ。迎え船まで出しての念押しを裏切るわけにはいかなかった。そんなわけで、早々に仕事にかかる仕度を終えた。すると待ち構えていたかのように見習い番頭に出世したばかりの東次郎が、

「赤目様、本日は目いっぱい働いてもらいますよ」

と研ぎを待つ道具を運んできた。

番頭だった浩介がおやえと夫婦になり、ゆくゆくは久慈屋の八代目主人、若旦那となったので、東次郎が筆頭手代から見習い番頭に出世したのだ。そのせいで張り切っていた。

たしかに長雨のため道具が湿気を含んで、切れ味が悪くなっていた。刃を薄く覆った湿気を研ぎ落とすことで切れ味が戻る。

「東次郎さん、こちらも仕事に飢えておりましたでな。しっかりと働かせてもらいます」

と応じた小籐次は早速、久慈屋で、

「紙切正宗」

と呼ばれる大判の紙を切断する大包丁から研ぎ始めた。滅多に使う道具ではないが、大道具の切れ味は紙問屋の心構えだ。

小籐次がひたすら研ぎに集中して紙切正宗を研ぎ終えたとき、小僧の梅吉が、

「赤目様、朝餉ですよ」

と呼びに来た。

「おや、もはやそんな刻限か」

大物を研ぎ上げる間に時が過ぎたか、芝口橋を往来する人の波が一段と増えていた。だれもが、この長雨の間に溜まっていた仕事や用事を済ませようと急ぎ足だ。

「やっぱり橋は賑やかなほうが活気がありますね」

小僧が腕組みをして眺めた。

「梅吉さんもそう思うか」

「そりゃそうですよ。人も物も動いてなんぼです」

梅吉が大人の口調を真似て言い、

「赤目様、早く台所に行かないと朝餉を食べ損ねますよ」

と小籐次の手を引っ張るように、三和土《たたき》廊下から久慈屋の台所の板の間に連れていった。

黒光りした大黒柱の前にでんと構えた大番頭の観右衛門を中心に、筆頭番頭か

ら小僧までが箱膳を前に居流れている光景はなかなか壮観だ。小名一万二千五百石、豊後《ぶんご》森藩の下屋敷の食事風景よりはるかに威勢があった。なにしろあちらは貧乏が売り物のお内所、朝はいろいろな雑穀や野菜を混ぜた粥《かゆ》と決まっていた。

小籐次と食するとき、観右衛門は奉公人が終わったあとに、ゆっくりと摂った。だが、今朝は格別に他の奉公人といっしょに食べた。長雨が終わったせいだ。

「ご一統様、ようやく商売陽気が戻ってきまして、祝着至極にございますな」

小籐次が挨拶すると、

「お早うございます」

と次々に挨拶が返ってきた。

大番頭の観右衛門の左隣が空いていて、

「ささっ、こちらへ」

「上座に恐縮じゃが、座らせてもらう」

とだれにともなく言い訳しながら、小籐次は箱膳の前に着いた。

味噌汁から湯気が立ち昇り、鰹節の出汁《だし》の香りが鼻をつく。具は小籐次の好きな油揚げと大根の千切りだ。

菜は丸干し鰯《いわし》を焼いたものに大根おろしが添えられ、納豆、香のものと海苔があった。やっぱり森藩下屋敷の粥とは雲泥の差だった。

「おお、これは美味《うま》そうな。やはり朝餉は大勢で食すほうが、威勢がようござるな」

「赤目様、望外川荘で、おりょう様をはじめ、女衆に囲まれて頂戴するほうが美味《お》味《い》しゅうございましょうに」

「それはそれで美味うございましたがな。どことなく遠慮があって、食うた気がせなんだ」

小籐次の正直な答えに、男衆ばかりか女衆までもが笑った。久慈屋ではまず男の働き手が食べ、女衆はそのあとゆっくりと食べるのだ。むろん奥の家族には別の膳が用意されていた。

「朝餉はやはりこちらの飯のように、勢いで掻き込むほうが景気はよろしい。特にかような長雨のあとはな」

小籐次の言葉に頷いた観右衛門が、

「頂戴します」

と声をかけると一同がその言葉に和した。

その途端、奉公人一同が一斉に飯を掻き込み、味噌汁を啜《すす》り、丸干し鰯をばりばりと頭から嚙み砕いての戦いが始まった、いや、そんな感じだった。

その様子を観右衛門と小籐次は茶を喫しながら見て、ゆっくりと味噌汁の椀を取り上げた。

小籐次がご飯二膳に味噌汁をお代わりして朝餉を終えたとき、板の間には観右衛門しかいなかった。

「馳走になりました。今日は目いっぱい働かせてもらいます」

「水戸行が決まり、なにかと忙しい日が始まりますな」

「おりょう様のお付きとして、あいさんも行くことが決まり、それに駿太郎を同道しての水戸行にござる。なんとも気が張る旅になりそうじゃ」

小籐次は複雑な表現で気持ちを吐露した。むろんおりょうとの旅は鎌倉に行って以来のこと、嬉しいに決まっていた。だが、観右衛門にそう言えるわけもなく、照れ隠しでのことだった。

「赤目小籐次様が行かれるところ、なにかと騒ぎが起こりますでな」

「いえ、こたびばかりは女子供連れ、平穏無事であることを祈っております」

「そううまくいきますか。よしんば水戸行がうまくいったとしても、来春には成田山新勝寺の深川出開帳《でがいちょう》がございますぞ」

観右衛門は小籐次が忘れていたことを思い出させた。

新勝寺の出開帳は、文政四年（一八二一）三月十五日から五月十六日と日取りも決まっていた。

「出開帳に、それがし、関わりがございましょうかな」

深川惣名主《そうなぬし》の三河蔦屋《みかわつたや》染左衛門に頼まれて、小籐次は成田山新勝寺に詣《もう》でたことがあった。その縁で、宿病を持つ染左衛門の生涯最後に仕切る出開帳の手伝いをすると約していた。

だが、このところ三河蔦屋に無沙汰をして、染左衛門が元気かどうか、小籐次は案じつつも失念していた。

「三河蔦屋の大旦那は、赤目様のことを間違いなく頼りにしておられますよ」

「となると、いよいよ水戸行は心静かな道中であることを祈るばかりにござる」

茶を喫した小籐次は、

「馳走になりました」

と合掌して朝餉を終えた。

研ぎ場に戻った小籐次はひたすら砥石の上に道具を滑らせ、研ぎ仕事に没入していた。

どれほどの時が過ぎたか。

ふと小籐次の前に人が立った気配がした。ちらりと足袋と雪駄を目にしただけで、顔を見ずともだれか分った。

「難波橋の親分のお出ましか」

研ぎの手を止めて、顔を見上げた。

「過日は御用船で須崎村まで送ってもろうて大いに助かった。礼を申す」

「お礼なんてどうでもようございますがね」

と言いながら秀次が小籐次の前にしゃがんだ。なにか魂胆がありそうな表情で、小鼻がむずむずと動いていた。

「親分、見てのとおりじゃ。久慈屋さんを皮切りにお得意様を回らねば、うちの釜の蓋《ふた》が開かぬ」

「勝五郎さんのお得意が出ましたな。いえね、本日は報告にございますよ」

秀次親分が笑いかけた。

「親分の笑みは悪人でなくとも怖い」

「酔いどれ小籐次様に怖い人などいるはずもない」

「わしにもござる。蝮《まむし》にこんにゃくに、うーむ、最後がな、一番怖い」

「蝮にこんにゃくね。商売柄、蝮が怖いなんぞは人前で言えませんが、わっしも蛇とは相性がよくない。赤目様の一番怖いものはなんですね」

秀次が答えたところに我慢しきれなくなったか、帳場格子《ごうし》から観右衛門が出てきて、

「なんですね、親分。内緒話で赤目様を御用に引っ張り出そうという魂胆はよくありませんぞ。長雨のあとです、あちらこちらのお得意様が赤目様を待っておられますでな」

と釘を刺した。と同時に秀次の話に関心があるらしい。

「いえ、大した話ではございませんよ。赤目様には怖いものが三つほどあり、一つは蝮、二つ目はこんにゃくだそうな」

「ほう、こんにゃくがお嫌いでしたか」

「幼き頃、森藩の下屋敷で何日も何日もこんにゃくの煮付けが続いたことがあってな。正直申してあれは何日も繰り返して食うものではあるまい」

観右衛門と秀次が笑い、

「で、赤目様の怖いもののもう一つはなんですな」

と観右衛門が質《ただ》した。

「望外川荘の主様じゃな」

「これはしたり。北村おりょう様は怖うございますか。お優しいお方ではございませんか」

「観右衛門どの、親分、古《いにしえ》より外面似菩薩内心如夜叉《げめんじぼさつないしんにょやしゃ》と言われておろう。優しい女ほど怖いのではござらぬか」

「おや、おりょう様に怖さを感じておられますので」

「常々警戒しておるところじゃ。そんなことより報告とはなんだな、親分」

小籐次が話を元に戻した。

「ああ、忘れてた。新兵衛長屋の空き家の竈から出てきた根付のことですよ」

「本日はあの根付のことを知らせに来たのですか」

観右衛門が質した。

「おお、長雨騒ぎで忘れておった」

「さすがは錺職人ですな。桂三郎さんの眼力はたしかなものでしたよ。あれは江戸初期の根付師山鹿壽斎の細工物に間違いないそうな。象牙と黄楊に金無垢の布袋様でしたな。最後の持ち主は、寛政時代の大力士の谷風梶之助《たにかぜかじのすけ》だそうな」

「なにっ、相撲取りの谷風の根付でしたか。ゆえにふつうの根付より大ぶりでござったか」

「ここからが奇異なところにございましてな」

「なんですね」

「あの根付を谷風に贈った人物は、赤目様に関わりのあるお方でした」

「それがしの知り合いに力士に高価な根付を贈るような人物がおろうか。まさか久慈屋さんではなかろうな」

「代々の主に根付道楽はおりませんな」

観右衛門が即座に否定した。

「とすると、それがしの知り合いでそのような人物はおらぬがな」

小籐次が首を捻った。

「とはいえ、赤目様もそのお方をご存じありますまい。赤目様の知り合いの、先代ですからな。深川惣名主の三河蔦屋の先代ですよ」

「三河蔦屋の先代とな。知らぬな。もっとも、当代の染左衛門どののことは今朝方、大番頭どのと話したばかりであったがな」

と小籐次が答えた。

「谷風梶之助が亡くなったのは寛政七年（一七九五）正月九日。先代の染左衛門様は、その二、三年前に亡くなっておられる。根付が谷風に贈られたのはさらに何年も前のことだそうです」

「当代の染左衛門様に親分は会われたか」

「いいえ、主様には会いませんでしたが、大番頭の中右衛門さんに」

「染左衛門どのはご壮健であろうか」

「はい、大番頭さんの話では、赤目小籐次様のお蔭で命を数年頂戴したと申されて、来春の出開帳まではなんとしても生きながらえて、出開帳の信徒総代、いわば勧進元を務めると張り切っておられますそうな。大番頭さんを通じて言伝《ことづて》がございます、赤目様」

「無沙汰をしておるゆえ、会いに来いと言われたか」

「へえ、そのとおりにございます」

「親分、出開帳は来年のことですよ。根付の話はそれだけですか」

いささかいらついた観右衛門が根付話に戻した。

「大番頭さん、話があちらこちらに散らかって先に進まないのも、赤目様が両方の話に絡んでいるからですぜ」

「なに、親分の話が進まないのはこの赤目小籐次のせいか」

「まあそんなところで。竈から出てきた根付は、象牙黄楊金布袋根付と呼ばれ、山鹿壽斎の傑作中の傑作だそうな。それを先代の染左衛門様が谷風梶之助に贈ったと話しましたな。正しくは谷風に貸したつもりであったそうな」

「贈ったとか貸したとか、どういうことです」

「大番頭さん、お気を平らに聞いて下さいな。いえね、三河蔦屋には、谷風が書いた証文が残されていましてな、験《げん》かつぎに象牙黄楊金布袋の根付を谷風が借り受けたことがはっきりと記してあります。ところが、寛政七年正月九日に流行《はやり》病《やまい》で谷風が四十六歳で亡くなってみると、この根付がどこからも見つからなかったそうな。当代の染左衛門様は、親父様から、『相撲取りに貸したものはくれてやったも同然。わしが自慢げに見せたのがいけなかった』と言い残されていたそうな。そんなわけで寛政七年、谷風の死とともに姿を消していた根付が、二十数年ぶりに忽然《こつぜん》と姿を現したのでございます」

秀次は根付の出自と、先代の三河蔦屋から大力士谷風の手に渡った経緯を告げた。

「それを、うちの新兵衛長屋に一時住んでいたおえいさんが持っていたのですな」

「この長雨のため、なぜおえいが竈に隠していたかまでは探索が進んでおりませんで」

秀次が面目なさそうに言った。

「ならば親分、すっきりさせてから改めて報告に来て下さいよ」

観右衛門は小籐次が引っ張り出されるのを恐れたか、釘を刺した。

「木挽町の煮売り酒屋に働いていると桂三郎さんには言って、空き家に入り込んだようですが、実は夜鷹でした。いえね、菰《こも》を抱えた夜鷹ではございません。まだ二十五、六で艶《つや》っぽさもみずっけもありましたからね、煮売り酒屋の常一《つねいち》で客を見付けて、屋根船や水茶屋に連れ込む潜りの女郎ですよ。わっしらの目を盗んでの勤めでしたが、品がいいというか人柄がいいというか、煮売り酒屋の客らがおえいを庇《かば》ってたんでね、わっしらもつい見逃してしまったんでございますよ」

「親分、おえいさんがあの根付を持っていた証はあるのかな」

「そこなんですがね。なにしろ、おえいが生きているのか死んでいるのか、木挽町界隈にこの数か月、姿を見せておりませんでね。はっきりしたところは分りませんので」

「まあ、あの根付の持ち主が深川惣名主の三河蔦屋と分ったのじゃ。根付を当代の染左衛門どのに返却すればそれでことが済もう」

「そうもいきませんので。やはり奉行所では、根付が三河蔦屋の持ち物で谷風に一時貸し与えていたという事の真相を、はっきりさせたいと言われるのでございますよ」

と含みのある言葉を吐いた。

「なんとも厄介じゃな」

「ですから、今日は報告までと最初に申しましたよ」

「親分、報告はすべて済んだのかな」

と小籐次が秀次親分に質した。

「それがもう一つ、言い残していることがございます。あの根付の値段ですよ」

「初代山鹿壽斎というだけで値が張るのであったな」

小籐次が念を押した。

「へえ、そうなんですよ。ところがこの根付、象牙黄楊金布袋でしたな」

「いかにもさよう。かなりの値のものらしゅうございます」

と観右衛門が話に加わった。

「当代の三河蔦屋さんに見せられたのでござるか」

「いえ、まだあの根付、南町奉行所の手にございましてな、大旦那様は見ておられませんので」

「染左衛門どのは根付がどのような値の物かご存じないのだな」

秀次が首を横に振り、

「このようなことは、根付を扱う骨董商に聞いて価値が分ったことなんですがね」

「いくらの値がつくのですか」

興味津々に観右衛門が尋ねた。

「初代山鹿壽斎作、三河蔦屋の持ち物で、一時大力士谷風の手にあり、長屋の竈から姿を現した来歴を考えると、骨董商や好事家連が競い合って値を吊り上げるのは必至。そうなれば百両や二百両の値がついても不思議ではないそうで」

「あ、呆れた。根付一つが百から二百両」

観右衛門が口をあんぐりと開けた。

小籐次は黙ったまま道具の手入れを再開した。

第三章　雨上がりの河岸

一

大川が濁流からふだんの流れに戻り、上流から押し流されてきた流木などの浮遊物がほぼ姿を消したというので、小籐次は新兵衛長屋の庭から堀留の石垣下に、勝五郎らに手伝ってもらって小舟を下ろした。

ほぼ二十日ぶりに水面に浮かんだ小舟を、水漏れがないか入念に調べた。

長雨の間、陸に上げていたのだ。どこにも浸水箇所はなかった。そこで研ぎ道具を積み込み、川向こうへ仕事に出ることにした。

勝五郎と一緒に駿太郎やお夕、長屋の子供たちが見送りに出てきて、

「爺じい、行ってらっしゃい。おりょう様の家に行くか」

と送り出した。

「本日は蛤町裏河岸《はまぐりちょううらがし》に行くでな、おりょう様には会わぬ。その代わり、うづどのに会えよう」

「うづ姉ちゃんにあうのか」

「中川も流れは落ち着いたであろう。もっともこの秋雨で野菜が育ったかどうかのう」

　野菜の収穫を案じた小籐次は、

「お夕ちゃん、すまぬが駿太郎を頼む」

と願って石垣を棹で突き、新兵衛長屋を離れた。

　小舟の舳先に新しく立てた風車がくるくると回り、いつもの暮らしに戻ったことを小籐次に教えてくれた。

　堀に出て汐留橋を潜り、三角屋敷の塀に沿いながら行くと、右手に朝日を浴びた播磨竜野藩脇坂家の上屋敷が、左側には豊前《ぶぜん》中津藩奥平家の江戸屋敷の石垣と塀が現れた。

　見慣れた景色だった。

　だが、二十日ぶりの水上からの風景は小籐次の目に新鮮に映じた。長雨が水位を上げ、石垣下に絡みついていた浮遊物を江戸の内海へと押し流したせいだろう。水面もきらきらと光って爽やかだった。

浜御殿の大松が流れに枝を差し掛け、常磐の松葉が目にも鮮やかだった。一方、紅葉は降り続いた秋梅雨のせいで濁った色に染まっているばかりで、例年見せてくれる艶《あで》やかな紅葉とはほど遠かった。

「まあまあ、すべてがいいわけではないわ」

独り言を呟いた小籐次は、蛤町裏河岸で今日一日研ぎ仕事をしても済むまいなと手順を考えた。となると明日も深川に通うことになるか。いや、常連の得意先が小籐次の行くことを待っておられようか。

(愛想を尽かして他の研ぎ屋に頼んだかのう)

小籐次は急に不安になって、櫓を漕ぐ手に力をこめた。

江戸の内海に小舟を出すと、長いこと佃島《つくだじま》沖に停泊を余儀なくされていた千石船の姿はなく、荷船が忙《せわ》しげに往来しているのが見えるばかりだ。

だが、海に出るとあちらこちらに流木などが浮かんでいて、小籐次は小舟にぶつけないよう慎重に櫓を操った。

尾張藩の蔵屋敷から江戸の内海に突き出すように埋め立てられた河岸に沿って、

佃島と鉄砲洲《てっぽうず》の間の水路を目指す。すると渡し船が大勢の乗合客を乗せて、鉄砲洲から佃島を目指していた。

小籐次は行き交う渡し船や荷船を避けながら、佃島から石川島の人足寄場を過ぎ、大川の流れが江戸の内海に流れ込む水面に差し掛かった。

この界隈は大川の流れと海波がぶつかり、常に三角波を立てていた。

小籐次は水面下に流木などが沈んでいないか、神経を遣いながら、三角波を乗り切り、越中島の北側に隠れた堀へと小舟を入れた。

いつも見ていた光景が雨に洗われ、清々しく光って見えた。

武家方一手橋を潜ると、堀を忙しげに往来する荷船や筏《いかだ》や百姓舟が見えた。

「この日和ならばうづどのも来ていよう」

小籐次が確信したとおり、蛤町の裏河岸にうづの小舟が止まり、大勢の女衆が群がっていた。だれもが野菜に飢えていたのだろう。

「うづどの」

「あら、赤目様」

うづが手を振った。傍らから若い男が立ち上がり、両手を上げた。

うづの弟の角吉だった。

太郎吉の嫁になってうづが黒江町の家に嫁いだあとは、角吉が平井村から野菜を売りにくる手筈が、つまり小舟商いを引き継ぐことが決まっていた。むろん姉も弟を手伝うのだ。代がわりというわけだ。

「角吉さんも参られたか」

「赤目様、昨日からうづ姉ちゃんに商いを教えてもらっていますよ」

角吉が叫び、竹藪蕎麦《たけやぶそば》のおかみのおはるが、

「酔いどれ様よ、北村おりょう様の望外川荘に入りびたりで、あたしたちのような貧乏人はもはや相手にしないのかと思ったがね」

と言いながら迎えた。

小籐次の手にする舫い綱を角吉が受け取り、素早く杭《くい》に結んでくれた。

「おはるさんや、あの長雨で大川に小舟など出せるものか。二十日ぶりに長屋の庭から下ろしたところじゃよ」

小籐次は御用船に同乗して望外川荘を訪ねたことを告げなかった。そんなことを言えば、この界隈であれこれと尾ひれがついた噂話になることは必至だった。

「うづどのはどうしておった」

「大川と同じように中川が増水して、百姓舟で流れを渡ることはできませんでし

た。それに秋梅雨で爺ちゃんが育てる野菜が腐るし、鬱々とした日々を過ごしておりました」

「赤目様、それでもさ、太郎吉さんが命がけでうちの様子を見に来たんだぜ。うづ姉ちゃんのうれしそうな顔ったらなかったよ」

「角吉、皆さんの前で余計なことを」

「もう喋《しゃべ》っちまったよ」

「あれあれ、太郎吉さんたら、あの雨の中を平井村まで出かけたってさ」

女衆が一頻《ひとしき》り若い二人のことを話題にして喋り合った。だれもが長雨にうんざりしていたのだ。

「うづどの、太郎吉どのはどのようにして平井村まで行ったのだな」

小籐次も、太郎吉のうづ会いたさの冒険行に興味を示して訊いた。

「深川から葛飾への堀伝いに、蓑と笠を身につけて歩いたそうです。でも中川の渡し場は増水して恐ろしいほどの流れで、ここまでかといったんは諦めたそうです。それでも岸辺から向こう岸の平井村の方向を見ていたら、平井村から江戸に病人を運んだ船が戻るところに出くわしたんですって。このような雨のときは中川の渡しの両岸に綱が張られて、急ぎの場合だけですが、綱を頼りに男衆の手で往来するのです」

「太郎吉さんはその船に乗り、決死の覚悟でうづどのを訪ねたか」

「雨が上がれば、こうして商いに来るのにね」

「うづさん、それを言っちゃいけないよ。太郎吉さんの一途さを褒めてやらなきゃね」

「おはるおばさん、分ってます」

うづがおはるの言葉に応え、角吉が、

「太郎吉さん、一晩うちに泊まって次の日に深川に戻っていったんだよ」

「それはよかった」

小籐次も太郎吉のうづ恋しさの行動を認めて思わず呟いた。そして、うづの百姓舟の品に目を留めた。その視線に気付いたうづが、

「葉物はほとんどないんです。大根とか人参とかそんなものばかりで、待ってて下さるお得意様には申し訳ないんですけど、やはり雨のことが心配で、深川の方々にご挨拶がてら、角吉に商いのことを少しでも教えようと出てきたの」

「いや大事なことだぞ。川向こうも長雨に泣かされてな、どこもが食べ物が底を突いたで、差配一家を含めて長屋じゅうが一日二度の炊き出しで、なんとか飢え

を凌いできたのじゃ」

「川向こうもそんなふうかね。うちだって、暖簾を上げても客なんぞはだれも来やしないし、亭主なんて、ふて寝ばかりだよ。赤目様、ちょいと顔出しして、おまえばかりが雨に降り込められたんじゃないって、説教してくれませんかね」

おはるの言葉に小籐次は、

「わしもうづどのを見倣って、お得意様に雨見舞いに参ろう」

橋板に飛び移り、石垣に設けられた石段から河岸道に上がると、まず竹藪蕎麦を訪ねた。すると路地に蕎麦の出汁の匂いが、ぷーんと漂ってきた。

竹藪蕎麦の由来になった竹が、店の玄関口で光をあびて風に揺れていた。

小籐次は暮らしの匂いが漂う路地にほっと安堵した。仕事に出て、得意先を回る、この月並みのことに幸せを感じていた。

「ご免」

竹藪蕎麦の敷居を跨《また》ぐと、奥から美造が飛び出してきて、

「酔いどれ様、生きていたか」

とねじり鉢巻きの額に汗を光らせながら尋ねた。釜の前で出汁作りに奮闘し、汗を掻いたのだろう。

「生きていたかとは、ちと大仰《おおぎょう》ではないか」

「だってよ、尋常な長雨じゃなかったぜ。雨ん中、縞太郎とよ、大川を見に行ったんだ。深川、本所界隈の水かさが増し、大川の土手が壊れようものなら、一気に深川は水の下だからな。大げさではないぞ」

「親方にそう言われれば、ようも大過なくあの秋梅雨を過ごせたものじゃと、思わぬでもない。わしも、雨が上がったあと、駿太郎を連れて、橋止めが解かれた流れを見に行ったが、橋の込み合いを見て、ぞっといたした。橋桁にごつごつと流木があたって、不気味な音を上げ、橋の上は進むも引くもならず、あれで橋が崩落したら、どれほどの死人が出たか」

「ありゃ、奉行所が橋止めを解くのが早過ぎたよ。それで慌ててまた橋止め、渡し船禁止の触れを改めて出したが、おれもこちら岸から永代橋の混雑を見て、震えあがったな」

美造が応じて、二人はしばらくぶりの顔合わせに一頻り近況を語り合った。

「親方、本日は雨見舞いに参った、研ぎに出す道具があればやらせてもらえぬか。見舞いゆえ料金はいらぬ」

「酔いどれ様よ、そんな商いがあるものか。だれもが相身互いだ。ともかく湿気ちまった道具に研ぎをかけてくんな。曲物《わげもの》の親方も待ってるぜ」

美造に言われて、刃物を持たされた。

「よし、まずこちらの刃物を片付けよう」

小籐次はその足で小舟に戻った。するとうづは竹籠に大根などを入れて曲物師万作親方の家を訪ねているとかで、角吉が百姓舟の番をしていた。

「酔いどれ様、うちの宿六、働いていましたかね」

おはるが小籐次に訊いてきた。

「おお、張り切って出汁を作っておられた。かく道具も預かってきたでな、急ぎ研ぎにかかる」

小籐次はまず桶に堀の水を張って研ぎ仕事にかかった。

「ならあたしも店に戻るかね」

おはるが女ばかりのお喋りに区切りをつけて河岸道に上がっていった。

砥石類は昨日、久慈屋の店の一角に設けた研ぎ場で、久慈屋と京屋喜平の道具類を研いでいるので、十分に水を吸い、扱い易かった。一心不乱に研いでいると、

「はい、お土産」

と言ううづの声がして、橋板の上に竹籠が下ろされ、万作親方と経師屋《きようじや》の安兵

衛親方から預かったという道具類が出された。

「なに、うちの御用聞きまでしてもろうたか。重かったであろう。それはなんとも相すまぬことであった。昼前になんとか片付けたいものよ」

小籐次が再び仕事に掛かろうとすると、

「赤目様、根をつめてもいけないわ。お茶にしない。角吉、おっ母さんが持たせてくれた草餅を赤目様に差し上げて頂戴」

と姉の貫禄《かんろく》で命じた。

「あいよ」

角吉が竹皮包みからハランの葉に草餅を二つ載せて差し出した。

「おっ母さんが拵えられたか。なんとも美味そうじゃな」

小籐次が草餅を摘まもうとすると、橋板が揺れてだれかがこちらに来る気配がした。見れば、深川惣名主の三河蔦屋の大番頭中右衛門だ。

「赤目様、うちの大旦那様が待っておられるというのに、ちっとも顔を出されぬではありませんか」

いきなり大番頭の苦情の声が蛤町裏河岸の水面に響いた。

「大番頭どの、無理を言わんで下され。それがしは二十日ぶりに、こちらに邪魔をしたばかりじゃ。あの雨で自在に流れを往来できるのは河童《かっぱ》くらいのものだ」

「ふーむ」

中右衛門が橋板の上から小舟の小籐次を見下ろした。

「大番頭どの、話があるなら舟に乗られぬか」

小籐次が草餅をハランの上に戻し、舳先のほうを指した。

中右衛門としてはすぐにも小籐次を屋敷に連れて行く心積もりのようだが、研ぎを待つ道具類を見てさすがに諦めた。橋板の杭に手をかけ、

「よいしょ」

と小舟に下りて座した。

「赤目様、美造親方の研ぎ上がった道具、届けましょうか」

とうづが言うのへ、

「すまぬな。不意の来客じゃと伝えてくれぬか」

と言って小籐次は研いだ刃物を布に包み、

「研ぎは堀の水でしておるゆえ、親方には清水で洗うて使うてくれるよう伝えてくれぬか」

と頼んだ。うづが急ぎ、竹藪蕎麦に向った。

「相変わらず忙しいようですね」

「貧乏暇なしにござる」

「赤目様の場合は、なんでも引き受けるのがいけませぬな」

「いかにもさよう。で、この上、なんぞ御用ですかな、大番頭どの」

「赤目様、成田山新勝寺の出開帳のこと、よもや忘れてはおられますまいな」

「たしか来春にござったな。勧進元の三河蔦屋さんは忙しかろう。じゃが、染左衛門どのの体がなにより大事。あまり無理はいかぬぞ」

「他人事のように言うてもろうては困ります。赤目様が十日に一度でも顔出しして下されば、大旦那様の不機嫌など吹き飛ぶ」

「それがしは三河蔦屋の奉公人ではござらぬ」

「そのようなことは分っております。だから、うちにも研ぎが要る道具はある、つまり客ですよ」

「ふむ、客ならばお訪ねせねばなるまいな」

「いつです」

「今日明日は身動きがつかぬゆえ、明日の夕刻か、明後日の朝はどうじゃな」

「ならば明日の夕刻、屋敷で待ちます」

と中右衛門が応じたが、小舟から立つ気配はない。その眼差しが草餅にいき、

「美味そうじゃ」

「大番頭どのは草餅がお好きか」

「甘い物は大好物でしてね」

「ならば一つどうじゃな」

小籐次がハランの上の草餅を差し出すと、中右衛門が迷いなく手を出して摘まんだ。

「だれが作ったのです」

「うづどののおっ母さんじゃ」

中右衛門が草餅を一口で食してにんまりした。

「うまい草餅じゃ」

そこへうづが盆にお茶を載せて戻ってきた。

「うづどの、済まぬな。時ならぬ客に造作をかけた。草餅が美味いそうな」

橋板に膝を突いたうづが中右衛門と小籐次に茶を供し、

「まだいくらか残っております。角吉、三河蔦屋の大番頭さんに草餅を包んで差し上げなさい」

と命じた。

いよいよ中右衛門の顔が笑みで崩れた。

「もう一つ、食されぬか」

「いいのですか。もっとも、赤目様は酔いどれ小籐次の異名の主。甘味は要らぬのでしょう」

小籐次の草餅にも手を出した。

「大番頭どの、なんぞ他に用事がござるかな。まさか草餅を食いに来たわけではなかろう」

「難波橋の親分から根付の話を聞きましたか」

「聞くもなにも、わが長屋の空き家に隠されてあったものでな、最初から承知しておる」

「あれは先代の持ち物の一つで、谷風梶之助を贔屓《ひいき》にしていた先代が貸し与えたものです。決して贈ったものではございません」

「当代の染左衛門どのは取り戻したいと言われるか」

「いったん手を離れたものじゃが、金銭で済むことならば買い戻し、親父様が道楽で集めた根付と一緒にしておきたいと言われましてね。それで一肌、赤目様に脱いでもらえと命じられたのです」

「あの根付のことを染左衛門どのはご存じかな」

「初代山鹿壽斎の作で、それなりのものとは承知と思います」

「大番頭どの、あの根付がどのような経緯で、谷風関の手からうちの長屋の竈に隠されたか、それをお上の手で調べ上げるのが、三河蔦屋の手に戻る早道かと思う。それと今一つ、谷風関が記したという証文を奉行所に差し出し、未だ持ち主は三河蔦屋と認めてもらうことも大事にござろう」

「えらく迂遠な手続きですね」

「大番頭どの、あの根付、いくらの価値があると思うな」

「十両か十五両ですか」

「とんでもない」

「するといくらになるというのです」

「好事家や根付好きが値を競えば、百両にも二百両にもなろうという代物じゃそうな」

「はあっ」

中右衛門が口をあんぐりと開けた。どうやら三河蔦屋では根付の値のことも知らぬ様子だった。

二

中右衛門がそそくさと蛤町裏河岸から立ち去ったあと、小籐次は竹藪蕎麦の道具の残りと万作親方のものを研ぐことに没頭した。

「赤目様」

うづが遠慮深げに声をかけた。

視線を砥石から上げると、いつしか陽が西に傾きかけており、橋板に太郎吉とうづが並んで立っていた。

「おや、太郎吉どのか。いつ来たな」

「もう四半刻（三十分）も前だよ。赤目様が熱心に仕事をしてるんで、声をかけそびれちまったよ」

「爺にかまうより、うづどのと話ができたほうが楽しかろう」

「それはもう」

「正直じゃな。親父どのの分も経師屋の安兵衛親方の道具もおよそ片がついておる」

「なら研ぎ上がった刃物は両方とも貰っていくよ。こちらのはうちのじゃないよ、別口だ」

太郎吉が足元の布に包まれた、なんとも長い道具を差し出した。刀にしては長いし、古布に包まれているのも訝《いぶか》しい。

「ついさっき、一色町の魚源に頼まれていた器を持っていったんだよ」

「永次親方は息災か」

深川一色町の繁盛の魚屋が魚源だ。

「親方が怒ってたよ。酔いどれ様はちっともうちには姿を見せないってね。うちに恨みでもあるのかっておれに訊くんだよ」

「なに、わしが来ておることを言うたのか」

「悪かったかい」

太郎吉の問いに小籐次は顔を振って否定し、言った。

「恨みなどあるわけもない。ただ忙しさに紛れて無沙汰をしただけじゃ。明日にも顔出ししようと考えていたところだ」

「親方がさ、酔いどれ様がうちに顔出ししないのなら、前々から研ぎを頼もうと思っていた道具を持ってってくれって、おれが持たされたんだよ」

「太郎吉どのにもうづどのにも御用聞きの真似をさせて悪いのう」

「赤目様は私たちの恩人です。それに大事な仲人様です。このようなことは大したことではありません」

うづが答えた。

この若い二人の仲人を小籐次とおりょうが務めることが決まっていた。

「そう言うてくれるのはうづどのだけじゃ」

「ともかく急いでさ、仕上げて届けたほうがいいよ」

「太郎吉どの、しばらく待ってくれぬか。安兵衛親方の仕上げをするでな」

と願った小籐次は仕上げ砥に替えて、最後の研ぎを加えた。

「よし、これでよかろう」

半日をかけて研いだ道具を二つの包みに分けて、太郎吉に渡した。

「魚源のほうはこれからやるのかい。親方に伝えておくからさ」

「重ね重ねすまぬな。しばし待ってくれ」

細長い包みを小舟に入れると解《ほど》いた。すると年季の入った白木の鞘に入った大包丁が三本出てきた。鮪《まぐろ》など大物の魚を解体するのに使う大道具、鮪包丁だ。

一番古そうな大道具を西に傾いた陽を背に翳すと、柄に、

「元文二年正月吉日　魚源永五郎」

と墨字が読めた。

八十三年前に購った大道具だ。ということは、当代の永次親方の二代か三代前の先祖が使い込んだ大道具か。残りの二本はそれよりいくらか新しい包丁と思えたが、いずれも五十年は前の物と思えた。

「拝見致そう」

小籐次は一番古い大道具を、
そろり
と抜いた。刃渡り四尺はありそうな代物だ。久しく手入れがされていないと見えて、薄く錆《さび》が浮いているところもあった。刀とは造りがいささか異なったが、

「大業物《おおわざもの》」

であることに間違いはない。使い込んだ痕跡があって、刃がだいぶ磨滅していた。

「なかなかの逸品かな」

「酔いどれ様、のっぺらぼうの刀のようだな」

「野鍛冶が鍛えた作ではあるまい。いずれ名のある刀鍛冶が頼まれてこの道具を造ったのかもしれぬ」

小籐次が柄の目釘を外すと、刀でいう茎《なかご》に銘が入っていた。

「武州住《ぶしゅう》三代貞兼」

貞兼に小籐次は覚えがなかったが、やはり刀鍛冶が鍛造した大道具と思えた。

「魚源の親方は急ぎ仕事と申されたか」

「いや、そうは言わなかったよ。ともかくこれを酔いどれ様に預けるって、おれに持たせたんだ」

「太郎吉どの、この三作、日向《ひなた》で研ぎ上げる道具ではない。長屋に持ち帰り、いずれゆっくりと仕上げると、親方に伝えてくれぬか」

「あいよ。だけど、ふだん遣いの道具の手入れには行ったほうがいいよ」

「明日にも必ずや顔出しすると伝えてくれぬか」

分った、と答えた太郎吉がうづの竹籠に研ぎ上がった道具を入れて、

「うづさん、また明日」

と別れの挨拶をした。

小籐次も魚源から預かった三本の大道具を布に包み直し、すでに帰り仕度を終

えていたうづに、

「うづどの、明日も朝からこちらに参る。そなたの菜切包丁を預かっていこうか。長屋で研ぎをかけてこよう」

「赤目様、長屋に戻ってまで仕事をすることはありませんよ。私の道具は私でも研げます」

「そう言わずに貸しなされ。柄が緩んでいたでな、直しておこう」

使い込んだ包丁を二本預かると、

「また明日会おう。おっ母さんに草餅の礼を申してくれぬか」

と願った。

「赤目様は一つも食べておられません。お礼は三河蔦屋の大番頭さんから頂戴します。野菜がたくさん採れた節は三河蔦屋さんに買ってもらいます」

うづが言うと、太郎吉が二艘の小舟の舫い綱を次々に解いて舟に入れた。

「赤目様、太郎吉さん、また明日」

角吉が別れの挨拶をし、うづが櫓を握って蛤町裏河岸を出た。続いて小籐次の小舟が橋板を離れ、うづの百姓舟とは左右に分れた。

小籐次が新兵衛長屋の堀留の石垣に小舟を着けたとき、七つ半（午後五時）の頃合いで、いつもの帰宅よりだいぶ早かったが、長屋の庭には人影はなく、なんとなく緊張の気配が漂っていた。

小籐次はまず砥石類を入れた洗い桶を石垣の上に上げ、ついで魚源から預かった大道具と、うづの菜切包丁を桶の傍らに置いた。するとそのとき、怒声が響き渡った。

「てめえら、長屋じゅうでおえいの持ち物を掠《かす》め取りやがったな。あれはな、貧乏長屋のてめえらには無縁の代物だ。だれがくすねたか、白状しねえ」

「どなたか知りませんが、この長屋は紙問屋久慈屋の家作にございます。見ず知らずのお方に、なにかをくすねたなどと言いがかりを付けられる覚えはございません」

差配のお麻が抗弁する声が聞こえた。

「見ず知らずだと。この長屋におえいが住んでいたことははっきりしてるんだぜ。おえいが忘れた品をこうして受け取りに来たんだ。出しねえ。大人しくしている間に出せばよし。だが、どうしても知らぬ存ぜぬを押し通すならば、火をつけて燃やしちまうぜ」

「乱暴だな。最前から言ってるだろが、おれたちはなにも知らないって」

勝五郎の声がした。

小籐次はおえいの部屋の前で押し問答している光景を見た。だが、脅している声の主とお麻は、おえいの部屋に入っているのか、姿が見えなかった。

「てめえら、長雨の間、この空き家を使い、炊き出しをしただろうが」

「たしかにしましたよ」

とお麻が応じて、

「久慈屋さんから差配を任されている部屋で、空き家を皆で使うことは許しを得ております」

お麻の声を聞きながら、小籐次は長屋に研ぎ道具を運び入れた。その気配にどこにいたか、駿太郎が気付き、

「あっ、爺じいだ」

と大声を上げた。

「なにっ、酔いどれの旦那が戻ってきたって」

勝五郎の声が急に元気を帯びた。

どぶ板に群がっていた長屋の住人が一斉に小籐次の部屋を見た。小籐次が敷居

を跨いで通路に出ると、

「どうなされたな」

「ほいほい、待ってましたぜ」

勝五郎が応じたものだ。

「わざわざさ、川崎宿からいばりの寅五郎《とらごろう》一家の代貸《だいがし》と手下がさ、いきなり姿を見せて、やれ、おえいが忘れたものを出せ、出さなきゃ痛いめに遭わせるぞって脅し三昧だ。おれたちが根付なんて知るわけもねえよな」

と勝五郎が言うのへ、

「おい、今なんて言った。根付なんて知らないとぬかしたな。おれたちは根付のねの字も言ってねえんだよ。てめえら、長屋じゅうで知ってやがったな。猫糞しようたって、そうはいかねえぞ」

頬《そ》の削げた男が懐手でのっそり姿を見せた。

「しまった、口を滑らせた」

長屋の連中がさあっと堀留に面した庭に移動した。

新兵衛長屋の連中にとって、小籐次が引っ越してきて以来、騒ぎには慣れていた。格別に驚いたふうもない。すると木戸口に、貧乏徳利と火縄を持った月代《さかやき》の伸びきった男が一人、立っているのが見えた。

「勝五郎さん、それがしの小舟で難波橋にご注進だ。急ぎなされ」

小籐次が命じた。

「おっ、合点だ」

勝五郎が堀留の小舟に飛び乗った。それを確かめた小籐次が、

「お麻さん、大丈夫か」

と声をかけた。

そのとき、小籐次のなりは、脇差を差しただけで破れ笠を被り、継ぎ当てだらけの作業着姿だった。

「なんだ、爺」

いばりの寅五郎一家の代貸が小籐次を睨んだ。

「わしか。この長屋の住人でな、研ぎ仕事を生業《なりわい》にしておる」

「研ぎ屋だと。てめえも根付をちょろまかそうという口か」

「たしかに、竈にあった根付はわしと勝五郎さんが見付けた。だが、盗んだりはしておらぬ」

「居直りやがったな。ならばどうした」

「いばりの寅五郎一家の代貸さん、名はなんと言われるな」

「逆手の源蔵だ。てめえは」

「それは聞かぬほうがよかろう。それよりおえいさんは息災か」

「おえいが元気かだと。むろんおえいの頼みでこうして六郷の渡しを越えて、わざわざ出張《でば》ってきたんだ。さあ、根付を出しねえ」

「あれは南町奉行所に届けた」

「嘘をぬかせ。根付一つ、なんでおめえらが奉行所に届けた。ありゃ、おえいの持ち物だ」

「ならばおえいさんが受け取りに来ることじゃ」

「この長屋は揃いも揃ってあれこれぬかしやがるぜ。吉次、木戸口から火をつけねえ」

逆手の源蔵が弟分に命じた。

月代の伸びた男が火縄を手に持ったまま、貧乏徳利の蓋を口でぽんと抜くと吐き捨て、木戸口の柱にじょぼじょぼと、どろりとしたものをかけ始めた。

菜種油の匂いが新兵衛長屋に漂った。

「止めておけ」

小籐次は破れ笠の縁から竹とんぼを抜くと、捻りを加えて飛ばした。すると竹とんぼがまるで生き物のようにどぶ板の上を飛び、おえいの部屋の前に立つ逆手の源蔵の顔に向って飛翔していった。

逆手の源蔵がどぶ板から軒下に身を避けて、

「子供だましでどうする気だ」

と、懐手とは別の左手で叩《はた》き落とそうとした。

その瞬間、竹とんぼは不意に下降を始めて源蔵の手を避け、どぶ板近くまで下降して木戸口に到達すると、今度は、

ひゅん

と高度を上げた。

貧乏徳利から菜種油を撒き終えて、火縄を柱に近付けようとした吉次の顔を、方向を変えた竹とんぼが襲うかに見えた。

「おっと」

と吉次が体を傾けたため、火縄が揺れた。その火縄の先を竹とんぼの鋭く尖った竹の刃が切り飛ばした。

「あっ、畜生」

吉次が喚いた。

「てめえ、何者だ！」

怒鳴った逆手の源蔵が、

「先生、手を貸してくんねえ」

と、おえいの部屋に声をかけた。するとのっそりと、用心棒と思《おぼ》しき蓬髪《ほうはつ》の浪人者が姿を見せた。

「お麻さん、大丈夫かな」

「赤目様、ご心配なく」

奥からお麻の声がした。

「それは重畳《ちようじよう》」

と小籐次が応じるのへ、

「代貸、こやつ、赤目と呼ばれなかったか」

と用心棒が訊いた。

「それがどうしましたかい」

「まさか、酔いどれ小籐次こと赤目小籐次ではあるまいな」

「なんだって」

逆手の源蔵が用心棒から小籐次に視線を急ぎ移した。

「てめえ、酔いどれ小籐次か」

「そのような呼ばれ方をすることもある」

「おえいはそんなこと言わなかったぜ」

「わしはおえいさんがこの新兵衛長屋に住んでおった頃、旅をして長屋を空けていたでな。わしもおえいさんを知らぬのだよ、代貸どの」

「ちぇっ、厄介なことになりやがったが、先生、行きがかりだ。おれも手伝うから、爺の素っ首、叩っ斬ってくんな」

逆手の源蔵が嘯き、懐手のまま、井戸端に下がった小籐次との間合いを詰めた。先生と呼ばれた用心棒も鞘の塗りの剝げた大刀を抜いた。

小籐次は二人を前に、井戸端にあった竹柄杓を摑んだ。

「なめやがったな」

逆手の源蔵が懐手を抜くと、匕首《あいくち》を煌《きら》めかせて小籐次に突っ込んできた。

小籐次の竹柄杓が源蔵の匕首を持った手首を、
びしり
と叩き、一瞬竦むところをさらに額を叩いて、その場に転がした。転がった源蔵の額が割れて血がたらたらと流れ出るのが見えた。

浪人者が脇構えから車輪に回しながら小籐次の胴を襲った。

その直前に小籐次は井戸端に飛んで釣瓶を握ると、綱を持って振り回した。水が半分ほど入っていた釣瓶が、
がつん
と浪人者の顎を直撃し、腰砕けに尻餅をつかせた。

「いよう、酔いどれ小籐次！」

おきく婆が声を張り上げ、竹柄杓と釣瓶で制せられたいばりの寅五郎一家の代貸と用心棒らは、這《ほ》う這《ほ》うの体で木戸口から逃げ出した。

「いいのかい、あいつらをお縄にしなくてさ」

とおきく婆が小籐次に言い、

「それは難波橋の親分の務めだ」

と答えるところに、堀留から秀次親分が新兵衛長屋に姿を見せて、

「へえ、なんとか間に合いましたな。銀太郎らがあいつらの戻るところを突き止めますよ」

と答えたものだ。

三

「おえいが木挽町の昔の縄張りに姿を見せたというので、網を張っていたところなんですよ」

秀次親分が勝五郎に呼ばれて早々に来た理由を小籐次に洩らした。

新兵衛長屋の井戸端でだ。

ひとまず騒ぎが鎮まり、住人は銘々の部屋に戻って夕餉の仕度をしていた。いつの間にか、駿太郎の姿もない。ということはお麻の家にいるのだろう。

(駿太郎に言い聞かせねば。どこが己の家か間違えておる)

秀次の言葉を上の空で聞き、そんなことを考えていたところだ。それでも小籐次は秀次に質していた。

「おえいは息災であったか」

顔も見たことのないおえいについて尋ねたのは、おえいが住んでいた部屋の竈に隠されていた根付の存在ゆえだ。なんとも信じられないほど高額の物で、大名道具といっていい品だった。人の命が一両どころか、一朱を巡る諍《いさか》いで失われる世の中だった。

「わっしも一時《いっとき》は、だれぞに口を封じられたんじゃねえかと気にしていたんですがね。昨晩、木挽町裏の煮売り酒屋が店仕舞いする頃にふらりと姿を見せたそうなんです。主の常一が、おえいさん、なんぞ危ない橋を渡ってるんじゃねえか、とわっしらが見張っていることを洩らしたようなんですよ。すると、私には強い味方がいるから大丈夫と嘯いたっていうんですがね」

「おえいはなんのために煮売り酒屋に顔を見せたのであろうか」

小籐次と秀次が井戸端で喋るのを勝五郎が気にして、堀留に止めた小籐次の小舟から見ていた。読売のネタになる話を小籐次が聞き込んでいると期待する顔付きだ。勝五郎はなにかあれば、読売屋の空蔵《そらぞう》のもとへ走る構えでいる。

「おえいは、吉岡の若先生という剣術家が顔を見せていないか訊いたそうで、常一がこのところ若先生は姿を見せないと答えると、おかしいな、と言いながらまた明晩来ると言い残して姿を消したそうです」

「おえいが例の根付をうちの長屋の竈に隠した当人であるとしたら、こちらに姿を見せてもよいはずじゃが」

「もはや竈の根付が見付かったと承知しているのでしょうかね。最前の連中も金で雇ったか、おえいが遣わした手合いじゃございませんか。過日、長屋を掻き回した野郎どもも同じ連中でしょう」

「おえいは奉行所の手に根付があることは未だ知るまい。長雨の間に起こった妙な騒ぎで、親分もすっきりせぬのう」

「そこでさ、酔いどれ大明神が出番とはいきませんかね」

「親分、わしになにをさせようというのか」

「吉岡の若先生というご仁をわっしは知りませんが、常一が言うには妖気《ようき》を漂わした浪人者だそうでしてね、剣術の腕が並じゃねえってんでさ。何か月も前、酒場で紀伊国《きのくに》橋近くの御家人村上様ら一統とおえいのことで諍いになったとき、若先生が腕自慢の村上様ら四人をあっさりと片腕で、汗一つ掻くことなしに叩きのめしたというんですよ。その若先生とおえいが今晩にも会おうとするのをとっ捕まえたいんですが、ご一緒してもらえませんか。天下の赤目様にご出馬願うのに、酒代でどうですというのも恐縮千万だが、わっしに付き合ってくれませんかね」

　秀次が小籐次に願った。

「これからか」

「いえ、もう少し遅くても構いませんので。吉岡の若先生もおえいも姿を見せる刻限は五つ（午後八時）より前ということはないそうなんです」

「ならば、わしは湯に浸かってから木挽町の煮売り酒屋に参ろうか」

「ありがてえ。いえね、吉岡の若先生が怖いってわけじゃございませんが、こんどの一件、根付一つが何十両何百両もしようという代物にしては、竈から現れて以来、どうも動きが鈍い。最前、姿を見せた連中の登場で、一気にことが進むんじゃないかと思いましてね」

と秀次が言い訳し、

「常一の煮売り酒屋は木挽橋と三原橋の間の路地奥にあり、破れ提灯《ぢょうちん》に、酒、おでんと書いてあるのが目印にございますよ。分らなきゃ、酔いどれ様が承知の花熊にでも聞いて下せえ」

秀次は木挽町で承知の煮売り酒屋の名を挙げた。

「五つ時分に参ろう」

と約束した小籐次に安心したか、秀次が新兵衛長屋の木戸口から姿を消した。

すると、それを待っていたかのように堀留の小舟から勝五郎が井戸端に現れて、

「酔いどれの旦那よ、読売のネタになりそうか」

と尋ねたものだ。

「湯屋に行く」

「湯なんていつでも入れるじゃねえか」

勝五郎が焦れた。

「一日、蛤町の堀に小舟を止めて研ぎ仕事をしてみよ。秋の日差しはきついゆえ、汗まみれで気色が悪いわ。どうだ、仕舞い風呂に付き合わぬか」

「湯なんぞ浸かったって、湯銭がかかるだけで儲けにはならないんだがな」

「難波橋の親分の話が聞きたくないのか」

「それを早く言うがいいや。となりゃ、急がなくちゃ。湯を落とされちまうぞ」

と勝五郎が急かした。

「お麻さんの家の前で会おう。駿太郎を湯に連れていきたいのじゃ」

「駿ちゃんは、桂三郎さんが新兵衛さんを湯に入れるついでに加賀湯に連れていったよ。川崎宿の変な連中が姿を見せる前のことだ」

「なにっ、桂三郎さんにそのようなことまでしてもろうたか。お麻さんに子守代を支払わねばなるまいな」

「そんなことはどうでもいいよ。さあっ、行くぜ」

勝五郎が小籐次を重ねて急かした。

小籐次は長屋に戻ると、魚源の大道具を夜具に包んで隠した。小籐次の差し料の備中次直と孫六兼元が隠し棚に隠されてあった。板壁の扉を閉じると、そこに隠し棚があるとはだれも気付かないだろう。だが、鮪包丁は隠し棚に収まりきらないほど長い。

小籐次は用心のために脇差の長曾禰虎徹入道興里だけは腰に差したままで、着替えと手拭いを持ち、長屋を出た。

「待たせたか」

「待たせたかじゃねえぜ。女の厠じゃねえんだからさ、さっさとできねえもんかね」

いらいらと待つ勝五郎が小言を言った。

「お麻さんに声をかけて参る。わしの子かお麻さんの子か分らぬようになってはいかぬでな」

「そんなことどうでもいいよ。万事お麻さんが心得てるって」

という勝五郎を待たせて、お麻の家の玄関を開けた。

「お麻さん、駿太郎のこと、もう少し世話をかけてもようござるか」

と戸口から首を突っ込んで叫んだ。すると、

「爺じい、いってらっしゃい」

と茶碗と箸を手にした当の駿太郎が姿を見せた。

「これ夕餉の最中なれば、茶碗と箸を膳に置いてこぬか」

「爺じい、ご飯はこれからだ」

「皆さんに迷惑をかけておらぬか」

小籐次が駿太郎に尋ねるところに、お麻とお夕の親子が姿を見せて、

「秀次親分と立ち話をされていたところを見ると、どうせ赤目様は御用に付き合わされるのでしょう。駿太郎さんならうちで預かりますからご心配なく」

「お麻さん、すまぬ。近々子守代を持参致す」

と願う小籐次の後ろ帯を勝五郎が引っ張り、

「早く行かねえと、加賀湯のおうみさんに剣突《けんつく》食らうよ」

「湯を抜かれては大変だな」

勝五郎と小籐次は、早足で町内の加賀湯に駆け付けた。湯屋に軒行灯がかかり、暖簾も外されていないところを見ると、なんとか仕舞い湯に間に合ったようだ。

「おうみさん、二人だ。湯に入れてくんな」

勝五郎が番台に声をかけ、湯銭を置いた。

「酔いどれ様、久しぶりね」

加賀湯の若女房のおうみが声をかけてきた。

「長雨の間、こちらも釜に火が入らなかったで、湯に入りたくとも来られなかったのじゃ」

小籐次が湯銭を払う後ろを、
すうっ
と殺気が抜けた。

男は黒の着流しの背に長い髪を束ねて垂らしていた。挙動はどうみても侍だったが、慣れた様子で二階への階段を上がっていった。刀架けの大小を取りに行くのか、小籐次も脇差をどうしようか迷っていると、

「物騒なものはこちらで預かるわ。どうせ赤目様方が最後の客よ」

とおうみが番台で脇差を預かってくれた。

身軽になった小籐次が脱衣場に上がると勝五郎はすでに衣服を脱いで、洗い場に下りるところだった。

小籐次は脱衣場の中にうっすらと麝香《じゃこう》のような香が漂っていることに気付いた。

最前の痩身の侍が身に着けた匂い袋か。

小籐次は着替えを竹籠に入れて、一日着ていた衣類を脱ぎ捨てた。洗い場は行灯の灯りに淡く照らされて、おうみの亭主の唐次郎が洗い桶を片付けていた。

「すまぬな、遅くに来て」

「なあに酔いどれ様方が仕舞い客じゃないよ。このところ遅くに飛び込んでくる客が必ずいるんだよ」

嫁のおうみとは反対の考えを述べ、せっせと洗い桶を洗い、脱衣場の隅に三角の山形に載せていった。

「さっさとしねえか、酔いどれの旦那よ」

と言い残した勝五郎が柘榴口《ざくろぐち》の向こうに姿を消した。

小籐次はかかり湯を桶に汲んで汗を掻いた体を丁寧に流し、勝五郎がいる湯船に向った。

勝五郎の他に隠居風の年寄りが一人湯船に浸かっていたが、小籐次と交替に、

「お先に失礼致す」

と声を残して柘榴口を出ていった。

その言葉で年寄りが武家であることを知った。この界隈には大名諸家の藩邸が

あった。ゆえに気まぐれに大名家に奉公する武士が町湯に来ても不思議はない。

「難波橋はなんと言ったよ」

小籐次がまだ湯船に浸からぬ前に勝五郎が訊いた。

「なんともせからしいな。湯に浸かり落ち着かせてくれぬか。話は逃げはせぬ」

「話は逃げねえが、酔いどれの旦那が逃げる」

「そうには違いないがな」

「なんだ、難波橋の親分に手伝いを頼まれたか」

「これから木挽町の煮売り酒屋で会うことになっておる」

「おえいが出入りしていた煮売り酒屋になんの用だ」

「おえいが昨夜《ゆうべ》現れたそうな。今晩もまた来ると言い残したそうじゃ」

小籐次は湯船に首まで浸かってようやく落ち着き、勝五郎に秀次からもたらされた話をした。

「ほう、ようやく動き出したか」

勝五郎が答えたとき、洗い場に新たな客が来た気配があった。唐次郎と話す声が天井にわんわんと響いて、話す内容までは聞こえなかった。

「わしの勘では二、三日内に決着が付きそうな気が致す」

「読売のネタになりそうか」

「そりゃ、空蔵どのに聞くしかあるまい」

「ほら蔵はでっち上げの名人だからな」

柘榴口を潜って小さな体が入ってきた。唐次郎の言うように小籐次たちが最後の客ではなかった。

「だれがでっち上げの名人だって」

二人が振り向くと読売屋の空蔵が裸で立っていた。

「ほら蔵さんか。珍しいところで会うたな」

「長雨で読売屋の首は回らないんだよ。なんぞいい話はないかと長屋を訪ねたら、赤目様と勝五郎さんが湯屋に行ったというでな、こうして姿を見せたのではないか」

「小判鮫《ざめ》か」

「夜討ち朝駆けは読売屋の宿業じゃぞ。なんぞ面白い話はないか」

空蔵が言い、勝五郎が口を開こうとするのを制して小籐次が言った。

「雨のせいでネタ切れじゃ。どこにも出ておらぬでな」

「赤目様、ほんとうですかえ。勝五郎さんの小鼻がひくついていましたがね」

「あれば勝五郎どのを通じてそなたに常々知らせておろう。もっとも、そなたから礼にと干物一匹なりとも頂戴したことはないと思うたがのう」

「赤目様、江都に酔いどれ小籐次様の武名が広まったのはだれのおかげですよ。偏《ひとえ》にこのほら蔵の筆のおかげだ」

そうだそうだ、という顔で勝五郎が首を大きく縦に振った。

「だれもそのようなことをしてくれと頼んだ覚えはないぞ。勝手に書き散らして銭を儲けておるのはそなたではないか」

「そんなこと言いっこなしでさ。なんぞ胸に溜めている話があるんならさ、さっさと吐き出しておくんなさいよ」

「ないものはない。そのような時いたらば勝五郎どのを走らせる」

「ほんとうですね」

痩せた体が湯船に入ってきた。

「ああああっ、今日で何軒目の湯屋か。体がふやけたぜ」

「なにっ、ほら蔵さんは湯道楽か」

「馬鹿も休み休み言ってもらいたいね。湯屋、床屋、人が集まるところでネタ探しをするのは読売屋の常道だ。こうして最後に芝口新町の湯屋を残しておいたのも、赤目小籐次大明神という強い味方がいらっしゃればこそだ。きっとこの空蔵に何事か授けて下さると信じて暖簾を潜ったんだがな」

空蔵がぼやいた。

「世間はそううまく回らぬわ。それより、来春になれば成田山新勝寺の出開帳が開かれよう。なんぞ話はないか」

小籐次が話柄を変えた。むろん根付の一件には三河蔦屋も絡んでいたが、さすがの空蔵もそこまでは気付くまいと思ってのことだ。

「新勝寺の出開帳にはまだ間がありますよ。深川惣名主の三河蔦屋の大旦那は元気ですかね、赤目様」

空蔵が気を取り直したように尋ねた。

「明日、染左衛門どのに呼ばれておる」

「そうか、三河蔦屋の勧進元はこたびの出開帳が最後じゃそうな。その後見が赤目様だ。大旦那に会えば、読売のネタくらいいくらもできよう。明日ですね。なんぞあれば、勝五郎さんを私の家に走らせて下さいよ」

と念を押した空蔵がさっさと湯船から出た。

「えっ、もう上がるのか、ほら蔵さんよ」

「本日六軒目の湯屋だよ。長湯なんぞできるものか」

空蔵が言い残して柘榴口の向こうに消えた。

二人はしばらく黙って湯に浸かっていた。

小籐次は湯の中で体の疲れが消えていき、眠気まで襲ってきた。勝五郎といっしょになって、とろとろと眠ったようだ。

「赤目様、勝五郎さんや、そろそろ湯を落としていいかい」

と唐次郎が声をかけてきた。

「おっ、これは湯の中で居眠りをしておった。さすがに加賀湯は疲れが散じるな」

小籐次は要らぬ世辞まで言って、湯を上がった。

勝五郎と二人洗い場に戻ると、すでに空蔵の姿はなく、おうみが脱衣場の片付けをしていた。

「長湯してすまなかった」

と詫びた小籐次に、

「まずは着物を着て下さいな」

とおうみが促し、小籐次が着終わったところで、

「はい、大事なもの」

と言って長曾禰虎徹入道興里を渡してくれた。その鍔《つば》にこよりが巻かれて、包みとも文ともつかぬものが結びつけられていた。

「なんじゃな、これは」

「最前のお客さんが、赤目様に渡してくれって」

「読売屋の空蔵どのがとな」

こよりで結ばれた包みを摑むと、小判の感触が伝わってきた。

「気の利いたことを」

小籐次が包みを開くと、勝五郎が、

「おっ」

と驚きの声を上げ、

「あのケチが」

と言った。

「なんと、赤目小籐次様を読売屋のネタ元人にするじゃと。一両でわしの身を買うたつもりか」

「そう言いなさんなって。ほれ、この前、酔いどれの旦那が炊き出し料を出してくれたじゃねえか。天に代わってほら蔵からのお返しだと思ってさ、気持ちよく受け取ってやりなよ」

勝五郎が言って、にんまりと笑った。

小籐次は包みに一両を戻すと懐に入れた。

四

小籐次は長屋に戻り、脇差に替えて隠し棚から備中次直を出すと、破れ笠を被り、仕度を終えた。裁っ付袴を穿《は》くと貧乏長屋に住む爺浪人が出来上がった。だが、湯に入り、下帯から着替えているので爽やかな気分であった。

(駿太郎を今晩もお麻さんのところに預けっぱなしで相すまぬ)

と己に言い訳しつつ長屋を出ると、堀留の石垣に勝五郎が立ち、手を振った。

「見送りなどいらぬ」

「そう冷たいことは言いっこなしだ」

小籐次の言葉に勝五郎が舫い綱を持った。

「どういうことじゃ」

「ほら蔵もあれだけ酔いどれの旦那に期待しているんだ。おれもさ、旦那に付き合い、木挽町の煮売り酒屋に行こうと思っててさ。なんたって、酔いどれの旦那はおえいを知るまい。おれはその点、この長屋で一緒に住んでたんだぜ。顔を知っているから、なにかと頼りになるぜ」

と勝五郎が言い、

「さあっ、乗ったり乗ったり」

と重ねて言うと、橋板の杭に手をかけて自ら先に小舟に乗り込んだ。

小籐次は勝五郎に言い負かされた感じで、黙って小舟の艫《とも》に下りると、手で石垣を押して、棹に替えた。

堀留から堀に出ると、汐留橋を正面に見て左に曲がれば三十間堀だ。

小籐次は棹だけで小舟の方向を変えた。

新兵衛長屋から木挽橋など指呼《しこ》の間《かん》だ。

舳先に立つ勝五郎が木挽町の船着場に飛び下りると、荷船と荷船の間に引っ張り込んで、杭に舫い綱を結びつけた。

「湯に入ったらよ、喉が渇いたぜ」

「わしは腹が減った」

二人は言い合いながら木挽町の河岸道に上がった。勝五郎は、

「酔いどれの旦那、こっちだよ」

おえいが出入りしていたという煮売り酒屋の常一を承知か、三原橋のほうへと河岸道を歩き、狩野派の絵師が住むという有名な路地へと小籐次を誘った。すると二十間ほど先に破れ提灯の灯りが見えた。

(かようなところに飲み屋があったか)

夏を生き抜いた蚊がぶーんと羽音を立て、おでんの味噌の匂いが漂っていた。

小籐次と勝五郎がさも酒を飲みに来たという体で、常一の店の前に立った。

常一の店はなかなかの繁盛店らしく、職人やお店の手代、それに近くの武家屋敷の中間らで込み合っていた。間口は二間半ほどだが、奥行きがあり、奥には小上がりもあるふうだった。

小籐次は意外に静かに飲み食いする店内を見回した。

空の四斗樽を卓代わりにした前に縞柄の着流しの男が独り座っていた。出入りのお店から頂戴したといったふうの法被《はっぴ》を着込み、職人頭ふうに扮した秀次親分が小上がりから手を上げた。店の出入りを眺められるように、店の奥を背にして座っている。

「待たせてしもうた」

「いえ、ちょいと前に来たばかりでさ」

小籐次らは破れ笠を脱いで、秀次の前に腰を下ろした。

「まあ、一杯」

秀次が小籐次と勝五郎に竹籠に入れられた猪口《ちょこ》を適当に選んで持たせ、燗徳利から酒を注いでくれた。

三人は酒を飲んだ。

「ううっ、こ、堪えられねえや」

湯上がりの一杯を飲んだ勝五郎が呻《うめ》いて、燗徳利を引き寄せた。

「勝五郎さんや、酒を飲みに来たのではないぞ」

「分ってますって。だけどさ、飲み屋に来て酒を飲まないじゃ、怪しまれますぜ。待ち人も姿を見せませんよ」

勝五郎が客を見回したが、おえいどころか女の客はいなかった。

「吉岡の若先生なるおえいの相手もまだのようじゃな」

「まだのようですね」

と答えた秀次が、

「吉岡の若先生は、新浜町にある剣道場、無念流斎藤慈門道場の客分で、出は大和あたりらしゅうございましてね。たしかに斎藤道場辺りで訊いても剣術の腕はかなり立つらしい。斎藤道場の門弟に会ったんですがね、竹刀《しない》を持って構えても妖気が漂うというんですよ。吉岡鬼一郎って名乗ってますが、本名かどうかは分りませんや」

新たな情報を秀次が小籐次にもたらした。

「お待たせ」

ひょろりとした体付きの小僧が大皿に盛られたおでんを秀次らの前に置き、取り皿を三つ重ねて箸と一緒に置いた。味噌の香ばしい匂いが漂い、小籐次の空き腹を刺激した。

秀次が注文したものらしい。

「これは美味そうな。頂戴致す」

小籐次はよく煮込まれた豆腐と大根を取り皿に取り、大根を箸で切り分けて口に入れた。

「おお、これは美味い」

「常一は、おでんと酒が美味くて安いと評判の煮売り酒屋でございますよ」

秀次が言い、勝五郎が手酌で酒を何杯か飲んで、ようやく落ち着いたか、おでんに箸を出した。

小籐次は黙々とおでんを食し、空き腹が落ち着いたところで、秀次の目が鈍く光ったのを見た。

「どうやら吉岡の若先生の登場だね」

秀次が呟き、勝五郎が入口を振り返ろうとするのを小籐次が手で制した。

黒地の着流しの痩身が小籐次らの座る空樽の脇を通り、奥の空いた席に座を占めた。そのとき、小籐次には吉岡の若先生が見えた。なんと最前加賀湯の番台前ですれ違った匂い袋の浪人者だった。

小僧が注文を聞きに行き、吉岡鬼一郎が短く答えた。

朱鞘の刀を壁に立てかけた吉岡は入口を見通すように腰を落ち着けた。長く垂らした髪が無紋の黒地の小袖の背に馬の尻尾のように流れて、その先端が小籐次の座る場所からも見えた。両眼は切れ長で細く、鼻梁《びりょう》はすうっと通っていた。だが、痩身からは他人を寄せ付けない不気味な空気が漂い、吉岡の周りに目に見えない壁を作っていた。

「勝五郎どの、あの者と加賀湯の番台前ですれ違ったことに気付いておったか」

「えっ、あいつが加賀湯にいたんですか」

「われらの後ろを抜けて二階に刀でも取りに行ったふうであった」

「新浜町に住む野郎が芝口新町の湯にお通いかね」

勝五郎が首を捻った。

「まさか新兵衛長屋に目をつけているんじゃありますまいね」

「あいつをうちの界隈で見かけたことはないがね」

上目遣いでちらりと吉岡鬼一郎を見た勝五郎が視線をそらしながら呟いた。

「なんだか長丁場になりそうだ」

秀次が呟き、小籐次はさらに竹輪を食した。どれも出汁の利いた味噌味がしみ込んで美味しかった。

小僧が吉岡に燗徳利と茶碗だけを供した。

「おや」

秀次が洩らし、常一の酒屋には新たな客が入ってきた様子があった。おえいか、と小籐次が考えたとき、

「大名屋敷の用人って風情の武家ですよ」

秀次が小籐次の顔に視線を向けたまま囁いた。

刀を手にした羽織袴の武家が小籐次の傍らをせかせかと通り過ぎ、奥の小上がりに向うかと思ったら、ふいに吉岡の前で立ち止まった。そして無言のまま、吉岡を見下ろした。

吉岡のほうは燗徳利の酒をゆっくりと茶碗に注いで一顧だにしない。まるで眼前に立つ武家を知らぬげな振舞いだ。

武家が腹立たしげに動いて、吉岡の前に憮然《ぶぜん》とした様子で座った。そして何か、早口で問い質した。

だが、小籐次らのところからその問答は聞こえなかった。また武家が座ったせいで、小籐次のところから吉岡の顔が見えなくなっていた。

小僧が武家に猪口が入った竹籠を持っていったが、武家は手で追い払った。

「どうやら動き出しましたかね」

小籐次に洩らした秀次は燗徳利を手にして、勝五郎と小籐次に注いだ。

「親分、これはどうも」

「親分はなしだよ」

「そうか、左官か建具屋の親方のなりだもんな。ならば親方、一杯どうだえ。親方が言うように長丁場になるぜ」

勝五郎が秀次から燗徳利を取り上げて酒を注ごうとしたとき、押し殺した怒声が三人の耳に響いた。

「そのほう、確かに持っているのだな。虚言を弄《ろう》しても直ぐに分ることだ」

吉岡の返答は低声で小籐次らには聞こえない。

「値を吊り上げようとしても、これ以上は上がらぬぞ」

武家の背が大きく震えていた。

「三百両」

答えた吉岡の声がかすかに聞こえ、

「持参しておるのか」

とさらに問うた。

「表に待たせた者が持っておる」

「ならば待ち人が来るのを待て」

吉岡が言い、座ったまま武家が地団太を踏んだ。

それからじりじりとした時が四半刻ほど過ぎ、秀次が、

「来やがった」

と小籐次と勝五郎に呟いた。

「おえいかえ」

「勝五郎さん、振り返っちゃならねえ」

「わ、分った」

不意に吉岡鬼一郎が立ち上がり、慌てて武家も腰を上げた。吉岡がなにがしか膳の上に銭を放り出し、常一の出口に向い、用人ふうの武家も従った。

秀次はしばらく間をおいて立ち上がり、奥に向って頷いた。秀次は奥に手先を控えさせていたのだろう。手先らが裏口から姿を消して、秀次が立ち、小籐次らも続いた。

吉岡鬼一郎と武家は、木挽町河岸の乗り物の前で向い合い、おえいが吉岡の背後に控えていた。

小籐次ら三人は、大戸を下ろした煙草屋の軒下の暗がりに身を潜めた。

そこから吉岡鬼一郎、おえいと武家が向き合う河岸道まで十数間は離れていた。だが、それ以上、吉岡に気付かれずに近寄るのは無理だった。

「まず品を見せよ」

と武家の声がした。同時に吉岡が、

「約束の金子《きんす》をたしかめるのが先だ」

「騙すのではあるまいな」

「過日、根付の絵まで届けたではないか」

武家が乗り物の前に立つ若侍に顎で合図した。すると若侍が乗り物の引き戸を開いて、三百両の包みと思えるものを両手に抱えて吉岡に見せた。

「おえい」

吉岡は後ろを振り返り、おえいが手にしていたものを武家に差し出した。そして、吉岡が若侍の三百両の包みを取ろうと歩み寄った。

「お武家様、そいつは山鹿壽斎の象牙黄楊金布袋の根付じゃありませんぜ。本物の根付は南町奉行所にございますよ」

秀次が軒下の暗がりから出ると、河岸道に歩み寄りながら言った。

「だれじゃ、そなたは」

「難波橋の秀次って、南町から鑑札を授かっております御用聞きにございますよ」

「ひゃあ！」

と武家が悲鳴を上げ、

「ちくしょう！」

と白地の小袖に帯を胸高に締めたおえいが吐き捨てた。

その瞬間、吉岡鬼一郎が、
すうっ
と動くと、気配も見せず抜き打ちで若侍の胴を薙ぎ、若侍がきりきり舞いに崩れ落ちようとした。吉岡はその手から包みを片手で引ったくると、

「ここはいったん逃げ時だ」

と呼びかけた。

吉岡とおえいは舟でも用意していたのか、船着場に下りようとした。

だが、二人が逃げようとした船着場から御用提灯が突き出されて、逃げ道を塞がれた。そこで吉岡とおえいは、木挽橋のほうへ逃げようとした。

その前にも御用提灯を持った秀次の子分の銀太郎が立ち塞がり、十手を翳した。

「死にたいか」

血に濡れた刀を銀太郎に振るおうとした吉岡鬼一郎の背に声がかかった。

「吉岡鬼一郎とやら、そなたの相手はそれがしじゃ」

小籐次の声に吉岡が振り返った。

「湯に立ち寄ったのが間違いであったか」

「余所《よそ》の町内の湯屋に入るのは新兵衛長屋に目をつけたついでか。それともそなたの五体から血の臭《にお》いを消さんと、一日に何度も湯屋を利用してのことか」

「酔いどれ小籐次、そなたも体じゅうから血の臭いが致すか」

「吉岡とやら、それがしはそなたのように好きこのんで殺生をしたことはないでな」

「殺生はどのようなものでも殺生に過ぎぬ」

「そう己に言い聞かせても、体から漂う血の臭いを消しきれぬか」

「問答無用」

と言った吉岡が手にした包みをおえいに渡した。

「おえい、新兵衛長屋の空き家の竈に根付を隠したのはおめえだな」

勝五郎がおえいに声をかけた。

「あんただね、私の根付を盗ったのは」

「おえい、盗ったなんて野暮なことを言うねえ。偶《たま》さか、おれと酔いどれの旦那が見つけたんだよ」

「返して下され、勝五郎どの」

おえいの言葉遣いが変わり、哀願した。

破れ笠を被った小籐次が吉岡鬼一郎の前に立った。

「長屋に酔いどれ小籐次が住んでいると聞いて、覗きに行ったのがケチのつき始めか」

と呟いた吉岡が細身の剣に血ぶりをくれて鞘に戻し、鞘ごと抜いて右の腰に差し落とした。脇差が左の腰に、大刀が右の腰に差し落とされた奇妙な構えだった。

「二刀流居合を使うか」

小籐次も寡聞にしてかような構えでの対決は初めてだった。

「大和に長年伝わる怨憎寺《おんぞうじ》二剣流抜刀術じゃ。酔いどれ小籐次、そなたの武名もこれまで」

吉岡鬼一郎が小籐次に正対すると、
だらり
と両手を両脇に垂らした。

小籐次も次直の柄に手を掛けず、相手の動きを見守った。

背中で秀次の声がした。

「お武家様、お待ち下さいまし」

だが、吉岡に三百両を奪われた武家は町方が出てきたことに慌てたか、吉岡に斬られた若侍を乗り物に強引に乗せると、木挽町から逃げ出した気配があった。
「世も末じゃ」
小籐次が呟いた。それに対して吉岡鬼一郎が嗤《わら》いを浮かべ、その直後、両眼を閉じた。
間合いは一間余。
どちらかが踏み込まねば死地を越えなかった。
吉岡は両眼を瞑ったことで、
「待ち」
の姿勢を露《あら》わにしていた。
小籐次が無造作に半歩踏み込み、動きを止めた。
互いが静かなる呼吸を分り合える間合いで、機が熟するのを待った。
吉岡鬼一郎はだらりと垂らした両手をわずかに上げた。
小籐次は腰を沈めながら、
ひょい
と右足の草履を吉岡に向って蹴り上げた。
緊迫の空気が裂け、吉岡が八の字に構えていた両手が自らの腹前で交錯すると同時に、両の腰に差した大小を腰のひねりとともに抜き上げた。

小籐次もその動きを見つつ、踏み込んだ。

左手が次直の鍔を弾き、右手が腰のひねりとともに抜き上げられて、三本の刃が互いの息がかかる間合いで交差した。

「ああっ」

勝五郎が叫び、おえいが、

「鬼一郎」

と祈るように呟いた。

後《ご》の先《せん》、小籐次の次直が抜かれて、相手の大小の刃の下を掻い潜って胴に到達したのが寸毫《すんごう》早かった。

うっ
と押し殺した呻きを洩らした吉岡の体が前のめりに河岸道へと崩れ落ち、叩きつけられた。

「嗚呼《ああ》、鬼一郎」

おえいが哀しくも尾を引くような悲鳴を上げた。

「来島水軍流流れ胴斬り」

小籐次が呟いて、勝負が決した。

秀次がおえいに歩み寄り、

「大番屋で話を聞かせてもらうぜ」

と言った。

茫然自失した体のおえいが両手に抱えていた袱紗《ふくさ》包みが地面に落ちて、小判が散らばった。

「さ、三百両」

勝五郎が息を呑み、

「親分、武家は逃げたようじゃな」

と小籐次が尋ねた。

「へえ、子分がついていまさあ。今晩じゅうに屋敷が分ることですよ」

秀次が応え、

「赤目様、ご苦労にございましたな」

との言葉でその夜の捕り物は終わった。

第四章　鮪包丁

一

小籐次は、その朝、いつもより遅めに起きた。すると腰高障子がわずかに開き、駿太郎とお夕の顔が覗いた。

「爺じい、おきたか」

「お早う、お夕ちゃん、駿太郎」

「お早うございます」

とお夕が小籐次の寝床からの挨拶に応じ、

「駿太郎さんたら、どうしても赤目様の顔を見たいというのよ」

「爺の顔を見ても代わり映えしまい」

「ちがうの。赤目様が難波橋の親分に呼ばれて御用の手助けをするというので、心配していたの」

「ほう、珍しいこともあるものじゃな」

と小籐次は答えながら、駿太郎も他人のことを案じるほどに成長したかと内心喜んだ。

「駿太郎、安心いたせ。爺はこのとおり元気じゃぞ」

と小籐次は寝床に起き上がった。

「今日はふかがわにいくか」

「と思うたがな、本日は長屋で仕事を致すことになった」

「そうか」

どことなく安堵した感じの駿太郎が顔を引っ込めた。お夕の顔だけが残り、

「駿太郎ちゃんに爺じいじゃないのよ、お父つぁんよ、と教えるんだけど、なぜか爺じいと呼ぶのよね」

「お夕ちゃん、わしは駿太郎から見れば立派な爺じゃからな。致し方あるまい」

「だって、赤目様は駿太郎ちゃんのただ一人のお養父《とっ》つぁんに違いないわ。齢なんて関係ないもの」

「そうだがな、駿太郎がその理屈が分るにはあと何年かかかろう」

と答えながら小籐次は、その日が来ることに不安も覚えた。

駿太郎が元服し、己の父親の生死を知ったとき、小籐次は駿太郎から、

「仇」

と呼ばれ、刃を向けられることも考えられた。

「ともかく昨晩から駿太郎ちゃんは赤目様の身を案じていたのよ。そのことは覚えておいてね」

と言い残したお夕の顔が消えた。

(駿太郎の成長を素直に喜ぶべきであろう)

と思いながら寝床を部屋の隅に片付けようと立ち上がった。

そのとき、格子窓から板の間に光が差し込んだ。

「酔いどれの旦那よ、ついでだ、おめえさんの夜具も干しておこう」

と勝五郎が顔を出した。

「すまぬな」

小籐次は寝ていた夜具を丸めて板の間の上がり框に運んでいった。すると勝五郎が両手を夜具にかけ、

「昨夜の内にほら蔵に会ってさ、およそのことは話しておいた。あとは今日のお調べを待ってよ、読売にするそうだぜ。値の張る根付話にさ、赤目小籐次がからんだ騒ぎ、昨夜の木挽町河岸の居合対決ときた。そこそこには読売が売れるとほら蔵が腕を撫《ぶ》していたぜ」

「こちらは命がけ、空蔵どのは筆一本で大仰にでっちあげて読売を売り尽くす。なにやら間尺《ましやく》に合わぬな」

「そう言うなって、昨夜一両もらったじゃないか。こちらも生計《たつき》がかかってるんだ。大番屋に連れていかれたおえいはなにか喋ったかね」

「わしはあの場から長屋に戻ったでな、なにも知らぬ」

「そうかい。秀次親分となにごとか喋っていたじゃないか」

「騒ぎのあとの木挽町河岸でのことか。あれは深川惣名主の三河蔦屋の先代が谷風関から取っていた書付証文を、早く奉行所に提出するように親分が言うでな、今日の夕刻には会うゆえ、その折話すと答えたのじゃ。すると親分が、あの武家の様子では、一刻も早く出したほうがようございますと念を押すのじゃ。そこで、わしが夕方に会うより先に、親分が三河蔦屋に手配するほうが早かろうと答えておいた。ともあれ、騒ぎの推移を考えて、本日は長屋にいようかと思う。そのことを染左衛門どのに伝えてくれぬかと願うていたのだ。というわけで、わしは長屋で仕事をこなす」

「なに、これから大番屋に顔出しして、おえいがなにをくっ喋《ちゃべ》ったか聞き出してはこねえのか」

「一両ぽっちでこき使うつもりか」

「そう冷たいことを言うなよ。昨夜だっておれが旦那の後見をしてよ、木挽町河岸まで出張ったんだろうが」

「勝手についてきたと思うたがな」

「同じ釜の飯を食う仲だ。そんなことは言いっこなし」

「ともかく本日は長屋に腰を据える。秀次親分の頼みでもあるしな」

「つまり難波橋の親分のお取調べの様子が、逐一、酔いどれの旦那の耳に入るってわけだな」

「昨夜、木挽町河岸から姿を消した武家の正体も知れぬでな。屋敷が知れたとき、親分はわしにもう一度出馬を願うかもしれないというのだ」

「なんだ、根付の話は解決したわけじゃねえのか」

「なにも解決などしておらぬ。先代の三河蔦屋の大旦那が谷風関に貸し与えた根付がだれの手に渡り、何故新兵衛長屋の竈に隠されてあったか、なにも分っておらぬではないか」

「たしかに言われてみればそうだな。根付が谷風関のところからだれに渡り、どう流転して竈に隠されていたか。その辺がはっきりすると、この騒ぎ、大ネタに化けるな。だってよ、酔いどれの旦那が絡み、奇妙な怨憎寺二剣流抜刀術と来島水軍流の流れ胴斬りの大勝負もあったんだ。ほら蔵が見ていたように大ぼらを書くぜ。昨夜よ、微に入り細を穿《うが》ち、勝負の模様を訊かれたもの。あのさ、酔いどれの旦那、昨夜の勝負の綾はよ」

「綾じゃと。勝五郎どの、こちらは命がけだったのじゃぞ。それに本日は大物の研ぎが待っておる。布団を干したくらいで勝負の綾など話せるものか。早々に布団を干してきてくれ」

「あいよ。話はあとでな」

勝五郎がご機嫌で小籐次の夜具を担いで、庭に消えた。

「ふーうっ」

と大きな溜め息をついた小籐次は、板の間に研ぎ道具を並べ、魚源の永次親方から預かった三本の鮪包丁を改めて眺めた。

一本の大物は刃渡り四尺になんなんとする大道具だ。柄が一尺余もあるため、総長五尺。かたちは棟に反りがわずかにある程度で直刀といってよい。

古い刀剣、大陸から伝わってきた環頭太刀《かんとうだち》に似ている。だが、闘争用の刀剣との一番の違いは、鮪包丁には、

「しなり」

が、つまり弾力性が備わっていることだ。

なぜ大魚の鮪などを解体するのに刃渡り四尺、五尺の大道具が要るのか。

何十貫もある鮪に中型包丁の刃を当て、何度も行き来させて切ると切断面から身が傷んでいくそうな。そこで大包丁で一気に解体しなければならない。ために刃は長く、弾力が要った。

四尺の鮪包丁を仔細《しさい》に点検すると、刃毀《はこぼ》れが何か所かに見られた。

「粗砥からかけ直すしかあるまい」

と、まず鮪包丁を鞘に戻し、次に総長二尺五、六寸余の二本の包丁を抜いた。

時代は鮪包丁ほど経ていないが、長いこと使われていなかったと見えて、錆が浮いていた。

刃の長さは定寸の刀と脇差の中間、一尺八寸余か。

小籐次が鮪包丁に対して、

「おろし包丁」とか「半丁包丁」

と呼ばれる道具を点検していると、

「酔いどれの旦那よ」

勝五郎がまた顔を覗かせた。

だが、おろし包丁を立て、差し込む朝の光で点検する小籐次の険しい顔に、

うっ

と言葉を詰まらせ、

「おまえさんが刃を手にしているとよ、剣呑だな」

「話があるのか」

小籐次の問いにしばらく言葉を探していたが、

「桶に水を入れてやろうか」

勝五郎が小籐次の機嫌をとるように言い出した。

「よかろう、頼もう」

小籐次はおろし包丁を鞘に戻し、手拭いを腰に下げて部屋を出た。厠に行き、

用を足すと石垣下に舫った小舟を確かめた。舳先に立てた風車が光を浴びて、からからと回っていた。

今日は気持ちのよい一日になりそうな秋の日差しだった。

庭の銀杏の枝からはらはらと葉が散り、新兵衛長屋の庭を黄色に染めていた。

井戸端に行くと、勝五郎が洗い桶に水を張り、せっせと洗っていた。

「すまぬな、下働きをさせて」

「なあに、おれはほら蔵の仕事が終わるまでなにもすることはないからな」

「大物を研ぎ上げたら、そなたの道具の手入れをしよう」

「それよりさ、早くほら蔵が仕事をくれるといいんだがな」

と言いながら、釣瓶で新しい水を桶に張り替えた。

小籐次は手足と口を漱《すす》ぎ、身を清めたつもりで井戸の水神様に向ってぽんぽんと柏手を打ち、部屋に戻った。すると洗い桶の張り替えられた水が日差しをうけて揺蕩《たゆた》っていた。

「勝五郎どの、造作をかけた」

「朝餉ぬきで仕事か」

「かような大物を研ぐときには空腹なくらいがちょうどいい。神経が鋭敏になるでな、気持ちが集中できる。勝五郎どの、世話になった」

「なにっ、おれがいては邪魔か」

「研ぎ師は無口であれ。死んだ親父の口癖じゃ。愛想がよい職人など信用ならぬと常々言っておった」

「おれはだめ職人か。お喋りだからな」

「いや、そなたが版木に向っておるときは、鑿《のみ》が版木を削る音しかせぬ。ふだんはお喋りであろうとなんであろうと構わぬのじゃ。さあて、仕事にかかるか」

小籐次は勝五郎を追い出し、腰高障子を閉めさせた。

寝巻の腰ひもを襷がけにし、座布団に腰を落ち着けた。その前の砥石台に粗目の砥石をきちんと置いた。昨夜から水に浸けていた砥石はつやつやと光っていた。

刀の研ぎは細かな過程を経る。順を追うと、

「備水砥《びんすいど》、改正砥《かいせいど》、中名倉砥《なかなぐらど》、細名倉砥《こまなぐらど》、内曇刃砥《うちぐもりはど》、内曇地砥《うちぐもりじど》」

という複数ある下地研ぎを経て、仕上げ研ぎへと移る。

鮪包丁の古びた柄を抜き、

「武州住三代貞兼」

と刻まれた銘に古布を巻き付けた。なにしろ刃渡り四尺近い大道具だ、洗い桶

に浸けるわけにもいかない。使い込んだ木綿の布を水に浸し、刀でいう鎺下《はばきした》から切っ先にかけて十分に濡らした。

長年、手入れされなかった刃は水を弾いていたが、小籐次が繰り返し濡れ布をあてていく内にしっとりとしてきた。

しなる刃を粗砥に載せて、研ぎ始めた。となればもはや無念無想の境地、ひたすら手順に沿って砥石を替えながら研いでいく。

下地研ぎで刀の研ぎと大いに違うのは、鮪包丁の弾力だった。ために刀の研ぎよりも左右の手で包丁を持つ間隔を狭くし、力を下方向にかけないように水平に、均等の力をかけて研いでいくのがこつだった。

三本の鮪包丁に粗砥をかけ終わると洗い桶の水を替えに行った。

「酔いどれの旦那、おきみが握り飯をつくったが食わないか」

勝五郎が気にした。

「いや、おきみさんの折角の厚意じゃが、研ぎが終わったあとに頂戴致す」

と言い残した小籐次は再び研ぎ場に戻った。

小籐次は三本の鮪包丁の研ぎ加減を、位置を変えた秋の光で確かめた。

刃毀れは修復がなっていた。

小籐次は仕上げ研ぎを始めた。

朝からの研ぎで鮪包丁のしなりを小籐次は会得し、それを加減するこつを覚えていた。

ひたすら大きな研ぎを念頭に刃艶砥《はづやど》をかけ続けた。

秋の陽は釣瓶落とし、というが、三本の大道具になんとか仕上げ砥までかけ終わり、残光で研ぎを確かめた。

切れ味は鮪で確かめるのが一番だ。だが、新兵衛長屋に鮪が転がっているわけもない。

行灯の光の中で桶に浸けていた柄を調べ、茎《なかご》に嵌め、目釘で留めた。

小籐次は懐紙を襟元に突っ込み、三本の鮪包丁を手に庭に出た。

「おっ、研ぎ終わったか」

勝五郎が井戸端から言った。仕事が終わるのを待っていた様子だった。

濁った秋の残照が新兵衛長屋に散り、柿の実を染めていた。

「終わった」

「出来具合を試そうというのか。鮪なんて大物魚がうちの長屋に姿を見せたためしはないぜ。鰯なんぞではだめかね」

「刃渡り四尺の大道具で鰯を切るか」

「本気か。おきく婆さんが最前、鰯を三匹、棒手振りの魚屋から買ったからね、小ぶりの鰯を一匹貰ってこようか」

「冗談じゃ。鰯を切ったのではまた研ぎ直しだ」

小籐次は銀杏の下に立ち、三本の鮪包丁を造り付けの縁台の上に置いた。銀杏の落ち葉の上で駿太郎らが遊んだか、落ち葉の首飾りが落ちていた。

「爺じい、とぎしごと、おわったか」

駿太郎ら長屋の子供とお夕が姿を見せた。

「朝から一心不乱に研ぎ仕事に精を出してさ、腹も減ったろうに」

と久平の女房のおはやが呟いた。

「おはやさんよ、なにはなくとも酔いどれの旦那にはこの一杯だ」

勝五郎が長雨のときに購った一斗樽の残り酒を大丼に注いで持ってきた。

「どうだえ、仕事が終わったあとならいいだろう」

「おお、なんともよい香りじゃな。頂戴しよう」

小籐次は勝五郎から大丼を受け取ると、くんくんと酒の香りを嗅いだ。

何日も前に開けた樽酒の残りだ。開けたときの香りは薄れていたが、下り酒の上酒には違いない。

片手に持っていた大丼にもう一方の手を添えて、持ち上げ、口からもお迎えに行った。

縁に口を付けた瞬間、ひとりでに酒が小籐次の喉へと流れ込み、あっという間に胃の腑に収まった。

「ふうっ」

と大丼を下ろすと、小籐次の大顔が恵比寿顔に変わっていた。

「もう一杯注いでこようか」

「いや、十分じゃ。なんとも美味であった」

礼を述べて勝五郎に空の丼を返した小籐次は、銀杏の木の下から石垣のほうに寄り、周りを見回した。

「爺じい、なにをする」

「駿太郎、下がっておれ。本日研いだ大道具の研ぎ具合を確かめるでな」

小籐次は長屋の連中や子供たちを下がらせ、縁台から刃渡り四尺の大道具を摑むと、鞘を払い、縁台に鞘を置いた。まるで大道芸人の見世開きのようだった。

「なにをする気だえ」

と勝五郎が訊いた。

「見ておれば分る」

小籐次は右手一本に持った鮪包丁を虚空で軽く振ってみた。本来、鮪を解体するために使う道具だ。刀のように虚空に振り回して使うものではない。

小籐次は鮪包丁のしなりを確かめ、手に覚えさせた。

襟元から懐紙を何枚か取り出した。

数瞬、虚空を眺めていた小籐次の左手が躍り、懐紙が投げ上げられた。風もない夕暮れの刻だ。

重なった紙が宙に浮くとゆっくりと落下を始めた。

小籐次の左手が大道具の柄に添えられ、虚空に筆で文字を書くように振られた。その刃に吸い込まれるように紙が落ちてきて、ひと掴みの紙が両断され、

「おっ」

と勝五郎の驚きの声がして、さらに三代目貞兼の鍛えた鮪包丁が回されると、二つになった紙がさらに半分に切り分けられ、新兵衛長屋の庭に躍った。

「いよう、酔いどれ小籐次」

勝五郎の掛け声に微醺《びくん》を帯びた小籐次の体が舞い、鮪包丁が舞うたびに懐紙が

細かく切り分けられ、雪のように舞い躍っていた。

小籐次の動きがさらに速くなり、懐紙がついには紙吹雪と変じたとき、小籐次は動きを止めた。

紙吹雪は迷うように虚空に停止していたが、ゆっくりと銀杏の落ち葉の上に落ちていった。

二

小籐次は部屋に戻ると鮪包丁を一本ずつ古布に包み込んだ。これにて明日には魚源の永次親方に渡せると安堵したとき、どぶ板に足音が響いた。その足音が小籐次の部屋の戸口で止まり、腰高障子ががらりと開けられると、いささか疲れた顔の難波橋の秀次親分が立っていた。

「昨晩はご苦労にございました」

と敷居を跨いだ秀次が言い、

「なんぞ分ったかな」

小籐次が問うと、壁の向こうで慌てて立ち上がる勝五郎の気配がして、下駄を突っかけた隣人が戸口に姿を見せた。

「待ってました、親分」

「勝五郎さんか、まだあの一件は解決したわけではないぞ。今読売に騒がれると、あれこれとややこしくなるからな」

秀次が勝五郎の前に立ち塞がった。

「親分、そんな冷たいことを言わないでくれよ。昨夜だって酔いどれの旦那の助勢を務めたろうが。そんな間柄のおれを外すというのか」

「あんたが読売屋の空蔵につながる版木職人でなければそれでもいいさ。あんたの耳に入ったことはたちまちほら蔵に知れるからな」

「だからさ、今は喋るなと親分に命じられればおれは黙ってるよ。約束する。騒ぎが一件落着したときに、ほら蔵にご注進ということでさ、話を聞かせてくれよ」

勝五郎が粘った。

「どうしたものでしょうかね」

秀次が小籐次を見た。

「追い立てたところで、勝五郎どのの部屋は薄い壁の向こうだ。壁に耳を押し当てこちらの話を聞くに決まっておる。勝五郎どのの言葉を信じたほうが誤解も生じまい。ここで話したことが表に出るようならば、三引く二は一、すなわち勝五郎どのの口から出たということだからな」

「致し方ございませんか」

秀次もしぶしぶ得心し、二人して板の間に上がってきた。

勝五郎は角火鉢の五徳の鉄瓶が沸いているのを見て、お茶を淹れ始めた。

長屋住まいの便利なところは、住人がお互いの暮らしぶりを承知していることだった。

小籐次は駿太郎と二人暮らし、持ち物も少ないから、なにがどこにあるかは勝五郎もお見通しだ。

手際よく茶を淹れた勝五郎が秀次に供した。

「昨夜は寝てねえな。眠気覚ましの茶だ」

「大番屋で夜明かしの上に、ちょいと厄介なところを旦那の供で訪ねたんで、昨日から一睡もしてないよ」

「御用とはいえ、ご苦労なこった」

秀次が茶を喫して、

「昨夜から何杯茶を飲んだかしれねえが、お世辞じゃなくこちらの茶が一番美味いね」

と褒めた。

「うちに茶葉などあったためしはない。過日の大雨の折、望外川荘のおりょう様から雨見舞いに頂戴した茶を勝五郎どのは覚えていたようじゃ。門弟の一人に室町の茶問屋の隠居がおられると聞いたゆえ、それがうちに回ってきたのではないか」

「なに、これ、須崎村の茶葉か」

勝五郎が言い、

「たしかに、うちの出がらしの茶とは風味が一味違うな」

と答えると、どんどんどんと壁が叩かれ、

「稼ぎやがれ。そしたら宇治だろうが伏見だろうが買って飲ますよ」

おきみのがみがみ声が響いてきた。

「ちぇっ、宇治と伏見が一緒になるかえ。宇治は茶、伏見は酒の名産地だ」

「どっちもうちには縁がないよ」

「黙りやがれ。親分が困っておいでだ」

勝五郎が壁に向って叫び、ようやくおきみの声が止んだ。

「すいませんね、親分。話をどうぞ」

勝五郎が言い、苦笑いした秀次がもう一口茶を喫して話し始めた。

「おえいと吉岡鬼一郎ですがね、姉と弟でございました」

「なんだって、おえいとあの二刀流居合屋が姉と弟だったってか。似ていると言われれば似てねえこともないがね。ちょいと驚いたな」

「わっしらも思いがけないことで驚きましたよ」

秀次が、大番屋に運ばれた吉岡鬼一郎の亡骸《なきがら》に寄り添っていたおえいの話を告げ始めた。

「おえいは鬼一郎の骸《むくろ》に取り縋《すが》って泣くばかり、わっしらも持て余して、しばらく放っておいたのでございますよ。そしたら……」

大番屋に連れていかれて一刻余りが過ぎた頃、おえいが自分の髷《まげ》に差していた黄楊の櫛《くし》で鬼一郎の乱れた髪を整え、線香があったら頂戴したいと言い出した。

大番屋の番人が線香と線香立てを渡すと、行灯の灯りで火を点け、線香立てに線香を立てて長いこと合掌していた。

顔を上げたおえいに秀次が茶を渡した。

「親分さん、お手数をかけました」

おえいは茶碗を両手で受け取ると静かに喫した。その挙動は、木挽町の煮売り酒屋に出入りして客を探していた夜鷹とは到底思えなかった。

「吉岡鬼一郎は世間をわたる仮の名、本名は吉岡毅一郎にございまして、私、磯村えいの異父弟にございます」

「なにっ、親父様が違う姉と弟だって、考えもしなかったぜ」

「私たちの母は寺侍の娘にございまして、私の父親も毅一郎の父親も浪人でした。私の父の磯村主計が病で亡くなったあと、二年ばかりして母が一緒に住み始めた相手が吉岡総八郎という怨憎寺二剣流の剣術遣いだったのです。そして、弟が生まれ、弟は物心ついたときから抜刀術をきびしく父親から叩き込まれました。一家は貧しい暮らしでしたが、私どもは十分に幸せにございました。その暮らしが急変したのは、養父《ちち》がやくざ者の出入りの助太刀を請け合い、乱戦の最中に味方の竹槍《たけやり》に腹を刺されて大怪我をしたからでございます。七晩苦しみ抜いた後、養父が亡くなりますと、母がその夜のうちに近くを流れる川に入水《じゆすい》して、弟と私がこの世に取り残されたのです。私が十六、弟が十三にございました。私どもは父と母の弔いを終えたあと、京に出たのでございます。格別に知り合いがあったわけではありません、都ならば私らでも生きていかれようと思ったのです。そこで私は根付師の女中奉公に入り、弟は京の剣術道場の住込み門弟になり、四年ほどの歳月を過ごしたあとのことです。私が根付師に手籠《てご》めにされ、妾《めかけ》になれと言われたことがきっかけで弟と旅に出たのです。そのようなわけですから、給金は一文も貰っていません。その代わり、根付をいくつかくすねて、それを次々に根付屋で売りながら、路銀にして食べてきたのです。

以来、長い歳月が過ぎました。旅暮らしの末に江戸に辿りついたのは二年も前のこと。弟は、旅暮らしの間に病魔におかされ、田舎医者の診立《みた》てでは労咳《ろうがい》にございました。江戸に出てきたとき、労咳はかなり進んでいるようでした。弟は新浜町の無念流斎藤慈門道場の客分として住み暮らし、私は弟には女中をしていると嘘をついておりましたが、年寄り相手に身を売って稼ぎ、弟に滋養のあるものを食べさせるように努めてきました。それがつい半年前、弟が血を吐いたのでございます。八丁堀の本道《ほんどう》の先生に診察を願いますと、このままいけば一、二年で命を失うことになる。どこぞ湯治場のようなところで、静かに暮らすよう勧められました。ですが、私にも弟にもそのような金の余裕などございません」

おえいが長話に喉が渇いたか、手にしていた茶碗の茶を飲んだ。

「私の客の一人に、さる大名家の納戸頭《なんどがしら》様がおられまして、私が京で根付師の下で奉公していたと聞いて、殿様の根付を見せてやろうと、あるとき、水茶屋にいくつもの根付を持参して見せてくれたのでございます。

その一つ、象牙黄楊金細工の布袋様は、なんでも大横綱谷風の持ち物だったものを殿様が大金でお買い取りになったとか。私は京でくすねた最後の根付を革袋に入れ替えて、布袋の根付とすり替えたのでございます。むろん、数日後、その納戸頭様が私の長屋に血相を変えて飛び込んでこられました。そして、よくもそれがしの厚意を無にして別物の根付にすり替えたなと激しく責められました。私はそのときはそのような覚えはございません、どうか、そう思し召すのであれば住まいをお探しくださいと居直りました。納戸頭様は部屋じゅうを引っ掻き回されましたが、根付などむろんどこにもありません」

「おえい、今の長屋の前に住んでいた新兵衛長屋が未だ空き家であることを知ったおめえは、空き家の竈にすり替えた根付を隠したのだな」

「はい。久慈屋の家作です。持ち主が分限者《ぶげんしゃ》のせいかすぐに空き家が埋まることはないことを承知していました。一時の隠し場所に新兵衛長屋を選んだのです」

「そのことを承知していたのはだれとだれだえ」

「私の他には弟だけです」

「だが、おめえが一時《いっとき》住んでいた新兵衛長屋を引っ掻き回した者がいる」

「納戸頭様も発覚すれば切腹間違いなし、必死です。私の身の回りを屋敷の目付などを使って調べたらしく、新浜町の斎藤道場の弟の部屋も、何者かが侵入して調べた形跡がございました。そして、以前に住んでいた新兵衛長屋のことも、どこからか聞き込んだらしく調べられたのでございましょう。でも竈までは調べが行き届かなかったようです。そのことがあったあと、納戸頭様に文を出して、紛失した根付を持っていると真のことを告げ報せ、三百両で買い取ってほしいと願ったのです。殿様の大事な根付を、それも初代山鹿壽斎の細工物根付を、私のような売女に見せてなくしたのです。知れれば切腹、家名断絶は間違いございますまい。だからどのような取引にも応じるはずと読んでおりました」

「それが今宵の木挽町の取引になったのだな」

「はい。思いもかけないことが起こりました。まさか、長雨の間にあの空き家が長屋の人々の炊き出しの場所になろうとは夢にも思いませんでした」

「長屋の住人が見付けたことをいつ知ったえ」

「私は納戸頭様との話し合いがついたあと、根付を取り戻しに行ったのです。それは偶然のことに炊き出しが始まった夕でした。長屋じゅうがあの空き家に集まっているではありませんか。竈の根付は燃えてしまったのではないかと驚きました。私はおきく婆さんの長屋に入り込み、隣の話し声を聞いていると、久慈屋の大番頭さんが見え、その折に根付が勝五郎さんによって見付けられたことを知りました」

「それでおめえは本物の根付なしに相手から金を引き出そうとした。再び偽物を摑ませて三百両を頂戴しようと考えた」

「はい。弟と一緒に母の故郷の大和の郡山に戻り、なんとしても弟の労咳の治療に専念するつもりでした」

「天網恢恢《てんもうかいかい》疎にして漏らさずってな、そう万事都合よくいくもんじゃねえよ。第一、あの長屋には赤目小籐次様がお住まいなんだよ」

「はい、私と弟の行く末は最初から地獄と決まっていたんですね。もはや弟がいない世の中には未練もございません。どのようなお沙汰もお受けします」

おえいがきっぱりとした口調で言い切った。

「……仲のよい姉と弟だったようですね。いえ、おえいは毅一郎の母親代わりを務めていたのかもしれませんね」

秀次はおえいの大番屋での告白を報告した。

「あのおえいにそんな過去があったなんて知らなかったぜ。桂三郎さんがおえいに会って直ぐに信用したのはさ、おえいのそんな出自と優しさを見たからなんだな」

「勝五郎さん、女はいくつもの顔を持っているものなんだよ。だが、男と違って女同士はきびしいや。おえいの薄暗い陰を見てとったんじゃないかね。だからこの長屋から出ていかなきゃならないように仕向けたんじゃないかね」

「親分、そういうこと」

壁の向こうからおきみの声がした。

「くわばらくわばら」

勝五郎が洩らして首を竦めた。

「親分、おえいが騙した大名家の納戸頭様の身許が分れば一件落着だな」

「それはすでに分っておる」

黙って秀次の話を聞いていた小籐次が呟いた。

「えっ、親分はそんな話をしたか」

「木挽町河岸から逃げた武家を、親分の手先どのが尾行していったのだ。その大名家がどこか判明しておろう」

「酔いどれの旦那も知っている口調だな」

「おえいの話を親分から聞いて分らぬか」

「分るわけねえ」

「あの根付、三河蔦屋の先代の持ち物であったな」

小籐次が秀次を見た。

「赤目様、わっしは本日、深川惣名主の染左衛門様の屋敷に伺い、谷風の書付証文を借りてきました。たしかに天明二年（一七八二）二月場所が終わったあとに、谷風は先代染左衛門様から例の根付を借り受けている。だが、谷風が返した様子はない。というのも先代は亡くなる前に身辺を整理しており、そのとき、谷風に貸し与えた根付が返却されていないことをきちんと記しているのです。また返却はもうしばらく待ってくれという谷風の文もございましてね。まあ、当代は根付に関心がなかったために、三十年以上も見過ごされてきたようでございますよ」

「親分、谷風が亡くなったとき、三河蔦屋に返されてないんだな」

勝五郎が念を押した。

「ない。だが、一方、谷風の遺品の中にも根付はなかったそうな」

秀次がこの日駆け回った成果を披露した。

「親分、手先は昨夜の武家が泡食って戻った屋敷を突き止めたんだな」

「突き止めた」

と答えた秀次が小籐次を見た。

「わが長屋の近くであろう」

「はい」

小籐次と秀次の問答に焦れたように、どこのだれなんだよ、と勝五郎が尋ねた。

「わが町内に等しい大名家とは陸奥《むつ》仙台藩伊達様と見た。納戸頭の名は知らぬがな」

「納戸頭は、結城助左衛門様にございました」

「谷風のもとから消えた根付が、どうして伊達様のところにあると分るんだよ」

「勝五郎どの、実に簡単な話だ。谷風梶之助の生国はたしか陸奥国宮城郡《ごおり》であったな。子供の頃、親父に相撲話を聞かされたで承知しておる」

「赤目様、いかにもさようでございますよ。安永七年（一七七八）三月場所の初日から天明二年二月場所の七日目まで、土つかずの六十三連勝の勲《いさお》しを遂げた谷風関の召し抱え大名は当然のことながら伊達公でございました」

「すると谷風は三河蔦屋の先代から借り受けていた根付を伊達の殿様に譲っちゃったのかい」

「伊達の殿様の七代目の重村様は相撲も好きだったが、根付道楽でもあったそうな。どうやら谷風関の煙草入れに付いていた象牙黄楊金布袋の根付に目を付けられたのは、この重村様のようでございましてな。その折、伊達家から谷風関にどれほどの金子が渡されたか、いや、渡されなかったか、納戸方の文書にも記されておりません。はっきりしていることは、この根付が伊達家の所蔵になったのが寛政三年（一七九一）の三月二十日ということです。七代目の殿様が亡くなられたのは谷風関が急逝した翌年の寛政八年の四月にございました」

「三河蔦屋の先代も亡くなり、谷風も死に、伊達の殿様も身罷《みまか》って根付だけが残ったわけか」

「そういうことだ、勝五郎さん」

「おえいはこの根付を納戸頭に見せられたとき、弟の治療代を賄《まかな》うのに十分な価値があると思い、よからぬことを考えた」

「勝五郎どの、そなたもあの根付を見付けたとき、わしになにか申し出なかったか」

「酔いどれの旦那よ、おれは何百両もの値のものとは思わず、ついな、酔いどれの旦那と質に曲げて山分けしようかと考えただけなんだ。本気じゃない、冗談なんだよ、親分」

「そう聞いておこうか。お縄にならなくてよかったよ。わっしだってあんな小さな物が何百金もするなんて、考えもしませんや。おえいは根付の価値を承知していたから、納戸頭に見せられたとき、その価値を直ぐに悟ったってわけだ」

「考えてみりゃ、おえいも不幸せな女だったな」

勝五郎の返答に壁の向こうから、

「ふーん」

と鼻を鳴らす音がした。

「で、あの根付の真の持ち主は伊達の殿様なのかえ。それとも三河蔦屋の当代様かえ」

勝五郎が疑問を呈した。

「そこだ。ここは一番、赤目様の出番にございますよ。なんとか伊達家と三河蔦屋の間に入り、双方が満足のいくかたちで話をつけてこよ、と南町奉行のお偉いさんから掛け合うように命じられて、こうして姿を見せたってわけなんですよ」

「わしが出ていってなんとかなるかのう」

「赤目様は三河蔦屋の当代に絶大の信頼がございますし、伊達の殿様だって天下の赤目小籐次様の言い分を聞き流すわけにはいきませんや。木挽町河岸で命を落とした吉岡毅一郎の供養と思って力を貸してくれませんか」

「話を聞くと、昨夜の勝負をなすべきであったかどうかが気にかかる」

「それに伊達家の納戸頭結城助左衛門様の切腹が、赤目小籐次様の仲介にかかっているのでございますよ。どうか、明日にもわっしに同道して深川惣名主に会っちゃくれませんか」

秀次は説得しようとした。その傍らから勝五郎が、

「伊達の殿様と三河蔦屋の大旦那の話がつけば、こちとらは仕事が一つ舞い込んでくるんだ。頼むよ、酔いどれ様」

と願われて、小籐次はうんと頷かざるを得なかった。

三

翌朝、秋晴れの青空が広がり、川面に爽やかな風が吹いていた。

小籐次は独り小舟を出して、堀から江戸の内海に出た。河岸沿いに小舟を大川河口へ漕ぎ進めると、佃島から鉄砲洲への一番渡しが行く手を横切っていくのが見えた。

乗合船には七、八人の男女の姿があって、未明に揚がった魚を江戸の町々に触れ売りに歩く島人だった。それぞれが大きな竹籠を持参していた。
五、六歳の兄弟と思える男の子の姿もあって、姉さんかぶりの母親らしき女が魚籠《びく》を背に座っていた。その母親の傍らから弟が不意に立ち上がり、兄のいる舳先に行こうとしたとき、水中に沈んでいた流木でも渡し船の船底に当たったか、
がたん
と船体がねじれるように揺れて大きく傾き、弟が悲鳴を上げる間もなく海に落ちた。
「ああっ」

と姉さんかぶりの母親が叫び、船縁《ふなべり》から身を乗り出して水中に落ちた子を掴もうとした。

鉄砲洲と佃島・石川島との間、二丁あるかなしかの水路を結ぶ渡し船だ。

大川河口には、海に流入する川の流れを塞ぐように人工島の人足寄場《にんそくよせば》の石川島と佃島があった。ために大川の流れは二つに分流し、その一つが佃島の渡しの水路へと入り込んできた。

秋梅雨は終わったとはいえ、水源の秩父地方の山岳部に降った雨で大川は未だ平常の水位に戻ってはいなかった。ために、佃の渡しの水路は北から南にまるで大河のように流れていた。

子はそんな急な流れに落ちたのだ。

いくら佃島育ちで海に親しんでいる子供とはいえ、幼子が複雑な潮流に抗することはできない。いったん水中に沈んだ男の子の頭が浮かび、両手をばたばたと動かして喘いだ。

「松次郎！」

母親の悲鳴が波間に響き渡った。

子供が落水したのを見た渡し船の船頭も必死で方向を転じて、救おうと試みた。

だが、渡し船は乗合客と荷を積んで重く、そう簡単に方向を転じることはできなかった。

小籐次は一丁半ほど先の渡し船から子供が落ちたのを見たとき、水路の流れを確かめ、子供が流れてくる方向に小舟を向けると櫓に力を入れた。そして、

「今助けに行くでな、手足をばたつかせるでないぞ。いつも島で水遊びしておるように波に浮いておれよ!」

と叫んだ。

佃島の南東へと急速に回り込む潮流に、子供の頭が浮き沈みしていた。小籐次は目を離さなかった。そして、心中、

(もうしばらくの辛抱じゃぞ)

と祈りながら、櫓を大きく扱い、海へ押し流されようとする子の前へと小舟を進ませようとした。

流れと小籐次の櫓さばきの競争となった。

男の子が小舟の十数間ほどに接近した。

小籐次は小舟の櫓を片足に絡めると、身を舟縁から乗り出した。男の子の頭が小舟に吸い寄せられるように近づいてきた。激しくぶつかると、その勢いでどこ

へ流されるか分らない。いったん姿を見失ったら、もはや男の子を見付けるのは難しい。
　小籐次は片足で櫓を操りながらもさらに上体を海へと突き出し、寄ってきた子供の襟首を摑むと海水の浮力を利用しつつ、
　ぐいっ
と抜き上げ、小舟に乗せた。
「よし」
　小籐次が叫ぶと、駿太郎より一つ二つ年上と思える男の子は塩水を吐こうとした。だが、激しく咽《む》せて苦しそうだった。
　小籐次は片手を櫓に掛けながらも、子供の体を引き寄せ、立てた片膝に男の子の腹を乗せると背をトントンと叩いた。すると顔が胃の腑より下がったその口から塩水が吐き出された。
　その瞬間、
　ぎゃあっ
という声を上げると、泣き声を上げ始めた。
「もう大丈夫じゃぞ。ほれ、真水があるで口を漱いでな、そのあとゆっくりと飲

め」

竹筒の栓を口で抜き、差し出すと男の子が初めて小籐次を見た。引き攣《つ》った顔は恐怖に歪《ゆが》んでいた。

「そなたは佃島の生まれであろう。時に海がかような悪戯《いたずら》をするのは、知っておろうが。海に落ちたときは逆ろうてはならぬ。よいな」

小籐次の言葉が耳に届いたか、うんうんと頷き、竹筒の水で口を漱ぎ、吐き出した。

安心した小籐次が立ち上がったとき、小舟は佃島の南まで流されていた。そこで小籐次は佃島の渡し場に向けて小舟を漕ぎ始めた。

男の子が水を飲み、安堵した表情になった。

「怖かったか」

小籐次の問いにこっくりと頷いた。

「よう我慢した。水に浮く術《すべ》をそなたが承知ゆえ助かったのじゃぞ」

渡し船が見え、乗合客も小籐次の小舟を見ていた。佃島からも、救助のために漁師舟が何艘も海へ漕ぎ出されるのが見えた。

「おっ母さんに手を振ってな、元気なところを見せよ」

頷いた子供が両膝で立って上体を伸ばし、手を振った。すると手から水滴が飛んで朝の光に輝いた。

海上を秋茜《あきあかね》が一匹飛んでいた。

「松次郎、大丈夫か！」

「おっ母！」

母親の叫びに子が応えて、乗合船から歓声が湧いた。

「おーい、佃島の衆よ。子供はこちらで拾い上げたでな、安心なされよ！」

小籐次も叫び、漁師船からは歓声が、渡し船からは母親の泣き声が上がった。

佃島の渡し場に小舟を寄せると、陽に焼けた男が、

「松次郎」

と叫びながら小籐次の小舟に飛び込んできて子を抱き上げると、船着場に飛び戻った。父親であろうか。そこへ途中から引き返してきた渡し船から母親と兄も船着場に飛び上がり、家族が抱き合った。

小籐次はその光景を見て、小舟を回そうとした。

「赤目様」

と壮年の男が声をかけてきた。

「わっしは佃島の網元の与兵衛にございます。島の子をお助け頂き、有難うございました」

「子が渡し船から落ちるのが見えたでな、潮の流れを見込んでなんとか回り込むことができた」

「見ておりました。この界隈の潮目と流れをとくと承知の赤目様がおられて、人ひとりの命が助かりました。いずれ礼に伺います」

「網元、もはやわしの出番は終わった、それだけのことよ。わしにも養子じゃが幼子がおるでな、子育ての心配のタネが尽きぬのは承知じゃ。仕事に出るで、これで失礼致す」

小籐次が小舟を佃島の船着場から海へと戻した。すると助けに出た漁師船が次々に戻ってきて、

「有難うよ、酔いどれ様」

とか、

「仕事ならばさ、帰りに島に立ち寄ってくれませんか」

とか声がかかった。

深川一色町に魚源を訪ねると、小籐次が考えたより訪《おとな》いの刻限が遅れていた。佃島に立ち寄ったからだった。

それでも六つ半（午前七時）過ぎのことで、魚源はすでに店開きして、魚河岸から仕入れた魚を待つ構えにあった。間口のある角地の店はきれいに掃除がなされていたが、だれの姿もない。

小籐次は研ぎ終えた鮪包丁を手に店先に立ち、

「ご免」

と声をかけた。すると、

「だれだえ、まだ魚は入ってないよ」

と言いながら土間の暖簾を分けて、年増《としま》女が姿を見せた。

顔と気性、縞模様を小粋《こいき》に着こなした様子が、ちゃきちゃきの深川っ子に見えた。

「あら、赤目小籐次様」

初めて見る女が言った。

近頃ではどこに行っても名を呼ばれる。なにやら世間が狭うなったようだと小籐次は悔やみながら、

「親方に研ぎを頼まれていたお道具を持参した」

と女に差し出した。

小籐次は、うづとうづの客の包丁もまだ研いでいなかった。女に渡したらすぐに蛤町裏河岸に行き、仕事を片付けようと考えていた。今日一日もあれこれと用が詰まっていた。

「あら、赤目様、愛想なしにそのまま帰るつもりなの。わたしがさ、兄《あに》さんにこっぴどく怒られるわ」

「そなたは五代目の妹御か」

「妹御なんて大層なものでもないけど、ふぶきっていうの」

「ふぶきさんな。いささか変わった名じゃな」

「吹雪の朝に生まれたんですって。だから爺様が名づけたそうよ。気性は吹雪そのまま、女らしくはないわね」

ふぶきがあっけらかんと言った。その語調の間がなんとも気持ちよく小籐次には聞こえた。

「兄さんはただ今朝餉の最中。そうだ、赤目様も上がってさ、一緒に食べていって下さいな」

「ふぶきさんや、わしの用事はもはや済んだ」

「そんなこと言わないの。赤目様には北村おりょう様って美形の歌人がついているそうだけど、ふだんは芝口新町の長屋住まいなんでしょ。当然朝餉はまだよね」

空蔵の読売のせいで小籐次の暮らしぶりも付き合いも丸裸だ。なんとも落ち着かない。

「男所帯じゃ、朝餉は抜くことが多いでな。今朝もなしだ」

「なら、あれこれと文句は言わないの。天下の赤目様よ、おお、さようかって鷹《おう》揚《よう》に受けて、ささっ、奥に通ったり通ったり」

「よいのか」

「一人増えようと差しさわりはないわよ。魚なら売るほどあるわ」

ふぶきに何度も誘われて、小籐次は鮪包丁を手に土間から奥に向い、台所に通った。するとそこでは男衆十人ほどが膳を前に、朝餉を夢中で食べていた。

「兄さん、赤目小籐次様のご入来よ」

「おや、うちを忘れたかと思いましたぜ」

妹の声に親方が顔を上げて小籐次を見た。永次はゆっくりと朝餉を済ますつもりか、一人だけ茶を喫していた。

「親方、無沙汰をして相すまぬ。研ぎを頼まれた鮪包丁を持参した」

「やはり錆びくれて手入れができませんかえ」

「そうではない。研ぎ上がったで持参した」

えっ、もう研いだって、と驚いた永次親方が口を漱ぐように茶をもう一口喫して、

「こんなところですまねえが、拝見させてもらっていいかえ」

と小籐次に願った。

「魚源の道具じゃ。どこで見られようと構わぬ。注文があれば持ち帰り研ぎ直して参る」

魚源には台所の板の間にも神棚があった。

コの字に膳が並んだ板の間の真ん中に身を移した永次と、小籐次は向き合った。

「まずは大道具の鮪包丁の点検を願おう」

と大物を差し出した。

「拝見いたします」

両手で受けた五代目魚源の主が布を解き、

「おや、鞘まで手入れをして頂きましたか」

と言いながら、神棚に向って鮪包丁を奉じ、鞘から抜いた。

反りもほとんどない刃渡り四尺の鮪包丁だが、さすがに親方だ。すらりと抜いてみせて、右手で柄を、左手の掌で切っ先の峰を奉じて長い刃に見入った。

無言の凝視が長いこと続いた。

奉公人たちも食事の手を止めて、鮪包丁を調べる親方の一挙一動と、障子越しに入ってくる光を鈍く受けた刃を凝視していた。

台所に緊張の時が静かに流れていく。

ふうっ
と大きな息を吐いた五代目が、

「さすがは赤目小籐次様だ。三代目の爺様の大道具が蘇りました。見事な仕事ぶりにございますな」

と感嘆した。

「安堵致した」

永次が満足げに微笑み、鮪包丁を鞘に納めた。

小籐次は代わって半丁包丁を差し出した。永次が次々に残り二本の半丁包丁を

点検すると、

「赤目様、爺様の供養を兼ねて、近々、大鮪を仕入れて鮪祭りを催します。その折、この大道具を使わせてもらいます」

と言った。

「魚屋の供養は大鮪の解体《さばき》か」

「新仏《あらぼとけ》ではございませんや。何十年も前に死んだ二代前の爺様の供養です。それにうちは魚屋、鮪を成仏させて安くお客様に売るのが一番の供養ですよ」

と言い切り、

「赤目様、わっしらと一緒に朝餉を食べていって下さい。いや、今日はさ、うちで仕事をしていって下さいな。赤目様をいったん逃すと次にいつお見えになるかしれねえや。いいですかえ、今日はうちで仕事ですよ」

永次が念を押すのへ、

「兄さん、膳の仕度はできてるわよ。やっぱり一升枡で酒をつけたほうがいいかね」

とふぶきが応じた。

「ふぶきさんや、いくら異名が酔いどれでも一日じゅう際限なく酒を飲んでいるわけではござらぬ。酒は要らぬぞ」

と断わった小籐次の前に膳が置かれた。

大根おろしに中ぶりの秋鯖一匹の焼き物、シラス干しに若布と豆腐の味噌汁、香のものは小籐次の好きな奈良漬だった。飯は炊き立ての白米が丼で供されていた。

「これは美味そうな」

合掌した小籐次は味噌汁を一口飲んで、

「これは美味い。さすがは魚屋の味噌汁じゃな。出汁が違う」

「うちは奢《おご》ったものはなにも使ってませんよ。魚屋は景気商いだ、朝餉をしっかり食わねえと一人前の仕事はできないからね」

「やっぱり美味い」

二口目を口にした小籐次が思わず言った。

「本日は魚と関わりがある日じゃな」

「どこぞの魚屋に立ち寄ってこられましたかえ」

「そうではない」

佃島の渡し船から子供が海に落ちた一件を永次に告げた。

「おい、ふぶき。松次郎ってのは漁師の伊作の次男坊じゃねえか」

と永次がふぶきに質した。

考えてみれば深川と佃島は海を挟んでいたが、隣町のような間柄だ。お互いが知り合いであっても不思議はない。

「兄さん、伊作さんとおだいさんの次男坊よ。渡し船に乗っていたということは触れ売りに連れていく気だったのかしらね」

ふぶきが永次に言い、小籐次に向き直ると、

「赤目様、松次郎の命をお助け下さいまして、ありがとうございます」

と丁重に頭を下げて礼を述べた。

「ふぶきさんに礼を言われるいわれがござったかな」

「ふぶきの嫁ぎ先は佃島の献上白魚の網元、三河屋でしてね。当代の与兵衛が亭主にございますよ」

と永次が説明した。

「これは驚いた。夫婦して礼を言われたことになるか」

その経緯を小籐次が告げると、

「縁というものは次から次へとつながっていくものでございますよ。ですから、

本日は魚尽くしで、うちの仕事を願いますよ」

と改めて永次に引き止められ、小籐次は予定を変えて魚源で研ぎ仕事を開業することにした。

四

八つ半（午後三時）の刻限、小籐次は小舟を深川一色町から蛤町裏河岸に回した。するとうづの百姓舟の傍らに南町奉行所の御用船が止まり、南町奉行荒尾但馬守《たじまのかみ》成章の内与力と思える人物と定廻り同心の近藤精兵衛、それに見知らぬ武家が同乗し、難波橋の秀次親分が堀に突き出た橋板の上を行ったり来たりしていた。

うづの舟では、弟の角吉が身を縮めて座り、客はだれ一人としていなかった。辺りに張りつめた空気が漂っている。当然のことだろう。深川で野菜を売る小舟の傍らに南町奉行所の御用船が止まっていては、客が寄りつくはずもない。

秀次が小籐次の姿を小舟に見つけると、ほっとしたように立ち止まり、

「どこへ行ってたんですよ、赤目様。四半刻も前から内与力の坂田忠恒《ただつね》様がああ

して到着し、お待ちになっていたんですよ」

と怒った口調で言った。

だが、秀次は内与力の手前こう言っただけで、ほんとうは小籐次がどこで研ぎ仕事をしているか、うづから聞いて知っていたのだ。

「難波橋の親分さんや、こちらで合流する約束は八つ半であったな。遅れてはおるまい」

小籐次が秀次に言い、うづに会釈して無言で言伝の礼を述べた。

この日の昼前に、うづは魚源に野菜を売りに訪れて、小籐次が魚源で研ぎを開業していることを見ていた。そこで小籐次から八つ半に南町の連中が蛤町裏河岸を訪れることを聞かされていたのだ。だが、まさか新任奉行の内与力が出張ってくるとは思ってもいなかった。そして、正体不明の武家がいた。険しい表情の武家は、伊達家の用人あたりかと推測を付けた。納戸組頭がしでかした失態に、上役が始末に出てきたのであろう。

「坂田様、赤目小籐次どのにございます」

同心の近藤精兵衛が小籐次をまず初対面の内与力に紹介した。坂田はその場の緊張を和らげるためか、煙草を吹かしていたが、

「おおっ、赤目どの、お初にお目にかかる。それがし、南町奉行荒尾成章の内与力、坂田忠恒にござる」

と笑顔を向けた。

もう一方の武家は端然と座り、小籐次に視線すら向けなかった。

「坂田様、お待たせ致しましたか、失礼をお詫び申し上げます」

「いや、そなたが言われるように刻限どおりにござる。かように例のものを持参してござる。深川惣名主の屋敷に案内してくれるか」

と膝の上に置いた古びた革袋を差し上げた。

むろん新兵衛長屋の竈から姿を見せた、初代山鹿壽斎作『象牙黄楊金布袋』の逸品の根付だ。

南町奉行の荒尾は仙台藩の伊達家から、この根付について、

「なんとか伊達家に戻してほしい」

とよほど懇願されているのであろう。

恰幅のいい武家の同行がそのことを物語っていた。

「赤目どの、伊達様の江戸留守居役佐野甚左衛門様にござる」

険しい表情の武家をこんどは坂田が小籐次に紹介した。

「留守居役となな」

小籐次はまさか家老職に次ぐ留守居役が登場するとは思わずいささか驚いた。

「お初にお目にかかる。それがし佐野甚左衛門にござる。本日は留守居役ではなく単に佐野としてこうして深川に伺うた」

佐野が小籐次に慎重な挨拶をなした。この挨拶の文言は伊達家が前面に出て、根付が戻らぬ場合のことを考えたからであろう。

「赤目小籐次にござる。ただ今より深川惣名主の屋敷にご案内仕《つかまつ》る」

と返答した小籐次は、

「船頭どの、わしの小舟に従うて下されよ」

と声をかけた。

小舟を先行させようとすると秀次が小籐次の舟に飛び乗ってきた。南町奉行所の御用船に居づらい雰囲気があるのだろう。

「ふうーっ」

秀次が研ぎ舟に座って安堵の吐息を洩らした。

小籐次は御用船を振り向いた。少し間をおいて南町奉行所の御用船があとから従ってくる。

「赤目様、あちらでは冷汗の掻きどおしでしたよ」

「なぜじゃな、親分」

「だって伊達様の留守居役様は苦虫を噛み潰したような顔でさ、内与力坂田様の問いにも頷く程度で愛想がねえ、船の中が息苦しいったらありゃしねえ。近藤の旦那やわっしが同道する要があったんですかねえ」

「そう申すな。坂田様とはわしも初対面、近藤どのやそなたがおらぬとどうにもなるまい。それに坂田様一人では相手しきれなかったのであろう」

小籐次が知る南町奉行岩瀬氏記《うじのり》の内与力は多野村長常《おさつね》という人物であった。だが、岩瀬はこの年の二月に大目付に転じて南町奉行所を去っていた。その後任が荒尾成章であり、内与力が坂田忠恒であった。むろん内与力は奉行所付きではない。旗本荒尾家の家臣だ。主が奉行の職務を務める間、主に従って町奉行所の内与力、用人を務めることになる。

「蛤町裏河岸に来てみると、赤目様の姿がないじゃありませんか。こりゃ、約定を忘れたんじゃないかと真っ青になったところに、うづさんから耳打ちされたんでさ、ほっと安心しましたよ。ところが、伊達家の江戸留守居役のご出馬でさ、あの険しい表情だ。近藤様も泰然としておられたがさ、内心はびくびくしておられたと思いますぜ」

「親分、用事を頼まれたのはわれらだ。慌てることもあるまいが」

とぼやいた。

「そうはおっしゃいますがね、仙台伊達様の留守居役なんぞ、わっしら町方がふだん同じ船に乗り合わせることなどありませんからね」

徳川家康の関東入国に従った三河蔦屋は、幕府から、

「深川惣名主」

を命じられたが、今ではその深川惣名主の資格はなかった。だが、この深川では未だ三河蔦屋の代々の主を、深川惣名主として敬い、三河蔦屋でもその敬愛に応えるべく深川のためにあれこれ務めていた。

文政四年（一八二一）の三月から五月にかけて永代寺で催される成田山新勝寺の出開帳の勧進元の総頭取を務めるのもその一つだった。

小籐次は永代寺門前山本町の亥口《いのくち》橋際の三河蔦屋の船着場に小舟を着けた。すると大番頭の中右衛門が羽織袴で小籐次を迎えた。

小籐次は、魚源の若い衆に文を持たせて使いに立て、根付の一件で本八つ半過ぎに訪うことを知らせていたのだ。ために中右衛門が待ち受けていたのだ。

「おや、南町のお歴々をご同道ですかな」

中右衛門が接岸する御用船を見て、小籐次に尋ねた。

「南町の内与力どのと仙台藩の留守居役が同道じゃぞ、大番頭どの」

「なに、伊達様の留守居役ですとな」

中右衛門は予想もしなかったという表情を見せたが、格別伊達家の名に驚いたふうもない。この三河蔦屋、先祖を辿れば武家の家系と伝わり、深川一円の酒販売を独占し、深川から成田街道、水戸街道一円にその勢力を伸ばして莫大《ばくだい》な富を誇った分限者であった。

十二代を数えてその威勢は薄れたが、御三家や大名諸家との付き合いもあり、大名家であろうと萎縮《いしゆく》することはない。

御用船が船着場に寄せられ、近藤精兵衛が内与力の坂田忠恒と伊達家の留守居役佐野甚左衛門を案内《あない》するかたちで下り立った。

「赤目様、わっしはこちらでお待ちします」

難波橋の秀次が研ぎ道具の載った小舟で待つと小籐次に言いかけた。

「大番頭どの、染左衛門どののご機嫌はいかがにござるか」

「よいわけがございますまい。赤目様が何度も違約して、大旦那様の誘いに応じられぬのですよ。本日もあてにはなるまいと不貞腐《ふてくさ》れておいでてしたよ」

「ならば早速お目にかかりましょうか」

と小籐次が坂田忠恒を見た。

うむ、と頷いた坂田が案内を願うと小声で呟くのへ、

「大番頭どの、互いの紹介は中でよかろう」

と小籐次は中右衛門に伝えて、船着場から門前山本町の河岸道に上がった。


三河蔦屋の十二代当主染左衛門は杖をついて庭に立ち、娘がちゃぼに餌をやっているのを見ていた。

娘は奉公人のおあきだ。

小籐次はおあきとも知り合いの仲だ。

小籐次は庭下駄を履くと一人庭に下りた。

「染左衛門どの、たびたびのお誘いにもかかわらず、約定を反故《ほご》に致し申し訳ございませぬ。いささか遅まきながらかよう参上致しました」

小籐次が白髪頭を下げたが、染左衛門は振り向きもしなかった。

「おや、おあきさんや、大旦那様は耳が遠うなられたか。やはり寄る年波には勝

てぬかのう。となれば来春の成田山新勝寺の出開帳の勧進元は倅どのかのう」

と小籐次がおあきに話しかけると、染左衛門が、
きいっ
と振り向き、

「まだ倅には新勝寺の総頭取は無理じゃ」

と怒鳴った。

「おうおう、破《わ》れ鐘のような声が出れば、まだあちらからお迎えには参られますまい。息災でなによりにございましたな」

「なにが息災か。そなた、望外川荘のおりょう様のところにばかり入りびたり、ちっともうちには顔出しせぬではないか。どういうことか」

「無理をおっしゃいますな。お迎えが近い染左衛門どのとおりょう様を比べて、うちには顔出しせぬと申されても、そりゃ無体にございますぞ」

「そなた、いつからぬらりくらりとした返答を覚えた。時に顔を見せてもよいではないか」

小籐次と染左衛門の問答に坂田忠恒も困惑し、伊達家の留守居役佐野甚左衛門などこめかみに青筋を立てて、怒りを抑えている風情が見えた。

「ささっ、こちらに案内致します」

中右衛門が三人を座敷に案内しようとすると、

「そなた、水戸の斉脩《なりのぶ》様に招かれて水戸に参るそうじゃな」

「おや、染左衛門どののお耳にはもう届いておりましたか」

「過日、国家老太田左門忠篤様がうちに見えられて、そう言うておられたわ。水戸家の誘いも何度も反故にしておるそうな」

伊達家の留守居役がこの会話に茫然とした。

古着を着た赤目小籐次が水戸公と付き合いがあるというのだ。いくら天下の酔いどれ小籐次とて信じられない話だった。

「そうおっしゃいますな。それがし、しがない研ぎ師にござるゆえ、水戸様や三河蔦屋様など相手様の言いなりになっておったのでは口が干上がりますでな。雨に祟られ、稼ぎにもならず、ともかく貧乏暇なしにございますよ」

「そなたに言いくるめられて、どうも私の怒りが伝わらぬな」

悔しがる染左衛門をおあきが嬉しそうな顔で見た。

「染左衛門どの、本日は先代が谷風関に貸し与えたという根付の話にて、客人を案内して参りました」

「すらりと話柄を変えおって。おあき、座敷に戻る」

杖を突いた染左衛門をおあきが介添えして、沓脱《くつぬ》ぎから幅一間の縁側に上がった。

縁側の端に控えた近藤精兵衛が染左衛門に会釈した。だが、染左衛門は一顧だにしない。

来客の二人は険しい表情だ。

小籐次だけが仕事着に脇差を差したなりで異彩を放っていた。だが、この屋敷の主が咎め立てしない以上、来客がとやかくいう筋合いではない。

染左衛門が座布団に座り、大きな脇息に身を凭《もた》せかけた。

「酔いどれ様、話を聞きましょうかな」

染左衛門が来客の身分を聞こうともせず、要件を小籐次に迫った。

「染左衛門どの、わが新兵衛長屋の空き家の竈から根付が見付かったこと、ご存じですな」

「およそのことは中右衛門から聞きました」

「ならば掻い摘まんで申し上げます。どちら様もご承知のこととは存じますが、お互いのお立場を知るために繰り返しにはなりましょうが、それがしの話をお聞き下さりませ」

と前置きした小籐次は、根付が見付かって以降の出来事を、同席した染左衛門、中右衛門、佐野甚左衛門、坂田忠恒、それに縁側の近藤精兵衛に告げた。

伊達家の納戸頭某《なにがし》が収集品の根付のいくつかを無断でおえいに見せ、別の根付とすり替えられた経緯も話した。だが、納戸頭の名は口にしなかった。

「酔いどれ様、つまりうちの先代が谷風に貸し与えた根付は、ただ今仙台公伊達斉義《なりよし》様所有の品というわけですな」

「いかにもさよう」

染左衛門の視線が初めて坂田忠恒にいった。

「坂田様、過日、うちの先代が谷風梶之助に根付を貸し与える際にとった証文および谷風の文などを提出致しましたな」

染左衛門は南町奉行の内与力に名指しで言った。知らぬ振りをしていたが、染左衛門は初代山鹿壽斎の根付をめぐる経緯を調べた様子があった。おそらく小籐次が話したことなどとっくに承知なのだろう。

「いかにも提出された文書、南町で精査致した」

「その結果をお聞かせ願いましょうか」

「長い年月が過ぎたとはいえ、根付の所有者は未だ三河蔦屋と思われます」

「あいやしばらく」

我慢がしきれなくなったという口調で、伊達家江戸留守居役の佐野が会話に割って入った。

「忌憚《きたん》なく申す。谷風がどういう経緯でわが先代にこの根付を譲り渡したか、当家に書付はござらぬ。じゃが、三十数年、あの初代山鹿壽斎の布袋根付は、伊達の根付収集の重きをなしていた品にござってな、納戸頭の大馬鹿者が夜鷹風情に入れ込んで、根付を見せた上にすり替えられてしもうた。伊達家の恥以外の何ものでもござらぬ。また、もう一つ、伊達の印籠《いんろう》・根付収集は初代政宗公以来の道楽にござったが、以後、七代目の重村様まで関心を持たれた藩主はおられなかった。正直、われらもわが伊達家の根付がどれほどの価値があるものか知らなかったのじゃ。

昨文政二年五月二十四日に十代斉宗《なりむね》様が早逝され、十一代藩主に斉義様が就かれた。この斉義様は二十三歳とお若いが、重村様が集められた根付をご覧になって、ひどく驚かれ、『伊達家の家宝』とまで絶賛なされ、家臣一同に末代まで大事にせよと命じられたのでござる。折しも、収集品の中心となるべき、『象牙黄楊金布袋』の壽斎の逸品を失うてしもうた。これを知られた殿は激しくお怒りになられて、納戸頭を即刻切腹、家名断絶にせよと命じられたのでござる。じゃが、納戸頭の家系は、伊達宗家以来の譜代の臣にござってな、なんとか、こたびの失態を内々で留めたいと、江戸家老もそれがしも考えておるところにござる。そのためにはまず山鹿壽斎の逸品がわが屋敷に戻ってくることが肝心にござる」

と一気に言い切った。

座にしばし重苦しい沈黙が漂った。

「たかが根付一個とは申せ、さような曰《いわ》くがある根付ならば、好事家は何百金の金子でも競って購おう。じゃが、人の命が根付一個と替えられてよいものか」

小籐次が呟いた。

「赤目どの、金子を積めばあの根付が伊達家に戻るといわれるか。三河蔦屋がたしかにその昔、谷風梶之助に貸し与えた根付があったことは認める。だが、そなたが長屋から見付けた根付がそれとは限るまい。名人山鹿壽斎とて、手元に置くために同じものをもう一つ造ったとも考えられよう」

佐野が小籐次を睨《ね》め付けた。

「勘違いめさるな。それがしは根付が竈から出てきた長屋に住んでおるだけの老いぼれ爺にござる。根付の真の所蔵者がだれかなど主張しているわけではござらぬ。お互いによかれと思える方策を考えて、あのような言葉を口にしたまで」

小籐次の言葉に応じたのは染左衛門だった。

「奉行所に書付を提出するため、蔵の中に長年仕舞い込まれてあった根付を調べ、亡父の『根付台帳』と名付けられた古帳面を読みました。一つだけ、ご同席の方々が知られぬ事実が明らかになりました」

「ほう、それは」

「内与力どの、私に根付を見せて下さらぬか」

と染左衛門が願い、

「亡父が谷風に貸し与えた根付かどうか、この染左衛門が試してみよう」

と坂田から古びた革袋を受け取った。

しばし革袋を眺めていた染左衛門が、革袋の紐に付けられた象牙で造られた微小の根付『象牙躍り鮎二体』に触れると、革袋から『象牙黄楊金布袋』の根付を出して手にした。この本物の革袋は、根付を騙しとるために、おえいが別の根付を入れて伊達藩の納戸頭某に渡したものだ。南町奉行所で本物の『象牙黄楊金布袋』とその革袋が出会い、元の袋に布袋の根付が戻されていた。

「これがわが屋敷から消えた根付か」

佐野が思わず洩らした。

じろり、と佐野に目をやった染左衛門が布袋根付の底を一同に見せ、革袋の紐に付けられていた微小の根付の鮎の尾鰭《おびれ》を底に刻まれた一筋の溝に嵌め込むと、
くるり
と回した。

すると布袋の腹が開き、なかから秋の日差しを受けた輝石が見えた。

「この石、異郷から渡来した金剛石にございますそうな。この根付、別名『布袋根付金剛からくり』と称されるものとか。このからくりを承知なのは、私の亡父だけかと思われます」

佐野甚左衛門が小さな悲鳴を上げ、

「この根付の価値は、私どもが考える以上になり申した」

という染左衛門の声が非情に響いた。同時にこのことは、この根付がまぎれもなく三河蔦屋から谷風梶之助に貸し与えられた根付であることが証明された瞬間でもあった。

第五章　根付の行方

一

大川の流れに十四夜の月がきらきらと映じていた。

艫に座した小籐次は独り小舟を流れに乗せて、下っていた。

小籐次の足元にはおりょうが持たせてくれた貧乏徳利があった。

「おりょう様、外道飲みじゃが頂戴致す」

声に出して許しを乞うた小籐次は貧乏徳利の口を縛った紐を片手で摑み、片肘に徳利を乗せて横たえると、口で栓を抜いて足元に落とし、そのまま口を付けてごくりごくりと酒を喉に流し込んだ。

ふうっ

と息を一つ吐いた小籐次は徳利を足の間に置き、栓をした。

なんとも長い一日だった。

小さな根付一つを巡り、三河蔦屋と伊達家が対立していた。

その昔、先代から谷風関に貸し与えられた根付と証明した染左衛門は、南町奉行所内与力坂田忠恒に、

「すでに親父が谷風関から取った書付も谷風の文も奉行所に提出してございましたな。かようにこの根付が三河蔦屋のものと分った今、いったん三河蔦屋に返却下され」

と迫った。

「そ、それは。その根付、伊達家の所蔵品として殿もご愛着の品である」

と伊達家の留守居役佐野甚左衛門が抗した。坂田は決断を迷っていたが、

「三河蔦屋どの、それがしの一存で事の決着をつけるわけにはいかぬ。一度奉行所に持ち帰り、奉行と相談したいが、いかがか」

と提案した。

「根付はこの屋敷から出たものと、すでに証明されておるのではございませんか」

染左衛門が言い張った。ふだんの言動とはいささか似つかわしくないと、小籐次は考えていた。同時に、伊達家が六十二万石を盾に押してくるようなことがあれば、染左衛門は一歩も引くまいと思った。

「それはそうじゃが」

坂田が困惑したように呟いた。

「根付をうちに戻すのが筋にございますぞ」

染左衛門が言い切り、小籐次を見た。小籐次になんぞ策を委ねようというのか。

「染左衛門どの、この酔いどれになんぞ知恵を貸せと申されますか」

「いや、この根付、そなたに預けよう。双方の体面を立て、得心がいくような策を考えて下され」

と革袋に戻された根付が小籐次の手に渡された。

「古来、趣味道楽の品は揉め事を引き起こしてきた例がいくらもござる。小さな根付が伊達家と三河蔦屋の間に遺恨を残してはなりませぬ」

小籐次が双方を宥《なだ》めるように言った。

「そうじゃ。ゆえにそなたに託したのだ」

「どうしたものか」

思案に暮れた小籐次は、

「一晩それがしに時をお貸し下され。明日にもそれがしからこちらと伊達家双方に使いを立て、解決策があるかなしか、どちらであろうとも書状にてそれがしの考えを述べ申す」

と言うほかなかった。

「赤目小籐次どの、三河蔦屋と親しい交わりを致しておるようじゃが、三河蔦屋の得心のいく解決策を提案しても、伊達家はうむと頷けぬぞ」

佐野が険しい顔で言い切った。

「それができるならば、この場で根付など受け取りは致しませぬ」

「よし、そなたからの使いを屋敷で待てばよいのじゃな」

「いかにもさよう。それがしの長屋は芝口新町の新兵衛長屋ゆえ、伊達様の江戸屋敷とはご町内のようなもの。必ずやそれがしの意を文にて伝えさせます。その折、染左衛門どのも伊達家も、それがしの提案に従って下さいますな。それが赤目小籐次が間に入る、ただ一つの願いにござる」

「なにを考えておる」

染左衛門が小籐次に訊いた。

「未だなにも」

「考えておらぬというか。そなたの行動は突飛ゆえ、私が推量しても無駄か」

染左衛門がぼやくように言った。

「赤目どの、南町奉行所がその場に立ち会うてようござるか」

坂田忠恒が言い、

「染左衛門どの、佐野様、この件いかに」

「そなたに任せたことだ」

と染左衛門が応じ、佐野が頷いた。

「ならば立ち会いと致す」

坂田が間に入るように言った。

三河蔦屋からは先に御用船が船着場を離れた。その船には佐野、坂田、近藤精兵衛と、小籐次の小舟で待っていた秀次親分の四人が乗り込み、

「明日の知らせを楽しみにしておる」

と佐野が小籐次に釘を刺すように言い残して去った。

船着場に小籐次の小舟が残り、大番頭の中右衛門に見送られて舫い綱を解いた。

「赤目様、双方に得心のいく策がありましょうか」

中右衛門が不安げな語調で小籐次に問うた。

「根付だけを考えると厄介にございますな。双方が納得する策などあろうはずもない」

「根付の他になにを考えよとおっしゃいますか」

「三河蔦屋にとって最優先の大事は、染左衛門どのが元気なうちに成田山新勝寺の出開帳を無事に成功させることではござらぬか」

「いかにもさようです。根付よりはるかに大事なことにございます。本来なら根付などにかかずり合っているときではございません」

「じゃがこたびのこと、染左衛門どのは我を通そうとなされた。ふだんとはいささか似つかわしくないのではござらぬか」

「最後には赤目様に預けられましたね」

「そこじゃ」

中右衛門の言葉に小籐次は首肯した。

「ともあれ、ただ今の懸案は十二代目三河蔦屋の最後の、そして五度目の信徒総代、総頭取の大役を果たし、心置きなくあの世に旅立たれることがなによりのことであろう」

「根付の話と新勝寺の出開帳の総頭取を務めることが、どう関わるのですか」

「大番頭どの、これまで四度の出開帳の総頭取を務められて、三河蔦屋は膨大な金子を使われたことにござろうな」

ふうっ
と中右衛門が溜め息をついた。

「赤目様、こたびの出開帳で、大旦那様が総頭取として何事もなく御役が務められればよいのですが、なんぞ格別な出費がかさむと、三河蔦屋は大旦那様の代で身上をつぶすことになるやもしれません。十三代目となる若旦那様の藤四郎様、十四代目の孫の小太郎様には申し訳ないことになります」

「相分った」

中右衛門の嘆きに頷いた小籐次は、小舟を三河蔦屋の船着場から離した。だが、小籐次はその足で芝口新町の新兵衛長屋に戻ったわけではなかった。

半刻後、小籐次の小舟は、望外川荘の船着場に舫われていた。そして、小籐次はおりょうに面談し、本日の根付を巡る経緯をおりょうに語っていた。

「厄介なことが生じましたね。いかな深川惣名主の三河蔦屋様でも、お相手は陸奥の雄藩六十二万石の伊達様にございます。そう簡単に引き下がられるとも思えませぬ」

「そこでおりょう様に相談がござる」

「なんでございましょう」

「二通の書状を認めてもらえぬか」

「赤目小籐次様の代筆の書状にございますか。いと容易《たやす》きことにございますが、お相手はどなた様にございますか」

「一通は三河蔦屋の十二代目に宛てた書状、もう一通は」

「伊達の殿様でございますね」

「おりょう様は、こちらの考えることなどあっさりと見抜いておいでじゃ。伊達の殿様と深川惣名主のお二人をこの望外川荘にお招きしたいと思うが、いかがにござるか」

「ほうほう、六十二万石の殿様と深川惣名主様を、この望外川荘にお招きにございますか。赤目小籐次様ならではの豪勢な手はずにございますね」

「お二方ともお出ましにならぬかのう」

小籐次は三河蔦屋の大旦那は招きに応じると思った。だが、伊達の殿様が受けるかどうかこちらは気がかりだった。

「ご案じ召されますな。うちの旦那様は天下の赤目小籐次様でございますよ。お二方とも必ずやおいでになりましょう」

おりょうがにっこりと笑ったものだ。

そして、小籐次が注文を付ける言葉をおりょうが二通の書状に認め、かなくぎ流の署名を最後に小籐次がして仕度を終えた。

「伊達様には、それがしの名代で久慈屋の大番頭どのに訪ねてもらおうと思う。三河蔦屋は」

「私でございますね」

「あいさんではいかぬか」

「いえ、赤目小籐次様の名代にございます。私が務めます」

「また忙しゅうなったな」

「赤目小籐次様とご一緒ならば、ほんに退屈はしませせぬな」

おりょうが満足げに嘆息したものだ。

翌朝、小籐次の長屋の腰高障子がどんどんと叩かれ、勝五郎とお麻が顔を覗かせた。小籐次は慌てて寝床を丸めた。

「なんぞ異変か。まさか駿太郎がまた風邪を引いたのではあるまいな」

「酔いどれの旦那よ、佃島の渡し船から落ちた子供を助けたんだって」

「ああ、昨日の朝、そのようなことに出くわし、五つほどの男の子を助けたな。根付騒ぎでとんと忘れておった。それがどうした」

「それがどうしたではないぞ。佃島の衆が大勢で石垣下に船を止めて、子供を救ってもらったお礼というて、鯛やらなにやらたくさんの魚を置いていったんだよ」

「そのような気遣いは無用じゃがな。魚は受け取ったのか」

「赤目様、受け取ってはいけませんでしたか」

「お麻さん、そういうわけではないが。そうじゃ、長屋で分けてくれぬか」

「そんな生易しい量ではないぞ。まあ、見てみなよ。お麻さんの家が魚屋のようだぞ」

しばし考えた小籐次はおりょうの書いた書状を襟元に突っ込み、勝五郎に先導されてお麻の家に行った。すると上がり框に鯛、秋鰹、秋鯖、鰺《あじ》、鰯、太刀魚《たちうお》に蛸《たこ》まで木箱三つに並んでいた。目の下一尺余の鯛は、杉の葉が敷かれた竹籠に鎮座していた。

新兵衛とお夕と駿太郎が魚番をして、夏を越した蝿を団扇《うちわ》で追い払っていた。

桂三郎も仕事場から苦笑いで小籐次に言った。

「うちが魚屋に模様替えしたようですよ」

すると駿太郎が、

「爺じい、このとと、どうするか」

と尋ね、お夕が、

「いくら獲れたての魚でも、家の中に魚の匂いが染みつくわ」

と困惑の体だ。

「お夕ちゃん、今なんとか算段するでな。それにしても長屋じゅうに配っても食い切れまい」

小籐次も呆れた。

「ほれ、長雨のときよ、随変一刀流露崎道場に来た道場破りをさ、酔いどれの旦那が片付けたことがあったな。町道場というのは金がねえのかねえ、それとも礼儀知らずか。あれ以来、お礼どころか音沙汰なしだがよ、さすがに佃島の衆は豪儀だね」

勝五郎が余計なことを引き合いに出して言った。

「露崎道場は相身互いの話じゃ。わざわざ礼に来る話ではない。もっとも佃島からもかように過分な礼を受ける理由もないがな」

小籐次が困った顔をした。

「届けられたのが昨日の夕刻前。本日には片をつけないと、折角の佃島の方々の厚意が無になります」

「お麻さん、勝五郎どの、その立派な鯛を頂戴して、久慈屋に届けてよいか。ちと大番頭さんに頼み事があるでな」

「そりゃ、おまえさんの魚だ。どうするも勝手だ」

勝五郎がいささか残念な顔で言った。

「あとはお麻さん、長屋で分けてもらえぬか。多いようならば隣近所に分ければよい。その差配はお任せ致す」

「大変だわ。長屋の皆さんの手を借りなければ」

お麻が言った。

「よし、おれが女衆を集める」

お麻の家の玄関から飛び出そうとした勝五郎が不意に動きを止めて、

「あのさ、酔いどれの旦那よ。渡し船から海に落ちた子を助けた話、昨日のうちにほら蔵に伝えたからさ、ひょっとしたら読売に載るかもしれねえぜ」

と言った。

「なに、また世間を狭うすることをなしたか」

「しょうがないよ。根付の話はまだ駄目なんだろ。ネタ涸《が》れでほら蔵も困ってい

たからよ。今日あたり佃島の一件、おれに注文が入るはずなんだがな」

勝五郎は言い残すと飛び出していった。

「お麻さん、この足で久慈屋を訪ねて参る」

小籐次は鯛を奉じて久慈屋を訪ねることにした。

「鯛なんぞを抱えてどうなされましたな」

小籐次の姿を見た観右衛門が尋ねた。傍らから若旦那の浩介が興味津々に小籐

次の言葉を待っている。

「観右衛門どのにいささかお頼みがあってな、この鯛は御用賃にござる」

と前置きした小籐次は伊達家の文使いの曰くと鯛の出処を告げた。

話を聞いた観右衛門がまず呆れた。

「どうして赤目様の身辺には騒ぎが出来《しゅったい》しますかな」

「大番頭さん、すべて赤目様の剣術の腕とお人柄で、深川惣名主からも伊達家からも頼りにされ、佃島の衆からもかようなお礼が届くのです。ありがたいお話ではございませんか。大番頭さん、ひと肌脱いであげて下さい」

浩介が老練な大番頭に願ってくれた。

「うちは商売柄、伊達様のお屋敷に昔から出入りが許されております。留守居役の佐野様もよう存じております。されど伊達斉義様を望外川荘にお招きする使いは初めてにございますよ」

「こちらの商いに差し障りがあるならば、そう言うてくれぬか。それがしが届ければよいことじゃ」

観右衛門が小籐次の昨日から着たままの仕事着を見て、

「天下の伊達様の屋敷を訪ねるのに、いくらなんでもそのなりでは」

と首を捻り、

「ようございます。一世一代、赤目小籐次様の文使いとなり、伊達の殿様を引き出す手伝いを致しましょうかな。この鯛はうちで頂戴するより、伊達様にお回しするほうが、名目がつきます」

と観右衛門が浩介の顔を見た。

「すべて大番頭さんの御意のままに」

若旦那も大番頭の決断を支持した。

「分りました」

鯛の番をしておりなされ、と小僧の梅吉に命ずると奥へと着替えに向った。

「それにしても赤目様の周りには、あれこれと退屈しない種が尽きませんね」

「若旦那、それがし、騒ぎを探して歩いておるのではござらぬ。あちらから寄ってくるのじゃ」

「世間さまが人徳の士、赤目小籐次様を頼りにしておられるのですよ。それだけ赤目様が盛運にあるということです」

浩介が言ったとき、観右衛門が店先に戻ってきた。

大旦那の昌右衛門にも断わってきたという観右衛門は羽織袴の正装に着替えて、さすがの貫禄だ。

「真に相すまぬことでござる」

「大旦那様もおっしゃいました。考えてみれば、うちの長屋の竈から出てきた根付の騒ぎ、うちでも赤目様の手助けをなされと」

そう言い残した観右衛門は小僧の梅吉に鯛を持たせて、芝口三丁目と源助町の東側にある仙台藩伊達家の江戸屋敷に向った。

「若旦那、それがしは長屋に戻り、大番頭さんの首尾を待つ」

小籐次はいったん長屋に戻ることにした。

長屋に戻ると木戸口に長い行列ができていた。

「なんじゃ、これは」

と驚く小籐次に桂三郎が、

「うちが差配する四軒の長屋の住人に声をかけたんですよ。魚を切り身にしてあれこれ混ぜて、ただ今配っている最中にございます」

と説明し、皿や鍋に切り身を貰った住人が、

「赤目様、頂戴します」

とお礼を言って長屋に戻っていった。

「人助けとはいいものですな」

「桂三郎さん、こちらは他人事のようで落ち着かぬがな」

と小籐次は応じていた。

二

小籐次は長屋の刃物を集めると、研ぎをしながら、久慈屋の大番頭からの連絡を待った。だが、四つ（午前十時）になっても四つ半（午前十一時）になってもなんの音沙汰もない。

新兵衛長屋では魚も無事に配り終わり、小籐次の研ぎ仕事も一段落した。小舟に道具を乗せて、久慈屋に様子を見に行くことにした。

久慈屋に着いてみると帳場格子には若旦那の浩介が座り、番頭の里三郎と帳面を前に何事か打ち合わせをしていた。ということは、未だ観右衛門は文使いから店に戻っていないということか。

「若旦那、大番頭どのは未だお戻りにござらぬか」

と小籐次が声をかけると浩介が顔を上げ、

「赤目様、ご心配にございましょう。私どもも大番頭さんの戻りがあまりにも遅いので、伊達様に問い合わせに行かせようかどうかと思案していたところでございます」

「大番頭どのがあちらの屋敷を訪ねられて二刻（四時間）は優に経っていよう。なんぞ都合悪きことが出来したかな」

久慈屋と仙台藩の江戸藩邸は指呼の間だ。

「赤目様、うちの大番頭さんのことです。いくら伊達家が相手とは申せ、なんとか目途を付けて戻ってこられましょう」

浩介は答えたが、どこか不安を漂わした顔だった。そこへ、

「おまえ様、昼餉ですよ」

とおやえが浩介を呼びに来た。

「あら、赤目様ではございませんか。うちの亭主とご一緒に奥でお昼をいかがですか」

「おやえどの、大番頭どのが戻られるまで物が喉を通るとは思えぬ。遠慮致そう」

「天下の赤目小籐次様が気の弱いことを」

「天下の赤目小籐次などと思うたことはないぞ、おやえどの。それがし、一介の爺侍、六十二万石の伊達様に書状を差し上げるなど、物を知らぬも甚だしかったやもしれぬ。失礼千万な文使いをしおってと、今頃大番頭どのが困った立場に立

たされておるのではないか」

「大丈夫ですよ。うちの大番頭は海千山千の商人《あきんど》です。どのような難儀でも切り抜けてこられます」

久慈屋の主昌右衛門と大番頭の観右衛門は血縁関係にあった。

「そうであろうかな」

「赤目様、奥が嫌なれば、台所で大番頭さんの帰りを待ちませんか」

と浩介も勧めた。

「いや、こちらに研ぎ場を設けて、研ぎ仕事をしながら待つとしよう」

小籐次はいつもの場所に研ぎ場を設けて、

「里三郎さん、研ぎの要る道具はござらぬか」

と願い、何本か集まった道具の研ぎを始めた。すると隣の足袋問屋京屋喜平の番頭菊蔵が研ぎを始めた小籐次を目ざとく見つけて、

「赤目様、うちのも願いますよ」

と小籐次の前に置いていった。

久慈屋の奉公人の昼餉が交代で終わった頃、秀次親分が小籐次の前に立った。

「赤目様、磯村おえいですがね、大番屋での調べが終わって小伝馬町《こでんま》の女牢に送

られました。あとはお白洲《しらす》での沙汰を待つだけです。弟が亡くなって人が変わったように大人しく吟味方の調べに素直に応じたそうです」

「そうか、小伝馬町に送られたか」

小籐次は吉岡毅一郎を斃した後味の悪さを未だ残しているのはおえいのせいか、と思い至ったが、もはやどうしようもないことだった。

「まさか死罪ということはあるまいな」

「いくら高い根付だか知らないが、たかが根付一つをめぐる話でございますよ。それも宿病を患った弟の治療代のために納戸頭様を騙した経緯がございます。その辺が酌量されれば、三宅島辺りの島送り、あるいはもう少し軽い沙汰かもしれません」

と秀次が応えて、

「赤目様も気になさらないことですよ。弟のほうは結構罪を犯しておりましたし、あの場で納戸頭の家来を一人斬っております。いわば、赤目様が奉行所に代わって始末なさったようなもの。やつにとっても獄門台に晒されるより幸せでしたよ。なにも赤目様が思い悩むことはございませんや」

と言い残すと小籐次の前から立ち去った。

さらに四半刻も過ぎた頃、久慈屋の店前に乗り物が止まった。なんと武家方の乗り物から姿を見せたのは大番頭の観右衛門だった。

「おおっ、ご苦労にござったな。なんともそれがしの使いで半日を潰させてしもうた」

小籐次が立ち上がって迎えると、会釈を小籐次に送った観右衛門が乗り物に同道した若侍に、

「ご家老の庄田様、留守居役の佐野様によしなにお伝え下さいまし」

とお礼の言葉を口にして見送った。そして、不意に小籐次を振り向くと、

「いやはや気疲れの半日にございました」

とぼやいた。だが、その顔はどことなく満足げであり上機嫌にも見えた。

「それがしの書状の受け取りは拒まれたか、大番頭どの。考えてみれば、なんとも傲岸不遜なことを思い付き、その上、大番頭どのにまでえらい迷惑をかけたようだ」

「はい、いかにも神経を遣う文使いにございましたぞ。仔細は奥でお話ししますので、赤目様、奥にお願い致します」

観右衛門の言葉に首肯した小籐次は、研ぎかけの道具やまだ研ぎにかかってい

ない刃物を布に包んで、

「市助さん、しばしこの板の間の端に置かせて下され」

研ぎ場から離して置くと、小籐次は三和土廊下から台所にまず通った。すると久慈屋の台所を仕切る女中頭のおまつが、

「大番頭さんが戻られたそうな。昼飯を食う気になったかね」

と声をかけた。

「おまつさん、未だそれどころではないわ。大番頭どのに命じられたで奥に通りますぞ」

土間でふだん着の裾を手拭いで払い、台所の板の間から廊下を通って奥へと向った。

久慈屋の中庭も秋模様、目に鮮やかだ。長雨のせいで紅葉は例年の色鮮やかさはないものの、日差しを浴びて照り返っていた。

「昌右衛門どの、赤目小籐次にござる」

と声をかけると、おやえの声で、

「ささっ、こちらへ」

と久慈屋の主の居室から声がかかった。

「暫時《ざんじ》お邪魔を致す」

　緊張の体で廊下に座した小籐次を昌右衛門と観右衛門の主従が迎えた。観右衛門は伊達家訪問の正装、黒羽織を着たままで茶を喫していた。

「伊達の殿様、斉義様のお城下がりを待っておりましたでな、いささか長い刻をお屋敷で待つことになりました」

「それはなんともご苦労をおかけ申した」

「いえいえ、そのお蔭であれこれと注文を頂きましたでな。この観右衛門、無為に過ごしたわけではございませんぞ」

　と観右衛門が胸を張った。

「待つ間に商いをなされたとは、さすがは久慈屋の大番頭どの。なかなか並の商人にはできぬことにござるな」

　小籐次は観右衛門を持ち上げた。それだけ迷惑をかけたと思ったからだ。

「いえ、納戸頭結城助左衛門様の一命と家名断絶がかかった話です。それもこれも赤目様のご提案がうまくいくかどうかにかかっておりますからな。あちら様でも留守居役の佐野様をはじめ、重臣方がぴりぴりされておりましてな、私も大役を思い知らされました」

「して、首尾は」

「お忍びにございますが、伊達斉義様、明日、望外川荘にお出ましになるそうでございます」

「おおっ」

と昌右衛門が驚嘆の声を洩らした。

「斉義様はわざわざ私めを書院にお呼びになり、『そのほう、久慈屋の大番頭じゃそうな。ふだんから赤目小籐次の文使いをなすか』とご下問ございました」

「なに、大番頭さん、伊達の殿様にお目どおりになったか。伊達様はかようなことには一段と厳しい大名家ですがな」

昌右衛門が羨ましそうに言ったものだ。

「大旦那様、さすがは御鑓拝借《おやりはいしやく》以来の赤目小籐次様の武名、御城じゅうに知れ渡り、使いの私もいささか鼻が高うございました」

うーむ、と昌右衛門が唸った。

「赤目様、伊達斉義様が私の前でさらさらと認められた赤目小籐次様宛ての書状にございます」

観右衛門が襟元に差した書状を小籐次に渡した。小籐次は両手で奉じ受け取る

と、

「拝読仕る」

と呟いて文を披《ひら》いた。若い字でまずこう五行が記されていた。

「仁に過ぐれば弱くなる
義に過ぐれば固くなる
礼に過ぐれば諂《へつらい》となる
智に過ぐれば嘘を吐く
信に過ぐれば損をする」

そして、間をおいて一行、

「赤目小籐次、手並み楽しみにしておる　斉義」

とあった。

小籐次は昌右衛門と観右衛門に、伊達家十一代藩主斉義の文を見せた。黙読した観右衛門が、

「政宗公のご遺訓にございますな」

と即座に言った。

「ほう、政宗公のご遺訓とな。はて、どのような意が隠されておるのであろう」

「斉義様は寛政十年に陸奥一関《いちのせき》藩江戸藩邸で出生なされましたがな、一関藩藩主田村村資《むらすけ》様の四男坊にございますよ。十五歳で元服なされた若様は、部屋住みとして一関に下られましたそうな。そして、文政二年、つまりは去年の初夏に一関藩から仙台藩に『藩治の摂関』として迎えられ、十代藩主斉宗様の婿となられました。これは斉宗様が病弱なことを受けてのことです。そして、去年の七月に家督を継いで十一代藩主に栄達なされたお方にございます。ご尊父の田村村資様は、仙台藩五代藩主伊達吉村《よしむら》様の八男、伊達村良《むらよし》様のお子ですから、血筋が近いこととすでに元服していたということで六十二万石の雄藩を継がれた。なかなか聡明鋭敏な殿様とお見受け致しました」

観右衛門がまず斉義のことを説明した。その上で、

「斉義様が初代仙台藩主政宗公の遺訓をかように赤目小籐次様に書き送られたのは、仁義礼智信の五常に適《かの》うた裁きを見せよということではございますまいか」

「政宗公の遺訓に則った決着を付けよと命じられたか。うーむ」

小籐次は思わず唸った。

なんとも大きな課題を最初から負わされたことになる。

「斉義様は聡明鋭敏と言われたが、二十歳そこそこで根付道楽とは渋くはござら

ぬか」

「一関藩の四男坊として元服以前から根付に魅せられ、江戸の骨董屋を歩き回って小遣いの範囲内で集めておられたそうな。仙台藩主になってなにが悦ばしいことであったかというと、重村様の根付収集を見られることだと、私めに仰せられましてな。その中でも逸品の『象牙黄楊金布袋』が家臣の不注意で失われたのはなんとも悔しいと、何度もこの私に訴えられました」

「大番頭どの、納戸頭の首は未だ繋がっておろうな」

「明日の赤目小籐次様の裁定次第じゃそうな」

「なんとも重き荷を負わされたものよ」

と小籐次は嘆息した。

「今一つ、斉義様からご伝言がございます」

「それがしにでござるか」

「他にだれがございますな」

「して、ご伝言は」

「赤目小籐次の裁き、承服できぬときは仙台藩の武名にかけて赤目小籐次を討ち果たすそうな」

「なんとも無体《むたい》な」

「無体でございますな」

小籐次の嘆きの言葉を繰り返した観右衛門だが、どことなく嬉しそうだ。

「大旦那様、明日の望外川荘は楽しみにございますぞ」

「大番頭さん、そなた、行かれるつもりか」

「かような見物を見逃しては末代までの恥にございますぞ」

「あら、末代って、大番頭さんにはお子はいないけど」

「おやえ様、そうおっしゃいますな。これは言葉の綾にございますよ」

「望外川荘の前の持ち主はこの久慈屋昌右衛門。伊達の殿様と深川惣名主を赤目小籐次様とおりょう様お二人で接待されるのは大変にございます。私どもも手伝いに参りましょう」

「お父つぁん、女手が不足よ。私も女中を何人か連れていくわ」

「よしよし。大番頭さん、酒、料理、甘味と仕度しなされ」

小籐次がいささか自失している目前で、久慈屋の主従と親子は明日の接待について勝手に話を始めた。

「昌右衛門どの、接待などあとでようござろう。未だ深川からはなんの返答もないのでござる」

と小籐次が応じたところに浩介が姿を見せて、

「赤目様、深川惣名主三河蔦屋染左衛門様のお使いで、大番頭の中右衛門様がお見えです」

とこちらも羽織袴の正装の中右衛門を案内してきた。

「おや、これは中右衛門どの、それがしが久慈屋におるとよう分りましたな」

「新兵衛長屋を訪ねればすぐに分ることですよ」

と応じた中右衛門が、

「赤目様に大旦那様からの書状を預かって参りました。くれぐれもお一人で読まれるようにと念を押されて参りました」

と分厚い書状を寄越した。

「赤目様、隣座敷をお使い下さい」

おやえが即座に言って、案内に立った。

「お借りしよう」

小籐次は昌右衛門の居室から隣座敷に移り、正座をすると、三河蔦屋十二代目の染左衛門の書状を二度ほど熟読した。

襖ごしに久慈屋の主従と三河蔦屋の大番頭の話し声が聞こえてきた。その会話には、小籐次に宛てられた書状を全員が気にしている様子がありありと感じられた。

「深川惣名主様も苦労が多いことよ」

小籐次は呟きながら書状を巻き戻し、しばし思案した。

伊達斉義から注文があったと同様に、染左衛門からも極秘の相談が記されていたのである。

この一件、小籐次一人が胸に仕舞って解決するしかない。

片方は六十二万石の仙台藩の体面が、もう一方は、深川惣名主として最後の成田山新勝寺の出開帳を滞りなく務め上げるための苦衷があった。

お互いの立場を立てながら、二十三歳の大大名と死期の迫った老人の望みを叶える方法があるかどうか。

小籐次は昌右衛門の居室に戻った。

「ご一統様、染左衛門どのも明日の望外川荘への招きをお受け下された」

「それはよかった」

即座に応じた観右衛門が、

「難しい注文がございましたかな」

と中右衛門を気にしながらも訊いた。

「ござった」

と答えた小籐次は、

「伊達の殿様と染左衛門どのの接待、それがしとおりょう様でなんとか致そうと思う。じゃが、二人では心もとない。久慈屋さんの手助けを願いとうござる」

と頭を下げ、

「中右衛門どの、大旦那様にこうお伝え下され。赤目小籐次、三河蔦屋の大旦那様の願いに誠心誠意、応えますとな」

と文使いの中右衛門に言った。

「お願い致します」

使者の役目を終えた中右衛門が久慈屋の奥から姿を消すと、

「さあて、明日まで時がございませんぞ。大番頭さん、浩介、おやえ、まず望外川荘に船を仕立て、おりょう様と打ち合わせに入りなされ」

と昌右衛門の言葉で事が動き始めた。

三

秋空には一片の雲もなく高く澄み渡っていた。風もなく穏やかな日和だった。

だが、須崎村の望外川荘の船着場一帯には緊迫が走っていた。

小籐次は継裃《つぎかみしも》に身を包み、腰には長曾禰虎徹入道興里を手挟《たばさ》んだ姿で一人待ち受けていた。

船着場と望外川荘の竹林との境の柴折戸付近には、おやえとあいが控えていた。

水底のあちらこちらから湧く水が水面に泡の玉をつくり、日差しを受けてきらきらと輝き、そして、泡は水に同化して自然の営みをみせていた。

対岸の金竜山浅草寺の鐘撞《かねつ》き堂から打ち出された四つの時鐘が隅田川を渡り、須崎村に伝わってきた。

すると隅田川から引き込まれた水路から湧水池に姿を見せたのは陸奥仙台藩の御船で、こちらには家臣が十数人乗っていた。だが、なぜか家臣全員が釣り竿を携帯し、これ見よがしの竿が立てられていた。

伊達斉義の望外川荘訪問は、

「お忍び」

つまりは非公式という約定になっていた。

とはいえ陸奥の雄藩六十二万石の藩主のお忍びだ。全く警護の家臣が従わないわけにはいかない。そこで家中で知恵を絞り、釣り船を仕立てて藩主の警護にあたるよう策を立てたとみられる。そのような釣り船が三艘姿を見せて、望外川荘の船着場を取り巻き、思い思いの場所に船を止めて釣り糸を垂れた。

しばらく間があって、もう一艘の船が湧水池に入ってきた。

三河蔦屋十二代当主の染左衛門が船の胴の間に乗り、大番頭の中右衛門と女衆のおあきを従えただけの少人数の陣容である。船はすべるように小籐次が待つ船着場に接近してきた。

小籐次はその船が過日、成田山新勝寺詣でに使われた三河蔦屋の持ち船で、三河蔦屋の印半纏を着込んだ主船頭が冬三郎であり、助《すけ》船頭の若い衆が静吉と義五郎であることを見た。この二人の船頭と小籐次は、深川門前山本町の三河蔦屋屋敷から下総《しもうさ》行徳河岸まで船行をなしていたから知り合いだ。

冬三郎が小籐次に会釈し、小籐次も頷き返して、染左衛門に視線を向けた。

染左衛門のなりは錦の陣羽織に小さ刀を腰に差しただけの好々爺《こうこうや》。だが、錦の陣羽織と小さ刀は三河蔦屋の先祖が武士であったことを示していた。

従う中右衛門は五つ紋の紋付き袴、おあきは秋景色を染め出した小袖であった。

「染左衛門どの、ようこそ望外川荘に」

小籐次が白髪頭を下げて迎えた。

「馬子にも衣装というが、酔いどれ様もよう継裃姿がお似合いじゃ」

「爺のくせに袴着《はかまぎ》のなりかと、顔に書いてございますぞ」

「酔いどれ様、五十路を過ぎた年寄りが邪《よこしま》な考えをするものではないぞ、相手の言葉を素直に聞きなされ」

「染左衛門どのの言葉を字義どおりに受け止めるなればこの赤目小籐次の命がいくつあっても足りませぬ」

「ふっふっふ」

船上の染左衛門が笑みを洩らし、小籐次は静吉が舳先から投げた舫い綱を虚空で摑むと引き寄せ、杭に縛った。立ち上がった染左衛門の手を取り、船着場に引き上げた。さらに中右衛門、おあきと船着場に緊張の面持ちで上がり、最後に冬三郎が紫地の布包みを中右衛門に渡した。五段重ねの重箱でも包んだような大きさだ。

そのとき、湧水池に仙台藩の藩旗を立てた船が姿を見せた。

「伊達斉義様のお着きじゃな」

「酔いどれ様、私らもお迎え致そう」

染左衛門がその場に残り、中右衛門とおあきをあいが望外川荘へと案内していった。

斉義の御座船には、主君を囲んで江戸家老庄田雁次郎、留守居役佐野甚左衛門ら、付き人七人が従っていた。

小籐次は、重臣と小姓の四人を除く壮年の家臣三人が伊達家を代表する剣術家であることを、落ち着いた挙動と鋭さを隠した穏やかな眼光から見てとっていた。おそらく御番衆の中から抜擢《ばってき》された面々であろう。

「伊達斉義様、望外川荘へのご来駕、主の北村おりょうをはじめ、奉公人一同恐悦至極に存じます」

「そのほうが赤目小籐次か」

「いかにも、北村おりょう様の僕、赤目小籐次と申す爺にございます」

斉義が御座船から身軽に飛んで小籐次の傍らに立った。そして、

「この望外川荘の真の持ち主は赤目、そなたではないのか」

と小籐次の耳にだけ聞こえる小声でいきなり囁いた。

「滅相もございませぬ。望外川荘は歌人北村おりょう様が主にございます」

「ふーむ」

若い伊達家藩主が鼻で返答をした。

染左衛門が小籐次の背後に控えていたが、斉義は一顧だにしない。まるでそこに三河蔦屋の十二代目が存在しないような態度だった。

「望外川荘を建てた棟梁は土佐金じゃそうな。江戸に名工の普請があるとはのう。寡聞にしてこの斉義、知らなんだ」

「斉義様、ご案内仕る」

小籐次が斉義を柴折戸へと案内した。すると若い藩主の後に庄田雁次郎と佐野甚左衛門の二人の重臣と小姓二人が従い、さらにその後ろに三人の御番衆が続いた。そして、その後を染左衛門が黙然と従ってきた。

柴折戸に控えるおやえが、腰を深々と屈《かが》めて伊達斉義を迎えた。

「斉義様、芝口橋際に看板を掲げる紙問屋久慈屋の若女房にございます」

小籐次がおやえを紹介した。

驚いたのはおやえだ。それはそうだろう、まさか小籐次が出迎え方を伊達家の当主へ引き合わせるとは考えもしなかったからだ。

「久慈屋の若女房とな。予はそのほうの店を承知じゃぞ。一関藩の部屋住みの頃、父上の使いで訪ねたことがある。紙の注文に事寄せて、予は金策に行かされたのではないかと思う」

「め、滅相もない」

顔を伏せたまま、おやえが呟いた。

「金策は叶えられましたかな」

小籐次が平然と質した。

慌てたのは二人の重臣だが、斉義と小籐次は会話を楽しんでいる様子があった。

「いささか重い包みを父上にお渡しするとほっと安堵されたゆえ、おそらく上首尾であったのではないか。未だ金策に行かされた伊達家藩主はおるまいな」

「ふっふっふっふ」

小籐次は満足げに笑った。そして、江戸の一関藩藩邸に生まれ育った四男坊に親近の情を感じた。

竹林を抜けると望外川荘の前庭が広がり、左に母屋が、右手の泉水に突き出すように不酔庵が見えた。

「須崎村に望外川荘ありと城中で聞いておったが、庭といい藁屋根の風情といい、茶室といい、見事な普請じゃな」

若い斉義が褒めた。

「斉義様、あの茶室、不酔庵と名付けられました」

「酔いどれ小籐次ゆかりの茶室が不酔庵か」

「人の世は酒に酔い過ぎてもならず、かと申して、酔いもならず覚めてばかりでは無粋にございましょう。酒に酔わずして茶道に酔うようにと、あのような命名になりましてございます。あの庵にて、この家の主が一服茶を差し上げたいそうでございます」

「なにっ、予に茶を馳走するというか」

頷いた小籐次は、おやえを呼び、

「おやえどの、お付きの方々を母屋に案内して下さらぬか」

と願った。

「殿だけ茶室に招くと申されるか」

留守居役の佐野が小籐次に詰問し、

「そのほうら、茶室を調べよ」

と三人の御番衆に命じた。三人が動こうとしたとき、

「お待ちあれ」

小籐次が制止した。

「不酔庵は、身分の上下を超え、一介の人間として風雅を楽しむ場にござる。それゆえ、望外川荘の主の接待をないがしろにしてはなりませぬ。信を欠いてはお互い損を致しますでな」

と最後は呟き、にやりと笑った小籐次が、

「この不酔庵には斉義様、三河蔦屋の染左衛門様のお二方をお招きするよう、北村おりょう様から言付かっております」

と拒んだ。

小籐次の言葉に頷いた斉義が、

「そのほうら、母屋にて待て」

と命じた。

「ならば、ご家老かそれがしの一人を同座させて下され」

それでも佐野が小籐次に願った。

「佐野、政宗公のご遺訓をもじられては無粋な真似もできまいが。酔いどれ小籐次の接待に従おうではないか」

斉義がにじり口に向った。だが、にじり口を潜る斉義の動きがふいに止まった。と思うと、斉義はすぐに落ち着いた挙動で茶室に消えた。

「染左衛門どの、どうぞ」

三河蔦屋の当代を先に入れた小籐次は、未だその場にある伊達家の重臣らに会釈すると不酔庵に入り、戸を閉じた。

亭主のおりょうが釜前に端然と座し、伊達斉義と染左衛門と静かに相対していた。

藁が覗く粗壁に竹籠がかかり、真っ赤な唐辛子が生けられてあった。

床には小籐次が造った煤竹の円行灯が置かれ、淡い灯りを茶室に投げていた。

不酔庵に静謐《せいひつ》な空気が漂い、その場にある四人の心を鎮めた。

斉義の視線が赤唐辛子から茶掛けにいった。

竹筆か、一見ごつごつとした大小さまざまの文字が躍っていた。下手な字だが、よく見れば雅趣が感じられないこともない。

「仁、義、礼、智、信」

の五文字だ。

斉義は直ぐに悟った。

赤目小籐次に遣わした書状に政宗公の遺訓を認め、小籐次の手並みを楽しみにしておると書いたが、それに応えた茶掛けの文字と思えた。表装も簡易だ。

「この文字、女文字とも思えぬが、だれが認めたか」

斉義がおりょうに尋ねた。

「伊達斉義様、赤目小籐次様の書にございます」

おりょうの答えに斉義は小籐次を見た。

「赤目小籐次は書も嗜《たしな》むか」

「斉義様、書を嗜むですと。昨夜一睡もせず、この文字をおりょう様の指導で何枚書いたことか。それがしのかなくぎ流が一段とひどくなって、何度もおりょう様に、もはやこれ以上はできぬと許しを乞い申した。夜明け前、疲れ切って一杯酒を頂戴致しまして、やぶれかぶれで書いた文字がこれにございます。座興です、お見逃し下され」

「おもしろい」

斉義が言い、染左衛門が、

「うっふっふふ」

とその場の情景を想像したか笑った。

「酔いどれ流の書も悪くない。のう、ご老人」

斉義が初めて三河蔦屋の染左衛門に問いかけた。

「斉義様、酔いどれ小籐次なる人物、これでなかなか才人にございましてな、女運もようございます」

「言うまでもないわ。この庵の主どのをみれば分る。望外川荘の女主は絶世の美女と老中青山忠裕《ただやす》様より聞かされておったが、これほどとは。斉義、正直赤目小籐次が羨ましいぞ」

「死に損ないの年寄り爺にもおりょう様は目の保養にございます。これで心置きなくあの世に行くことができますする」

と染左衛門が応じたものだ。

「三河蔦屋の主様には来春、成田山新勝寺の出開帳を仕切る総頭取の大事が待っておりますする。そのような気弱な言葉は忘れて、私の拙《つたな》い点前《てまえ》、ご一服下さりませ」

おりょうがまず年上の染左衛門に茶を供した。

「頂戴仕ります」

染左衛門が悠然と茶を喫した。

不思議なことに、染左衛門の前には菓子は供されておらず、斉義の前だけに蓋付き菓子器があった。

不酔庵の茶は悉《ことごと》く意表をつく趣向だった。

おりょうは続いて斉義に点前を披露した。

さすがは陸奥の太守、若い斉義の茶の喫し方は典雅な所作だった。

「馳走にござった」

茶碗を愛《め》でる斉義に、

「お口直しにございます。お膝前のものがお気に召しますかどうか、ご賞玩下さりませ」

茶道の仕来りを外した主の言葉に、

「この椀のものを予に食せと申すか」

と言って斉義が輪島塗の蓋付き菓子器に手を伸ばし、片手の掌に載せて、もう一方の手で蓋を披《ひら》いた。

斉義の眼が光り、体が硬直したように動きを止めた。

一座にしばし沈黙があった。

「お気に召しませぬか、斉義様」

「おりょう、それがし、この甘味が好みでのう」

「初代山鹿壽斎の手になる『象牙黄楊金布袋』の細工根付、別名『布袋根付金剛からくり』とも呼ばれますそうな。お屋敷にお戻りになられましたら、金剛石のからくりをとくとお楽しみ下さりませ」

斉義の視線がしばしおりょうに釘付けになり、ゆっくりと小籐次に向けられた。

「三河蔦屋十二代目の気持ちにございます。これにて納戸頭結城助左衛門様の助命、赤目小籐次、お願い仕る」

と小籐次が無言の斉義に願い、若い藩主が大きく頷いた。

一方、茶室の片隅にあった紫地の布包みを染左衛門が解くと、黒檀の蓋付きの保存箱が姿を現した。

「斉義様、亡父十一代目が集めた根付の数々にございます。お目汚しにございましょうが、ご覧いただきとうございます」

染左衛門が蓋を披くと五段の引き出しを次々に抜いて、斉義の傍らに並べていった。

一段目から三段目には十二ずつ、計三十六の根付が並び、四段目と五段目は、桃鳩蒔絵《まきえ》印籠と根付、小紋螺鈿《らでん》印籠と根付などが三つずつ、計六個の印籠と根付の組み合わせの見事な収集品であった。

　斉義の目が収集品に釘付けになり、長いこと凝視していた。

「まさか世にかような根付と印籠の数々があろうとは、どれも名人上手の手になる宝じゃぞ」

　と呟いた斉義が、

「赤目小籐次、予がなぜ根付道楽に嵌ったか分るか」

「幼き日から根付にはご関心があられたとか」

「世間には知られていないことだが、先年、伊達政宗公の墓所から尾形光悦蒔絵印籠と根付が現れてな、予は父に連れられて、その根付つきの印籠を拝見した。以来、根付と印籠の魅力に取り憑《つ》かれたのじゃ」

　と愛おしげに十一代目染左衛門の収集品を見詰めていた。そして、はっと我に返ったように、

「目の毒とはこのことじゃな」

　小籐次に言いかけ、引き出しを自ら一段一段元へ戻し始めた。

「斉義様、世に道楽趣味の種は尽きまじと申します。ですが、それがしのように根付にも印籠にも興味も関心もない無粋な人間には、この数々の品も猫に小判、

なんの愉悦にもなりませぬ。それはここに同席なされた三河蔦屋の十二代当主染左衛門様とて同じこと。ただ亡父の思い出の品、散逸することを恐れておいでにございます」

斉義の視線が小籐次に当てられると、

「この収集の品々、伊達家の根付と一緒にして後世に伝えて下さりませ」

と小籐次が再び願った。

「なにっ、三河蔦屋はこれらを伊達家に譲ると申すか」

「はい」

と小籐次が応えると、

「それがしは三河蔦屋になにをなせばよい」

「来春の成田山新勝寺出開帳の折、伊達様のお手伝いをお願い申します」

小籐次が白髪頭を下げて、染左衛門もそれに倣った。

四

秋の陽は釣瓶落とし、湧水池には宵闇が迫っていた。

小籐次は小舟に三河蔦屋の十二代染左衛門を乗せ、隅田川へと出た。

「染左衛門どの、寒くはござらぬか」

どてらを肩からかけられ、手あぶりを抱える染左衛門に小籐次が優しく声をかけた。

「おりょう様の心づくしの数々、寒さなどあろうか」

小籐次の小舟の背後には、冬三郎が主船頭の三河蔦屋の船が提灯を点して従っていた。

「ふっふっふ」

染左衛門の口から思い出し笑いが響いた。心から嬉しそうな笑い声であった。

「なんぞ思い出されましたか」

「ご家老ら重臣の愕然《がくぜん》とした顔を思い出してな」

不酔庵に江戸家老の庄田雁次郎、留守居役の佐野甚左衛門の二人が呼ばれ、斉義がにこやかな顔で、

「三河蔦屋の厚意でな、政宗公以来の印籠と根付の収集がさらに充実することになった。印籠と根付の品ぞろえでは、間違いなく天下一と申してよかろう。政宗公以来の家宝じゃぞ」

と黒檀の箱に納められた五段の引き出しを自ら不酔庵の畳に広げて、見せたものだ。

「これは」

と庄田が言葉を失い、どう解釈してよいか佐野と顔を見合わせた。

「これらの収集の品々は三河蔦屋の先代が集めた品じゃそうな。当代は印籠、根付の趣味がない。当代は生涯を成田山新勝寺の江戸出開帳に傾注し、来春の三月から始まる永代寺境内の出開帳の、五度目の総頭取を務めるそうな。それでのう、最後の務めを無事果たして、この世に別れを告げたいと言うておる。その後見の一人が、ここに同席する赤目小籐次じゃ」

「殿、成田山新勝寺の出開帳と、これらの根付が伊達家の収集品に加わることと、どのような関わりがございますので」

「佐野、成田山新勝寺の出開帳には莫大な金子が動き、その金子を狙って有象無象《うぞうむぞう》が暗躍するそうじゃ。ために赤目小籐次が三河蔦屋についておる。だがな、赤目が申すには、伊達家六十二万石の後ろ盾があるならば、こたびの出開帳、さらに盤石な態勢で為し遂げられようということだ。そこでこの斉義に加われと申すのだ。そのほうら、なんぞ異存があるか」

「成田山新勝寺の出開帳は信濃善光寺の出開帳と並び、江戸の人々が詰めかける催し。そのような信心深い催しへの助勢になんの異存もございませぬ」

「異存はないが、なんぞ懸念があるか」

斉義が庄田に質した。返答に窮した江戸家老に代わり、

「斉義様、忌憚なく申せば、ご家老様はかような収集品を献上され、ただより高いものはあるまいと案じておられるのでございましょう」

と小籐次が言葉を挟んだ。

「真に無償でこれらが伊達家の収集品に加わるのでございますな」

「留守居役様、染左衛門様はまず出開帳が無事に済み、総頭取の役目を果たすことが望みにござる。されど、かような催しには思わぬ出費もかかるものにございます。染左衛門様は、これまで四度の出開帳の務めに、三河蔦屋が蓄財してきた大半の金子を使い果たされました。このことが出開帳の恐ろしさを証明しておりましょう。こたびの出開帳が伊達様の後ろ盾で見事、果たし終えればよし。されど万が一、滞りが出たときには助勢を願いたいと申しておられるのでございますよ」

小籐次が真意を伝えた。

庄田と佐野がしばし沈思した。

「それ以上の要求はござらぬな」

「ござらぬ」

染左衛門に代わって小籐次が答えた。

「庄田、天下の赤目小籐次の願いぞ。この爺様、予が助勢せねば、昵懇の御三家の水戸様や老中青山様に持ち込む魂胆であろう」

「斉義様、それはございませぬ。水戸家も青山家も内所は厳しゅうございます」

「なに、水戸の内所も苦しいか」

斉義が質した。

「斉義様、あの灯りをご覧なされませ」

おりょうが円行灯を指した。

「赤目小籐次様が煤竹を使い、手造りなされた円行灯にございます。そして、壁に掛けられた唐辛子の一枝を飾った竹籠もまた赤目様の作」

「酔いどれ小籐次はあれこれと才があるな」

「ご家老様、その才を頼りにしておられる大名家がございます。近々赤目様は水戸に参られ、作事場の衆に竹細工を指導されます。御三家といえども、かように家中以外の力を借りねばならぬほどお内所は苦しいものにございます」

「聞いたことがあるぞ。ほの明かり久慈行灯と称する高価な竹細工の行灯のことをな」

「水戸家から売り出されたあの行灯も赤目様のお作」

とおりょうが言い添えた。

「そして、茶室に置かれた行灯もこの竹籠も、赤目小籐次どのの作と申すか」

庄田雁次郎が驚きの顔で行灯から花器へ、そして小籐次の顔へと視線を巡らした。

「はい。赤目様は数日後、水戸に発たれます」

「おりょう様が水戸の内情まで洩らされた真意は、御三家とて決して内所は豊かではないという事実を申し上げたまで」

「赤目、おりょう、それは仙台藩とて同じこと」

「国持ち大名家は表高と実高が違いましょう。六十二万石と言われますが、実高がそれ以上であることは世間の常識にございますよ。他人様の懐をあてにするようでございますが、深川惣名主の三河蔦屋十二代目が、これまで務めた四度の出開帳総頭取で蔵の金子を費消なされた信心に免じて、伊達様ご家中、ひと肌脱いで下されたくお願いしておる次第です」

小籐次が染左衛門に代わって熱弁を振るった。

庄田と佐野が首肯した。

「これらの根付、印籠は万金を出しても購えぬ品々じゃ。それを担保《かた》に伊達家に出開帳の後見になれと赤目が言うておる。どこの馬鹿が断わるや」

「承知致しましてございます」

江戸家老の庄田雁次郎が主に応じて、三河蔦屋十一代目の収集品が伊達家のものになった。

「見よ、庄田、佐野」

斉義が未だ愛おしげに手にしていた『象牙黄楊金布袋』根付のからくりを操作して、布袋の腹に納められた金剛石を二人の重臣に見せた。

小籐次が造った円行灯の灯りを受けた金剛石がきらきらと黄金色に輝き、一同が見惚《みと》れた。


「染左衛門どの、まずは来春の出開帳は万全にござろう」

小籐次が染左衛門に話しかけた。

「それもこれも、赤目小籐次様とおりょう様がおられればこそ」

と応じた染左衛門が、

「赤目様、なぜ斉義様の警護の三人衆と立ち合われなかったか」

と質した。

「世の中に優劣をつけ、勝敗を求めてよきことはござらぬ」

「そうかのう。斉義様もそう願うておられたであろうがな」


望外川荘の女主おりょうと小籐次に案内され、伊達斉義ら主従三人が不酔庵に移ると、久慈屋の主の昌右衛門、大番頭の観右衛門らが伊達家の従者や三河蔦屋の大番頭らに茶菓の接待をして、あれこれと話しかけていたが、主が不在の席だ。言葉少なで固い雰囲気が漂っていた。そこへおりょうと小籐次が斉義らを案内して母屋に姿を見せ、

「ご一統様、お待たせ致しました」

とおりょうが声をかけると、伊達家の従者らがおりょうの容姿に打たれたように見惚れた。

「これ、星野正五郎、そのように呆けた顔では、そなたの願いが叶えられても役

には立つまい」

江戸家老の庄田が警護役の一人に言った。

「あいや、ご家老、この望外川荘の主どのが美貌とは聞かされておりましたが、これほどのご器量の方とは努々《ゆめゆめ》考えもしませんでした。赤目小籐次どのが心から羨ましゅうござる」

星野が正直に答えたものだ。

「赤目小籐次どの、われらにはもう一つ、そのほうに願いがござる。御鑓拝借以来、満天下に武名を轟かせた来島水軍流の技前を星野らが指導を受けたいと申してな。受けてはくれぬか」

庄田雁次郎が言い出した。

小籐次はなんとなくこのような事態になることを予測していた。

「星野氏《うじ》のご流儀は」

「仙台藩に古くから伝わる柳生心眼流の伝承者にござる」

柳生心眼流の流祖は竹永隼人兼次といわれるが、その程度の知識しか小籐次にはなかった。

「斉義様、わが来島水軍流は瀬戸内の海をかつて往来した来島水軍が編み出した海賊剣法がその出自にございます。つまるところ田舎剣術にございまして、仙台藩に伝わる柳生心眼流とは比することができませぬし、指導なども無理なことにございます。されど、ご所望ゆえ、亡父より伝承した来島水軍流正剣十手脇剣七手を臆面もなく披露致します。それでお許しあれ」

小籐次は星野との対決を避けるために言った。

「なに、来島水軍流の奥伝を披露するとな」

斉義が首肯し、庄田が、

「赤目どの、船着場に待機する家中の者にも見せたいが、この場に呼んでもよいか」

と願った。

「酔いどれ爺の拙い技をわざわざ見物なさるか。それも望外川荘訪問の土産話かのう」

と小籐次が受けて小姓が呼びに行き、望外川荘が時ならぬ野天の剣道場に化した。

二十数人の伊達家御番衆の猛者《もさ》が庭に控え、望外川荘の縁側に見物席が設けられ、この日集まった伊達家と三河蔦屋の主従が居並んだ。

小籐次は継裃に備中次直と長曾禰虎徹入道興里を差し、手に八尺ほどの竹棒を持って登場し、縁側に居並ぶ見物席、庭の御番衆に一礼し、立ち上がると、竹棒を地面に突き立てた。

「来島水軍流正剣十手、序の舞、流れ胴斬り、漣《さざなみ》、波頭、波返し、荒波崩し、波しぶき、波雲、波颪《なみおろし》、波小舟、順にご披露申す」

と告げた小籐次が見物席に正対し、しばし呼吸を整え、肩幅に置かれていた両足がじりじりと広がり、腰がわずかに沈んで止まった。

その挙動だけで望外川荘の風の流れも日差しまでも停止し、緊迫の空気に包まれた。

次直の柄に手もかけず、小籐次が、

つつつつ

と前に進み、後ろに下がり、左に流れ、右に身を移した。来島水軍流の序の舞は船戦の混乱の中に動く技だ。だが、それは能楽師がすり足で床を動くとも進むともつかぬ、

「永久の時の流れ」

を想起させるものだった。

実戦の一の技に移った。

はっ
と見物人に聞こえるかどうかの気合いが発せられると、小籐次の拳が翻り、低い姿勢から抜き上げられた次直は一条の光に変じて、秋の日差しを斜めに斬り上げ、残心から二の技、漣に移った。

見物人は息を呑んで、一瞬たりとも弛緩のない技の連続に見入った。

正剣十手を波小舟で滞りなく演じ終わり、再び元の場所に戻った小籐次は次直を鞘に納めて、

「脇剣七手」

と呟くと、庭の一角に突き立てていた竹棒を構え、見物する御番衆二十数人の前に向うと、

「稽古相手を願いたい」

と告げた。

「なんと、われらに稽古をつけて下さると言われるか」

「迷惑かな」

「いいえ、赤目小籐次どのと稽古ができるとは思わなんだ。何人稽古相手を所望な

さるか」

「来島水軍流は船上での戦いから発した技にござる。相手があってなし、相手がなくてあり。差し障りなくば、ご一統様真剣にて、赤目小籐次を斬り殺す覚悟でかかってきて下され。竹棒一本と侮られたり、本気を出さぬように見受けられれば、怪我を致すことになり申す」

と険しい声で告げた。

「なんと」

と言葉を失った組頭が、

「ご一統、聞かれたとおりだ。われら、伊達家御番衆の名誉にかけて、赤目小籐次どのを討ち負かす」

「おうっ！」

と配下の二十数人が立ち上がり、
つつつ
と見物席に背を向けて下がった小籐次が、小脇の竹棒の先端を地面にむけて伸ばし、

「脇剣一の手竿突き」

と呟いた。

御番衆は組頭を除いて一斉に剣を抜き放ち、組頭が、

「一の組、前へ、二の組、左背後に、三の組、右背後。比翼の陣形にて赤目小籐次どのを討ち負かす」

と陣形を命ずると、比翼陣形に二十数人が位置し、その先頭に組頭が立ち、ここで剣を抜いた。

緊迫が望外川荘に走った。

「いざ、参られよ」

「おうっ」

互いが呼応し、小籐次の体が、
すいっ
と流れて比翼陣形の先頭部に接近し、組頭が脇構えに踏み込んできた。その腹部を竹棒の先端が目にも留まらぬ速さで突き上げると、組頭の体を後ろに吹っ飛ばした。その体に配下の数人が巻き込まれ、倒れた。

小籐次が、

「竿刺し」

と呟きながら竹棒を迅速に突き出し、手繰ると、そのたびに一人ふたりと倒れていき、最後に、

「竿飛ばし」

と呟き、竹棒の先端を片手で握って、

ひょい

と捻りながら飛ばすと、くるくると回転した竹竿が未だ残っていた三人の御番衆の体に向った。むろん三人は剣を構えて叩き落とそうとした。だが、竹棒は大きな弧を描いて剣を跳ね飛ばし、体を打って倒れ込ませた。

旋風《つむじかぜ》にでも巻き込まれたような、一瞬の出来事であった。

見る人間には一瞬の早業のようでもあり、悠久の刻《とき》が流れたようにも感じられた。

はっきりしていることは、小籐次がその場に静かに立っており、対決した二十数人が望外川荘の庭に倒れて呻いている事実だ。

「そのほうら、武勇を誇る伊達家の御番衆か！」

江戸家老庄田雁次郎の怒声が響き渡った。

くるり

と向きを変えた小籐次が、

「ご家老、そう怒鳴られますな。人間、勝手が分らぬ者を相手に致さば、しばしばかような事態が生ずるものにござる」

ととぼけた顔で言い放った。

「そ、それにしても」

と言いかける庄田に、

「庄田、相手を考えよ。西国の大名行列四家に独り敢然と突っ込み、御鑓先を斬り落とした武勇の士、赤目小籐次が相手じゃぞ」

と斉義がなだめ、

「星野正五郎、どうじゃ。赤目小籐次の来島水軍流は」

「殿様、世間は広うございます。赤目小籐次どののような達人にして具眼の士が野《や》にはおられます。われら、伊達家家中、赤目どのを倒せと命じられれば、死を覚悟し臨んだとしても果たせるかどうか」

と正直な気持ちを吐露した。

「星野氏、爺は早晩身罷ります。これはこの世の理《ことわり》にござるでな。なにも向きになり、叩き伏せることもござらぬ」

小籐次の言葉が長閑《のどか》に響き、

「ささっ、剣術の稽古はそれくらいでようございましょう。伊達の殿様、三河蔦屋の大旦那様、望外川荘の持て成し、受けて下さいませ」

おりょうの言葉に、次の間に待機していた女衆が斉義らに膳を運んできた。

「殿様は江戸のお生まれでございますそうな。深川蛤町の竹藪蕎麦をぜひご賞味下さいませ。魚は一色町の魚源から購った江戸前の魚を造りにしたり、焼き物にしたものにございます」

これらの接待は久慈屋の観右衛門が先頭に立ち、おりょうの考えを聞いて一夜にして仕度したものだ。

「なにっ、斉義に打ち立ての蕎麦を馳走してくれるか」

伊達家の若い藩主が嬉しそうに顔を綻ばせたものだ。

さらに久慈屋の奉公人たちが四斗樽を神輿のように担いで現れ、

「赤目様、鏡を開いて下さい」

と喜多造が願った。

「ご一統、怪我はないようにしたつもりじゃ。痛い目をさせて相すまなんだ。おりょう様の心づくしの酒を飲んで、年寄りの座興を忘れて下され」

と相手を務めてくれた伊達家御番衆に頭を下げた。
「なんとわれらにも馳走をして下さるか」
「剣術相手は、稽古が終わればすべて仲間にござろう」
と言った小籐次が、その場に据えられた四斗樽の鏡板を掌で触っていたが、
ぽん
と手刀にした右手で鏡板の継ぎ目を軽く叩くと、虚空に、
ひょい
と鏡板が持ち上がり、辺りにぷーんと酒の香がした。
「口開けはなんといっても酔いどれ小籐次様にございましょうな」
と言いながら観右衛門が七升入りの大杯を運んできて、喜多造らが七分どおりに注いだ。
「いささか外道飲みじゃが、伊達家の繁栄と三河蔦屋十二代目の息災を祈願して、頂戴しよう」
小柄な小籐次が七升入りの大杯を両手で抱えると、主客に向い、会釈を送ると口を付けた。
喉がひりひりと鳴り、ゆっくりと大杯が傾けられ、不意に止まった。

「半分ほど頂戴した。残りは稽古仲間と飲み分けにしとうござる」

御番衆の組頭を目で呼ぶと大杯を渡した。

「頂戴致す」

と組頭が一口つけ、次々に御番衆が大杯の酒を飲み分けて、底にわずかに残った大杯が戻ってきたところを小籐次が飲み干し、

「われら、これで剣術仲間にござる」

と言ったものだ。


「あとは来春三月の出開帳を待つのみ」

と染左衛門が言うのへ、小籐次が、

「三河蔦屋の大旦那どの、この分ならば成田山新勝寺の六度目の出開帳総頭取も務められましょうぞ」

と煽った。

「酔いどれ様、それは無理というもの。年寄りは順にあの世に向うのがこの世の理。酔いどれ様も私の齢になれば分るようになる」

「その齢まであと何年残っておりますかな」

「そなた、死にぞこないゆえ、恥を掻いても生き続けるやもしれぬ」

と手あぶりを抱えた染左衛門が、破顔した。

二人の年寄りを乗せた小舟を満月が静かに見下ろす晩秋の一夜だった。

巻末付録

超絶技巧！ 根付の世界へようこそ

文春文庫・小籐次編集班

根付をご存知ですか――。博識なる読者諸兄は何をいまさらとお怒りになるやもしれない。ポケットのない着物で、印籠や巾着、煙草入れなどを紐で帯から提げる際、滑り落ちないように引っ掛けておく留め具。浅学な筆者Sは、神社で見かける鈴やお守りなどが付いたストラップを根付だと理解していたわけだ。

しかし、そんな浅い認識がガラッと変わったのが、前巻『祝言日和』巻末付録で日本刀を拝見した東京国立博物館でのことだった。館内をうろうろしていると、「高円宮コレクション」と題された小部屋にふと誘われた。高貴な雰囲気の一室の中央に据えられたガラスケースには、猫やウサギなどの可愛い動物や、栗や柿などの植物、さらには龍や妖怪といった空想上の生き物まで、多種多様な彫刻作品が五十点ほど展示されている。しかも、ただの彫刻にあらず。驚くべきは、そのサイズだ。どれも手のひらに収まるほどの小ぶりだが、緻密かつ写実的で、まるで本物、生きているかのように瑞々しい！　手頃で精巧な玩具（フィギュア）が溢れる現代においても、全く引けをとらない。根付の実物を初めて目にすると、本文に登場する根付もかなり凝っていることがわかってくる。

しばし革袋を眺めていた染左衛門が、革袋の紐に付けられた象牙で造られた微小の根付『象牙躍り鮎二体』に触れると、革袋から『象牙黄楊金布袋』の根付を出して手にした。（略）微小の根付の鮎の尾鰭《おびれ》を底に刻まれた一筋の溝に嵌め込むと、

くるり

と回した。

すると布袋の腹が開き、なかから秋の日差しを受けた輝石が見えた。（本文より）

金で細工を施された豪奢な作りで、布袋の腹から「金剛石」が現れるからくり仕掛け。これは相当の技術を要したことは想像に難くない。

根付の大きさは横、高さ、奥行それぞれ三〜四センチほど、しかも素材は木だけでなく、象牙やら、金属やら、とにかく硬そうなものばかり。一体全体どうやって彫っているのか。

興味が湧いてきた筆者は、高円宮コレクションに作品が収められ、NHKカルチャーや朝日カルチャーセンターなどで教室を開講する、根付師の黒岩明さんの工房を訪ねた。

作業スペースは意外にも簡素で、手前が半円状になった机の上に、素材を固定させる板が置かれている程度。商売道具の彫刻刀は、素人目にはほとんど違いの分からないほどずらっと並んでいるが、デッサンや図面などは見当たらない。

「図面を引く人もいますが、僕は作りながらどんどん変化させていきます。あらかじめ決まったテーマを作っているわけではなく、自分の好きなものを好き勝手に作っています」

「それにデッサンは得意じゃないんですよ（笑）」とはご謙遜だが、立体物を頭の中のイメージだけで自由に彫り続けるなんてとても真似できそうにない。

「もちろん、全くの自由ではないんです。どんな根付も三つの条件を満たしていないといけません。基本的に帯に提げるものですから、帯や着物を傷つけないように、尖った部分をそぎ落として丸くしないといけません。次に、紐を通すための穴が必須です。どこに穴を持ってくるかで作品の構成が全く違ってきます。最後に、あまりに大きなものは携帯に不便ですからサイズは手のひら大が望ましいとされました。日用品としての実用性を備えつつ、三六〇度どこからでも鑑賞できる美しさやファッション性を追求するのです」

さて、百聞は一見にしかず。まずは見て楽しんでいただくのが肝要。実際の作品をご覧いただきたい。題して、「根付師 黒岩明 紙上ミニ個展」（三三〇〜三三一頁）！

これまで根付にご縁がなかった方、いかがだろうか。素材や加工によって、色味や風合いが千差万別。カラーでお見せできないことがまことに残念である。そして、くどくて恐縮だが、いずれもかなり小さい。

＊

たとえば、①「おどる一休」。一休の躍動感たるや、とても手のひらに収まるサイズとは思えない。モチーフにしたのは、幕末から明治中期に活躍した異色の浮世絵師・河鍋暁斎《かわなべきょうさい》の力作「地獄太夫と一休」。遊郭を訪れた一休が芸妓と舞を舞うと、芸妓が骸骨となり、それを見て驚いた伝説の遊女地獄太夫が、一休に帰依して悟りを得るという物語だ。生者も死者も本質的には違いがない——髑髏の上の一休は愉快そうで、ケレン味たっぷりの表情がなんともニクい。活き活きとした表情、激しい踊りを表現する袈裟や着物の大きなうねり。彫り方にどんな秘密があるのか。

「一にも二にも、『左刃』がすべてです。みなさんが小学校で教わる彫刻刀を僕たちは右刃と呼びますが、両者の大きな違いは、切るのではなく削っていくことです」

物は試しと、象牙の小片を左刃で彫らせていただく（以下、右利きの場合）。普通の彫刻刀は、ナイフで鉛筆を削るときのことを思い出していただければわかるとおり、左手の親指以外の四本の指で鉛筆を握り、右手で横向きに握った彫刻刀の刃を左手の親指で背（峰）から押しながら削っていく。基本的に右手は動かない。

かわいい！　小さい！　超絶細かい！

めくるめく根付の宇宙

根付師
黒岩 明
紙上ミニ個展

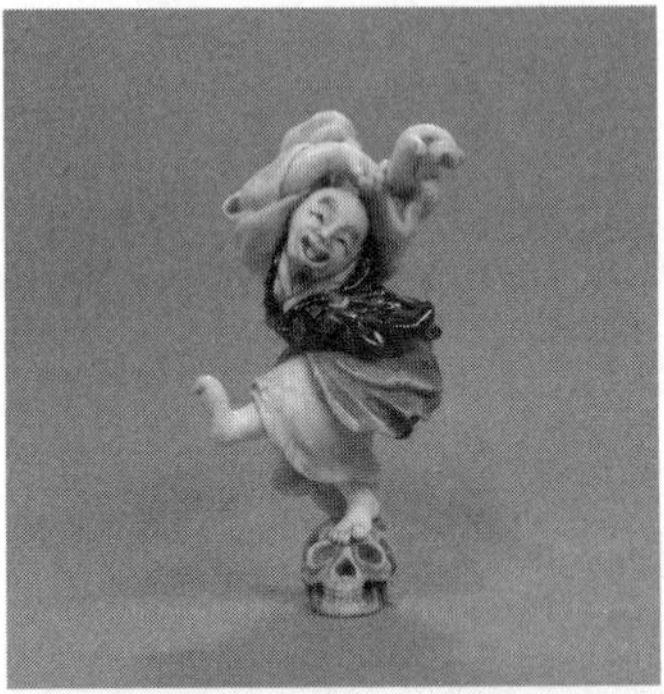

① おどる一休

象牙、漆／
横3.1×高さ5.8×奥3.0cm

異色の絵師・河鍋暁斎の「地獄太夫と一休」より、髑髏と舞い踊る一休禅師を写し取りました。

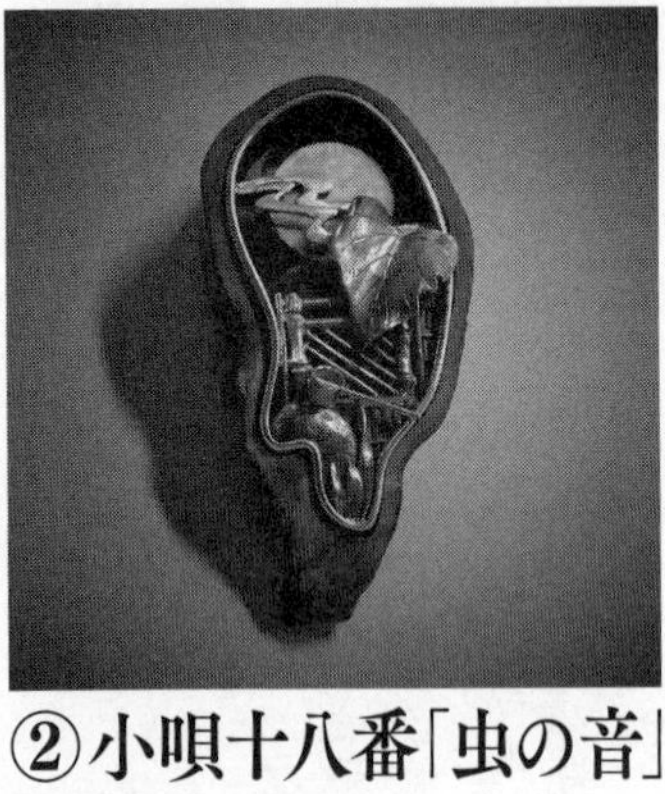

② 小唄十八番「虫の音」

朝熊黄楊、漆、金、銀、銅／
横3.5×高さ1.7×奥6.7cm

小唄「虫の音」を、朝熊《あさま》黄楊《つげ》の輪切りに各素材を組み合わせた変形鏡蓋《かがみぶた》根付です。

③ 梅月夜

鹿角、漆／
横2.4×高さ7.2×奥2.5cm

泉鏡花『婦系図』の一場面。鹿角の肌合いを梅に見立て、湯島天神、悲恋のお蔦を表現しました。

Q ④と⑤のタイトルは？
正解は本文中に！

④ ？？？？？？？？

象牙、漆／
横3.4×高さ4.4×奥3.5cm

ふくろのねずみ、にあらず。たまには仲良く愛おしんでも良いのではないでしょうか？

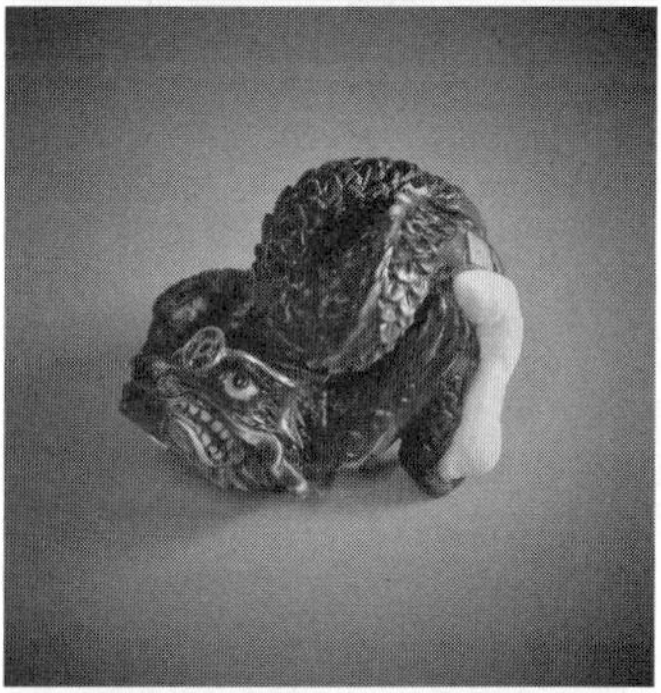

⑤ ？？？

象牙、漆、18金／
横3.2×高さ2.8×奥1.8cm

眼帯を付けた「独眼」の黒龍、降臨！龍は根付の定番ですが、イメージを変えてみました。

⑥太陽系四次元

エポキシ樹脂、漆、銀／
横4.0×高さ4.0×奥3.7cm

現代の新たな素材と表現を求めて制作しました。宇宙的な雰囲気を感じていただけますか。

一方、左刃で彫る場合は、左手の人差し指と中指で材を支え、右手は彫刻刀を握るのではなく、鉛筆のように持つ。左手の親指で削りたい部分に刃を固定したら、左手は動かさない。右手で、刃先が弧を描くように柄を動かすのだ。

「要するに、左手の親指を動かさずに支点として、てこの応用で削っていくんです。象牙など硬い素材は、右刃のように親指で押し続けると刃先が欠けてしまう。てこの応用なので、大きな彫刻刀が入らないような奥の場所でも刃先を入れて削ることができ、立体的な造形ができるのです」

ついつい左手の親指で刃を押したくなるが、そこは我慢。たいした力を加えなくても象牙は少しずつ削れていく。さらに、フック船長のかぎ爪のような刃先の左刃に持ち替えれば、奥のかゆいところに刃が届く。刃先の形状や厚み、角度、太さが微妙に異なる左刃をいかに揃えるかが重要で、自分の彫りたい部分にぴったりの左刃をまず作ることもしばしば。愛用の左刃のほとんどが自作だという。

それにしても……。素材を豪快に削る工程は皆無で、わずか数ミリを少しずつ彫っていくのは、気の遠くなるような作業だ。

「根気は必要ですね。一般に彫刻は型に粘土などで肉付けしてから削るものですが、根付は素材を彫り続ける、引き算で作っていきます。これを形彫《かたぼり》根付と呼び、失敗したらおしまいゆえに、珍重されてきました。ただそれだけではなく、異なる素材を組み合わせてもいいんですよ」

それが②「小唄十八番『虫の音』」。小唄「虫の音」から、「虫の音をとめて嬉しき庭づたい／あくる柴折戸桐一葉／ええ憎らしい秋の空／月はしょんぼり雲がくれ」という情景を表現している。土台となるのは朝熊黄楊《あさまつげ》の輪切り。伊勢神宮のある朝熊山でしか採れない黄楊の一種で、淡く黄色っぽい上品な色味が特徴。黄楊は一年の成長スピードが遅いので、年輪が詰まっていて緻密で硬い。そのぶん、細かく複雑な彫りができるそうだ。地色は暖かくて優しい印象を与えるが、本作は漆を塗って黒くする。つまり作品の時間は夜。ここからが元ジュエリーデザイナーという黒岩さんの真骨頂。柴折戸は銀で、柄杓は金、さらに桐の葉は同じ金でもイエローゴールドにと様々な金属プレートをはめ込むことで、色合いや質感を異にする秋の情景が見事に姿を現す。虫の声が聞こえてくるようだ。

②は小唄に材を取るが、古典や文学作品、故事来歴もストーリーがあって格好のモチーフになるという。③「梅月夜」は、主人公との別れに、湯島天神で涙する芸者あがりのお蔦を描いた泉鏡花の『婦系図《おんなけいず》』から。「お蔦は涙にむせびつつ　濡らす湯島の梅月夜」——。悲恋の情景がひとつに凝縮された作品である。

さて、ここで問題。④と⑤の作品名は何でしょう。ふくろうとねずみ、眼帯をかけた龍ということは……？

「江戸時代、文字や絵などに隠された意味や教訓などを当てる判じ物が流行りましたが、

漆と彫金を中心に新素材の使用に挑む黒岩さん。国際根付彫刻会会長でもある

根付も多く作られました。裏返った草履にカエルが乗ったデザインは、『(草履＝)旅から無事に帰る』。丸い輪の中に大きな『奴』という字と鎌。これは『かまわぬ（構わぬ)』。こうした謎解き根付はいまでも人気があります。ちなみに正解は、④が『ふくろうのねずみ』、⑤が『独眼竜』です」

最後に、現代的なセンスで生まれた作品をご紹介しよう。⑥「太陽系四次元」は、なんと中身が透明。太陽や惑星が浮かび、よく見るとスペースシャトルも飛んでいる！

「漆の玉を太陽などに見立て太陽系内の位置関係を決めて、てぐすで上から吊ります。そこにエポキシ樹脂を流し込み固めて作りました。これは好き嫌いが分かれます。昔ながらの根付が好きな方は、『こんなのは根付じゃない』と仰いますね（笑）」

まさに「神は細部に宿る」作品ばかり。馴染みのない人もフィギュア感覚で親しんでもらえるのでは。

「そうですね。さる模型メーカーが妖怪根付を発売したことで、根付を改めて知ってもらえたことは大きかったと思います。明治になって、人々が洋服を着るようになると、根付は日用品ゆえの気安さで捨てられました。むしろ海外で高く評価され、コレクターも多いのですが、日本では故・高円宮様のほかに、そう多くはなかったのです。しかし、『スマホ入れとして使いたいから、ベルトに提げられる根付を作って欲しい』という相談を受けたり、若い職人も育ちつつあります。根付のこれからの生きる道を模索していきたいと思います」

【東京国立博物館】　http://www.tnm.jp/

【参考文献】『根付作家　明の世界』（京都　清宗根付館木下宗昭コレクション根付作家シリーズ八）

本書は『酔いどれ小籐次留書　政宗遺訓』（二〇一二年八月　幻冬舎文庫刊）に
著者が加筆修正を施した「決定版」です。

DTP制作・ジェイ　エスキューブ

文春文庫

政《まさ》宗《むね》遺《い》訓《くん》

酔《よ》いどれ小籐次《ことうじ》（十八）決定版《けつていばん》

定価はカバーに表示してあります

2018年1月10日　第1刷
2023年4月5日　第2刷

著　者　佐伯《さえき》泰英《やすひで》

発行者　大沼貴之

発行所　株式会社　文藝春秋

東京都千代田区紀尾井町 3-23　〒102-8008
TEL　03・3265・1211㈹
文藝春秋ホームページ　http://www.bunshun.co.jp

落丁、乱丁本は、お手数ですが小社製作部宛お送り下さい。送料小社負担でお取替致します。

印刷・凸版印刷　製本・加藤製本

Printed in Japan
ISBN978-4-16-790999-4

酔いどれ小籐次

新・酔いどれ小籐次

① 神隠し《かみかくし》
② 願かけ《がんかけ》
③ 桜吹雪《はなふぶき》
④ 姉と弟《あねとおとうと》
⑤ 柳に風《やなぎにかぜ》
⑥ らくだ
⑦ 大晦り《おおつごもり》
⑧ 夢三夜《ゆめさんや》
⑨ 船参宮《ふなさんぐう》
⑩ げんげ
⑪ 椿落つ《つばきおつ》
⑫ 夏の雪《なつのゆき》
⑬ 鼠草紙《ねずみのそうし》
⑭ 旅仕舞《たびじまい》
⑮ 鑓騒ぎ《やりさわぎ》

⑯ 酒合戦　さけがっせん
⑰ 鼠異聞　ねずみいぶん　上
⑱ 鼠異聞　ねずみいぶん　下
⑲ 青田波　あおたなみ
⑳ 三つ巴　みつどもえ
㉑ 雪見酒　ゆきみざけ
㉒ 光る海　ひかるうみ
㉓ 狂う潮　くるううしお
㉔ 八丁越　はっちょうごえ
㉕ 御留山　おとめやま

酔いどれ小籐次〈決定版〉

① 御鑓拝借　おやりはいしゃく
② 意地に候　いじにそうろう
③ 寄残花恋　のこりはなよするこい
④ 一首千両　ひとくびせんりょう
⑤ 孫六兼元　まごろくかねもと
⑥ 騒乱前夜　そうらんぜんや
⑦ 子育て侍　こそだてざむらい
⑧ 竜笛嫋々　りゅうてきじょうじょう
⑨ 春雷道中　しゅんらいどうちゅう
⑩ 薫風鯉幟　くんぷうこいのぼり
⑪ 偽小籐次　にせことうじ
⑫ 杜若艶姿　とじゃくあですがた
⑬ 野分一過　のわきいっか
⑭ 冬日淡々　ふゆびたんたん
⑮ 新春歌会　しんしゅんうたかい
⑯ 旧主再会　きゅうしゅさいかい
⑰ 祝言日和　しゅうげんびより
⑱ 政宗遺訓　まさむねいくん
⑲ 状箱騒動　じょうばこそうどう

小籐次青春抄
品川の騒ぎ・野鍛冶《のかじ》

居眠り磐音

居眠り磐音〈決定版〉

① 陽炎ノ辻 かげろうのつじ
② 寒雷ノ坂 かんらいのさか
③ 花芒ノ海 はなすすきのうみ
④ 雪華ノ里 せっかのさと
⑤ 龍天ノ門 りゅうてんのもん
⑥ 雨降ノ山 あふりのやま
⑦ 狐火ノ杜 きつねびのもり
⑧ 朔風ノ岸 さくふうのきし
⑨ 遠霞ノ峠 えんかのとうげ
⑩ 朝虹ノ島 あさにじのしま
⑪ 無月ノ橋 むげつのはし
⑫ 探梅ノ家 たんばいのいえ
⑬ 残花ノ庭 ざんかのにわ
⑭ 夏燕ノ道 なつつばめのみち
⑮ 驟雨ノ町 しゅううのまち
⑯ 螢火ノ宿 ほたるびのしゅく
⑰ 紅椿ノ谷 べにつばきのたに
⑱ 捨雛ノ川 すてびなのかわ
⑲ 梅雨ノ蝶 ばいうのちょう
⑳ 野分ノ灘 のわきのなだ
㉑ 鯖雲ノ城 さばぐものしろ

㉒ 荒海ノ津《あらうみのつ》
㉓ 万両ノ雪《まんりょうのゆき》
㉔ 朧夜ノ桜《ろうやのさくら》
㉕ 白桐ノ夢《しろぎりのゆめ》
㉖ 紅花ノ邨《べにばなのむら》
㉗ 石榴ノ蠅《ざくろのはえ》
㉘ 照葉ノ露《てりはのつゆ》
㉙ 冬桜ノ雀《ふゆざくらのすずめ》
㉚ 侘助ノ白《わびすけのしろ》
㉛ 更衣ノ鷹《きさらぎのたか》 上
㉜ 更衣ノ鷹《きさらぎのたか》 下
㉝ 孤愁ノ春《こしゅうのはる》
㉞ 尾張ノ夏《おわりのなつ》
㉟ 姥捨ノ郷《うばすてのさと》
㊱ 紀伊ノ変《きいのへん》
㊲ 一矢ノ秋《いっしのとき》
㊳ 東雲ノ空《しののめのそら》
㊴ 秋思ノ人《しゅうしのひと》
㊵ 春霞ノ乱《はるがすみのらん》
㊶ 散華ノ刻《さんげのとき》
㊷ 木槿ノ賦《むくげのふ》
㊸ 徒然ノ冬《つれづれのふゆ》
㊹ 湯島ノ罠《ゆしまのわな》
㊺ 空蟬ノ念《うつせみのねん》
㊻ 弓張ノ月《ゆみはりのつき》
㊼ 失意ノ方《しついのかた》
㊽ 白鶴ノ紅《はっかくのくれない》
㊾ 意次ノ妄《おきつぐのもう》
㊿ 竹屋ノ渡《たけやのわたし》
51 旅立ノ朝《たびだちのあした》

新・居眠り磐音

① 奈緒と磐音《なおといわね》
② 武士の賦《もののふのふ》
③ 初午祝言《はつうましゅうげん》
④ おこん春暦《おこんはるごよみ》
⑤ 幼なじみ《おさななじみ》

完本 密命

（全26巻 合本あり）

鎌倉河岸捕物控

シリーズ配信中（全32巻）

居眠り磐音

（決定版 全51巻 合本あり）

新・居眠り磐音

（5巻 合本あり）

書籍

↑
詳細はこちらから

酔いどれ小籐次
（決定版 全19巻＋小籐次青春抄　合本あり）

新・酔いどれ小籐次
（全25巻　合本あり）

照降町四季
（全4巻　合本あり）

空也十番勝負
（決定版5巻＋5巻）

電子

佐伯泰英 作品

PCやスマホでも読めます！

電子書籍のお知らせ

（　）内は解説者。品切の節はご容赦下さい

佐伯泰英
神隠し
新・酔いどれ小籐次（一）
背は低く額は禿げ上がり、もくず蟹のような顔の老侍で、無類の大酒飲み。だがひとたび剣を抜けば来島水軍流の達人である赤目小籐次が、次々と難敵を打ち破る痛快シリーズ第一弾！
さ-63-1

佐伯泰英
願かけ
新・酔いどれ小籐次（二）
一体なんのご利益があるのか、研ぎ仕事中の小籐次に賽銭を投げて拝む人が続出する。どうやら裏で糸を引く者がいるようだが、その正体、そして狙いは何なのか——。シリーズ第二弾！
さ-63-2

佐伯泰英
桜吹雪《はなふぶき》
新・酔いどれ小籐次（三）
夫婦の披露目をし、新しい暮らしを始めた小籐次。呆けが進んだ長屋の元差配のために、一家揃って身延山久遠寺への代参の旅に出るが、何者かが一行を待ち受けていた。シリーズ第三弾！
さ-63-3

佐伯泰英
姉と弟
新・酔いどれ小籐次（四）
小籐次に斃された実の父の墓石づくりをする駿太郎と、父のもとで錺職人修業を始めたお夕。姉弟のような二人を見守る小籐次に、戦いを挑もうとする厄介な人物が—。シリーズ第四弾。
さ-63-4

佐伯泰英
柳に風
新・酔いどれ小籐次（五）
小籐次は、新兵衛長屋界隈で自分を尋ねまわる怪しい輩がいると知り、読売屋の空蔵に調べを頼む。これはネタになるかと張り切る空蔵だが、その身に危機が迫る。シリーズ第五弾！
さ-63-5

佐伯泰英
らくだ
新・酔いどれ小籐次（六）
江戸っ子に大人気のらくだの見世物。小籐次一家も見物したが、そのらくだが盗まれたうえに身代金を要求された！　なぜか小籐次が行方探しに奔走することに……。シリーズ第六弾！
さ-63-6

佐伯泰英
大晦り《おおつごもり》
新・酔いどれ小籐次（七）
火事騒ぎが起こり、料理茶屋の娘が行方知れずになる。同時に焼け跡から御庭番の死体が見つかっていた。娘は事件を目撃して攫われたのか？　小籐次は救出に乗り出す。シリーズ第七弾！
さ-63-7

文春文庫　佐伯泰英の本

佐伯泰英
鑓騒ぎ
新・酔いどれ小籐次（十五）

小籐次の旧主・久留島通嘉が何者かに「新年登城の折、御鑓先を頂戴する」と脅された。これは「御鑓拝借」の意趣返しか？　藩を狙う黒幕の正体は、そして小籐次は旧主を救えるか？

さ-63-15

佐伯泰英
酒合戦
新・酔いどれ小籐次（十六）

十三歳の駿太郎はアサリ河岸の桃井道場に入門、年少組で稽古に励む。一方、肥前タイ捨流の修行者に勝負を挑まれた小籐次は、来島水軍流の一手を鋭く繰り出し堀に沈めてみせるが——。

さ-63-16

佐伯泰英
鼠異聞 上下
新・酔いどれ小籐次（十七・十八）

「貧しい家に小銭を投げ込む」奇妙な事件が続く中、高尾山薬王院へ紙を納める久慈屋の旅に、息子の駿太郎らとともに同行する小籐次。道中で、山中で、一行に危険が迫る！

さ-63-17

佐伯泰英
青田波
新・酔いどれ小籐次（十九）

「幼女好み」の卑劣な男から、盲目の姫君を救ってほしい。小籐次に助けを求めるのは、江戸中を騒がせるあの天下の怪盗!?　武家の官位を左右する力を持つ高家肝煎を相手にどうする。

さ-63-19

佐伯泰英
三つ巴
新・酔いどれ小籐次（二十）

小籐次の新舟「研ぎ舟蛙丸」の姿に江戸中が沸く中、悪事を重ねるニセ鼠小僧。元祖鼠小僧・奉行所・そして小籐次が、普段ならありえないタッグを組んでニセ者の成敗に乗り出す！

さ-63-20

佐伯泰英
小籐次青春抄
品川の騒ぎ・野鍛冶

豊後森藩の厩番の息子・小籐次は野鍛冶に婿入りしたかつての悪仲間を手助けに行くが、その村がやくざ者に狙われているのを知り一計を案じる。若き日の小籐次の活躍を描く中編二作。

さ-63-50

佐伯泰英
御鑓拝借《おやりはいしゃく》
酔いどれ小籐次（一）決定版

森藩への奉公を解かれ、浪々の身となった赤目小籐次、四十九歳。胸に秘する決意、それは旧主・久留島通嘉の受けた恥辱をすすぐこと。仇は大名四藩。小籐次独りの闘いが幕を開ける！

さ-63-51

佐伯泰英
春雷道中
酔いどれ小籐次（九）決定版

行灯の製作指南と、久慈屋の娘と手代の結婚報告のため水戸に向かった小籐次一行。だが密かに久慈屋の主の座を狙っていた番頭が、あろうことか一行を襲撃してくる。シリーズ第9弾！

さ-63-59

佐伯泰英
薫《くん》風《ぷう》鯉《こい》幟《のぼり》
酔いどれ小籐次（十）決定版

野菜売りのうづが姿を見せず、心配した小籐次が在所を訪ねると、彼女に縁談が持ち上がっていた。良縁かと思いきや、相手は厄介な男のようだ。窮地に陥ったうづを小籐次は救えるか？

さ-63-60

佐伯泰英
偽小籐次
酔いどれ小籐次（十一）決定版

小籐次の名を騙り、法外な値で研ぎ仕事をする男が現れた！　その男の正体を探るため小籐次は東奔西走するが、裏には予想外の謀略が……。真偽小籐次の対決の結末はいかに!?

さ-63-61

佐伯泰英
杜《と》若《じゃく》艶《あで》姿《すがた》
酔いどれ小籐次（十二）決定版

当代随一の女形・岩井半四郎から芝居見物に誘われた小籐次は、束の間の平穏を味わっていた。しかしそれは長く続かず、久慈屋に気がかりが出来。さらに御鑓拝借の因縁が再燃する。

さ-63-62

佐伯泰英
野《の》分《わき》一《いっ》過《か》
酔いどれ小籐次（十三）決定版

野分が江戸を襲い、長屋の住人達は避難を余儀なくされた。そのさ中、小籐次は千枚通しで殺された男を発見。その後、同じ手口で殺された別の男も発見され、事態は急変する……。

さ-63-63

佐伯泰英
冬日淡々
酔いどれ小籐次（十四）決定版

小籐次は深川惣名主の三河蔦屋に請われて、成田山新勝寺詣でに同道することに。だが物見遊山に終わるわけはなく、一行を付け狙う賊徒に襲われる。賊の正体は、そして目的は何か？

さ-63-64

佐伯泰英
新春歌会
酔いどれ小籐次（十五）決定版

師走、小籐次は永代橋から落ちた男を助ける。だが男は死に、謎の花御札が残された。探索を始めた小籐次は、正体不明の武家に待ち伏せされる。背後に蠢く、幕府をも揺るがす陰謀とは？

さ-63-65

佐伯泰英
おこん春暦
新・居眠り磐音
母を病で亡くしたばかりのおこん十四歳。父の金兵衛と二人で住む長屋に下野国から赤子を抱いた訳ありの侍夫婦が流れ着く。やがて今津屋に奉公に行くまでを描く〝今小町〟の若き日。
さ-63-73

佐伯泰英
幼なじみ
新・居眠り磐音
深川の唐傘長屋で身内同然に育った幸吉とおそめ。磐音の長屋暮らしの師匠・幸吉はやがて鰻処宮戸川に奉公、おそめも縫箔師を目指し弟子入りする。シリーズでも人気の二人の成長物語。
さ-63-74

佐伯泰英
陽炎ノ辻
居眠り磐音（一）決定版
豊後関前藩の若き武士三人が、帰着したその日に、互いを斬る窮地に陥る。友を討った哀しみを胸に江戸での浪人暮らしを始めた坂崎磐音は、ある巨大な陰謀に巻き込まれ……。
さ-63-101

佐伯泰英
寒雷ノ坂
居眠り磐音（二）決定版
江戸・深川六間堀の長屋。浪々の身の磐音は糊口をしのぐべく、鰻割きと用心棒稼業に励む最中、関前藩勘定方の上野伊織と再会する。藩を揺るがす疑惑を聞いた磐音に不穏な影が迫る。
さ-63-102

佐伯泰英
花芒ノ海
居眠り磐音（三）決定版
深川の夏祭りをめぐる諍いに巻き込まれる磐音。国許の豊後関前藩では、磐音と幼馴染みたちを襲った悲劇の背後にうごめく陰謀がだんだんと明らかになる。父までもが窮地に陥り……。
さ-63-103

佐伯泰英
雪華ノ里
居眠り磐音（四）決定版
豊後関前藩の内紛終結に一役買った磐音だが、許婚の奈緒の姿がない。病の父親のため自ら苦界に身を落としたという。秋深まる西国、京都、金沢。磐音を待ち受けるのは果たして——。
さ-63-104

佐伯泰英
龍天ノ門
居眠り磐音（五）決定版
吉原入りを間近に控えた奈緒の身を案じる磐音は、その身に危険が迫っていることを知る。花魁道中を密かに見守る決意を固める磐音。奈緒の運命が大きく動く日、彼女に刃が向けられる！
さ-63-105